Sombres étoiles

Pour la traduction française :

1, rond-point du général Einsenhower, 31101 Toulouse Cedex 9, France
editionsmilan.com

Ont collaboré à l'édition française de cet ouvrage :
Correction : Claire Debout
Mise en pages : Pascale Darrigrand

Dépôt légal : 4e trimestre 2017
ISBN : 978-2-7459-8393-0

MALORIE BLACKMAN

Sombres étoiles

Traduit de l'anglais (États-Unis)
par Amélie Sarn

MILAN

Pour Neil et Lizzy,
avec tout mon amour, comme toujours.
Malorie Blackman

Que la perdition s'empare de mon âme
Si je ne t'aime pas ! Va ! Quand je ne t'aimerai plus,
ce sera le retour du chaos.
Othello, acte III, scène 3
William Shakespeare traduit par Victor Hugo

L'intelligence est la capacité
à s'adapter au changement.
Stephen Hawking

1. VEE

– C'est mon tour !

Papa s'est levé d'un bond. Il a décrit un cercle de la main gauche, en remuant la tête comme pour marquer le rythme d'une musique qu'il entendait dans sa tête. Puis, le coude plié, il a levé et abaissé le bras droit en faisant onduler son bras gauche sans cesser de dodeliner de la tête.

– *Grease* ! ai-je crié.

– Oui, mais quel morceau ?

Me sentant insultée par la question, j'ai haussé les épaules.

– La chanson *Greased Lightning* !

Papa s'est redressé en grommelant. Il venait juste de commencer son mime, je lui gâchais tout le plaisir en devinant aussi vite. Il s'est gratté le nez en secouant la tête.

– J'aurais dû t'en faire un plus difficile.

– À moi.

Je me suis levée en souriant. J'adorais jouer aux mimes avec mon père. On était les deux seuls à bord de ce vaisseau à aimer les vieux films du XXe et du XXIe siècle. Appuyant sur le bouton de mon sabre laser imaginaire, je me suis élancée, évitant les ennemis invisibles qui tentaient de me couper en deux.

– *Star Wars* ! a lancé papa.

– Lequel ? l'ai-je défié.

– Je dois deviner quel épisode ?! s'est exclamé papa.

J'ai acquiescé. Il a haussé un sourcil.

– Vraiment ?

– Oui mais tu as droit à un indice. Ce n'est pas un des films d'animation.

J'ai repris ma chorégraphie, assénant des coups à droite et à gauche.

– Le huit !

Je me suis arrêtée, bouche bée.

– Comment as-tu deviné ?

– Si je te le disais, tu en saurais autant que moi, a-t-il rétorqué en riant. C'est mon tour. Celui-là, tu ne le trouveras jamais.

Il était déjà debout, tout content de lui. J'aimais son sourire éclatant et contagieux. Il donnait à tout le monde envie de sourire aussi.

– Tu regardes encore ce truc ?

En entendant Aidan, j'ai éteint la vidéo d'un geste. Le visage souriant de mon père s'est effacé. Je me suis tournée vers mon frère en me passant la main sur les yeux pour faire disparaître mes pensées.

– Vee, ça va ? s'est inquiété Aidan en s'approchant de moi.

– Oui, ça va. Pourquoi ? J'aime bien regarder des enregistrements de papa et maman, c'est tout.

Et me rappeler des jours meilleurs.

Nous avions moins de films de famille que je ne l'aurais voulu et seulement un ou deux avec juste maman et moi. Son travail ne lui avait pas laissé beaucoup de temps libre.

Aidan me fixa.

– Je ne comprends pas. Pourquoi tu continues alors que ça te fait toujours du mal ?

– Parce que voir papa et maman me fait aussi sourire. Et je n'ai pas tant d'occasions que ça de sourire.

Aidan a penché la tête sur le côté, l'air interrogatif.

– Je ris beaucoup, ai-je précisé, mais je souris rarement.

– C'est quoi, la différence ?

– Laisse tomber. Ça n'a aucune importance.

Aidan a tendu la main pour me caresser la joue droite, juste sous l'œil. Quand il a retiré sa main, une larme était posée sur son index. Il l'a examinée un moment.

– Je n'aime pas te voir triste.

– Regarder ces films me rend aussi heureuse, ai-je de nouveau tenté de lui expliquer.

Mon frère m'a dévisagée. Quand ses yeux brun foncé me sondaient ainsi, il était difficile de lui cacher mes pensées.

– Je vais bien, Aidan.

– Tu es sûre ?

– Certaine.

Il s'est avancé vers moi et m'a prise dans ses bras. Quand il m'a lâchée, j'avais réussi à esquisser un sourire qu'il a accepté sans discuter.

– Tu arrêtes de regarder, hein ? a-t-il néanmoins grimacé.

– Oui. J'arrête.

Pour aujourd'hui.

Aidan a paru soulagé.

– Et si on faisait une partie d'échecs ? a-t-il proposé.

2. NATHAN

Bordel de merde ! La douleur me transperçait, brutale et vorace. Je n'avais jamais eu aussi mal de ma vie. Je n'avais pas envie de pleurer mais de hurler. J'avais le pied et le mollet gauches écrasés sous un tas de rochers qui s'étaient éboulés. Haletant, transpirant, je devais faire un effort surhumain pour parvenir à reprendre mes esprits. Si je m'abandonnais à la douleur et à la panique, je n'avais aucune chance de m'en sortir. J'ai pris mon genou à deux mains pour essayer de le dégager. En même temps, je poussais les cailloux avec mon pied droit.

Rien. Ces fichues caillasses ne bougeaient pas d'un pouce.

J'étais piégé.

La jambe gauche de ma combinaison de sécurité était en lambeaux. Ironie du sort, le rocher qui l'avait déchirée et qui m'empêchait de bouger était aussi celui qui la tenait maintenant fermée. J'avais quand même perdu beaucoup d'oxygène. Selon l'écran de mon casque, en trente minutes, j'étais passé de dix heures de réserve à moins d'une heure.

De quoi allais-je mourir ? J'avais le choix : de froid, d'asphyxie par le dioxyde de carbone de la mine ou d'hémorragie.

Alors, Nath, tu t'amuses bien ?

Les lumières jaunes qui éclairaient le tunnel ont vacillé. Dans quelques heures, elles s'éteindraient. Mais de toute façon, je ne serais plus là pour le voir.

Le problème était qu'Anjuli était la seule à savoir que j'étais descendu pour récupérer ma tablette. Et là, elle était en train de faire la sieste. La connaissant, elle était même déjà profondément endormie.

Quand j'avais entendu le craquement sinistre annonçant l'éboulement, je m'étais mis à courir, mais j'avais trébuché et fait tomber ma tablette qui se trouvait maintenant à un bon mètre de moi, enfouie sous les mêmes fichues caillasses que ma jambe. Et très probablement en mille morceaux.

– AU SECOURS !

C'était complètement idiot d'appeler à l'aide alors que je savais pertinemment que j'étais seul mais ça me donnait l'impression de faire quelque chose. C'était pathétique et inutile mais mieux que rien.

N'empêche, il fallait que je trouve autre chose.

La relève avait sans doute commencé à forer à au moins sept kilomètres de là. On n'exploitait jamais une zone pendant plus de quelques mois. C'est pour ça que j'avais absolument voulu descendre récupérer ma tablette. Je savais que ni moi ni personne ne reviendrait dans un de ces tunnels avant un paquet de temps et ma tablette m'était indispensable pour survivre dans la colonie. Sauf que là, elle allait être responsable de ma mort. Marrant, non ?

Si je ne trouvais pas un moyen de me sortir de là rapidement, mon corps magnifiquement musclé mais irrémédiablement sans vie ne serait pas retrouvé avant plusieurs longues semaines.

Allez, bouge-toi.

Quarante minutes d'oxygène restantes.

– AU SECOURS ! AU SECOURS !

Ne panique pas, Nath. Tout ce que tu vas réussir à faire, c'est épuiser plus vite ta réserve d'oxygène.

La douleur rendait l'exercice difficile mais j'ai essayé de compartimenter mon cerveau. La peur et la souffrance d'un côté, et de l'autre, la recherche rationnelle d'une solution.

Ma lampe à énergie dirigée.

J'ai glissé la main dans la poche de ma combinaison.

Pourvu qu'elle y soit encore.

Oui ! Merci mon Dieu ! Oui, je l'avais ! J'ai appuyé sur un bouton pour passer du mode éclairage au mode laser. Un sifflement aigu m'a informé que je l'avais activé. Un faisceau lumineux est apparu. On s'en servait pour les découpes de précision dans la mine. Maintenant, il fallait que je réfléchisse. Si je le dirigeais au mauvais endroit, le tunnel pouvait aussi bien s'effondrer entièrement sur moi.

Non, ça ne marcherait pas. Où que j'oriente le faisceau, je ne ferais que décomposer les rochers et je provoquerais inévitablement un nouvel éboulement. Il n'y avait qu'une seule chose à faire, je le savais. C'était couper dans le muscle et l'os juste au-dessus de l'endroit où ma jambe était bloquée. La plaie serait cautérisée par la chaleur mais la douleur serait insupportable.

Putain de bordel de merde !

Non, j'étais incapable de faire un truc pareil !

Mais je n'avais pas le choix. C'était ça ou y laisser ma peau.

J'ai éteint ma lampe en secouant la tête. Non, je n'y arriverais pas.

J'ai de nouveau essayé de tirer sur ma jambe sans rien obtenir d'autre qu'un élancement horriblement douloureux. La panique me faisait respirer trop vite. Je gaspillais mon oxygène.

Plus que trente-sept minutes.

Je devais affronter la réalité. Quoi qu'il arrive, que je m'en sorte tout seul ou que des secours débarquent, je perdrais ma jambe.

Fait chier. Je l'aimais bien, ma jambe.

Allez, Nathan.

Fais-le.

Vas-y.

Le temps presse.

Je commençais à avoir la tête qui tournait et des points noirs devant les yeux. Super, j'allais bientôt m'évanouir. Et ces points noirs seraient les dernières choses que je verrais.

J'ai serré les dents et rallumé ma lampe. Mode laser. Et avant de changer d'avis, j'ai dirigé le faisceau juste au-dessous de mon genou.

Je me suis réveillé en hurlant.

– Eh, Nathan, qu'est-ce qui t'arrive ? a grogné Mike en allumant sa lampe de chevet.

J'ai essuyé mon front en sueur. Une douleur insupportable me broyait la jambe. La jambe que je n'avais plus. Et pourtant, elle était bien réelle. Bordel ! Je me suis assis sur mon lit.

– Encore le même rêve ? m'a demandé Mike.

– Ouais.

– Pourquoi tu laisses pas le docteur Liana te filer un truc ? Ça t'arrive toutes les nuits, maintenant. Et soit dit en passant, ça nous réveille aussi, tes conneries.

– Eh, y en a qui voudraient bien dormir, a crié Pearl de l'autre côté du dortoir.

Elle était en colère et ce n'était jamais une bonne nouvelle. Déjà, en temps normal, elle était exécrable. Mais privée de sommeil, elle devenait un cauchemar d'une autre sorte.

– Désolé, ai-je répondu.

– La ferme, Nathan ! a lancé Corbyn.

Son amour pour moi était palpable.

D'autres se réveillaient peu à peu. Il était temps que je me tire avant de me faire proprement virer. J'ai rejeté mes couvertures et j'ai plié ma jambe gauche pour passer la main entre ma cheville et mon genou. Ce n'était qu'une prothèse bionique recouverte de peau synthétique, mais c'était mieux que rien. Ma vraie jambe était toujours enterrée sous une tonne de rochers au fond d'une mine.

Sachant que je ne parviendrais pas à me rendormir, je me suis levé en soupirant. J'ai enfilé mes chaussures et je suis sorti. Mike a attendu que j'aie atteint la porte avant d'éteindre sa lumière. C'était vraiment un bon pote. Je lui ai souri avant de franchir le seuil. J'ai inspiré profondément l'air froid de la nuit. L'odeur était différente de celle à laquelle j'étais habitué. C'était plus... citronné. Peut-être à cause des plantes qui poussaient ici. Voilà que je me mettais à parler comme Mike, lui qui préférait passer du temps avec les arbres plutôt qu'avec n'importe lequel d'entre nous.

J'ai levé les yeux vers un ciel plein d'étoiles que je ne connaissais pas. Elles n'en étaient pas moins magnifiques. Oui, magnifiques. On n'utilisait pas ce mot assez souvent. J'aimais bien les mots anciens et un peu obsolètes. C'était une des choses qui me manquaient depuis que j'avais quitté la colonie minière : l'accès à des mots, vieux et récents, et surtout sous leur forme écrite. La vie était plus confortable ici mais je sentais un vide en moi. Un vide qui ne demandait qu'à être rempli.

Cette vie, cet endroit, ça ne me suffisait pas.

Il fallait pourtant s'en contenter pour le moment.

J'ai regardé autour de moi. Une lumière était allumée. Celle de la maison commune au centre de la colonie. J'ai froncé les sourcils. Il était un peu tard pour une réunion.

Je me suis approché en silence. Ce qui se passait à l'intérieur n'était sans doute pas destiné au commun des mortels. Je me suis accroupi sous une fenêtre et j'ai tendu l'oreille. C'est Darren, le bras droit de ma mère, qui parlait. Il n'était pas du genre à garder son opinion pour lui.

– On n'a pas le choix, Cathy. On doit activer le signal de détresse. C'est notre seule chance.

– Nous ne sommes là depuis trois mois sol. C'est notre foyer, maintenant ! a attaqué ma mère. Tu as tellement hâte de te retrouver sous le joug de l'Autorité ?

– Non, mais franchement, je préfère encore tenter la chance avec l'Autorité qu'avec les Mazones, a répondu Darren.

Mon cœur a fait un bond dans ma poitrine. Les Mazones ? De quoi parlait-il ? Bien peu d'humains avaient eu l'occasion de croiser cet ennemi, mais nous en avions tous entendu parler. Leur haine pour notre espèce et ce qu'ils faisaient subir à leurs victimes étaient tristement célèbres.

– Vraiment ? a sèchement répliqué ma mère. Si l'Autorité nous remet la main dessus, on ne sera pas renvoyés dans les mines, mais exécutés publiquement. Tu le sais, non ?

– Catherine, je sais qu'il s'agit d'un choix difficile entre la peste et le choléra, est intervenue une autre voix, mais on ne peut pas rester là. Les Mazones ont été parfaitement clairs à ce sujet.

Si je ne me trompais pas, il s'agissait de Sam.

Il y a eu un silence.

J'ai prudemment levé la tête pour essayer de regarder par la fenêtre ouverte.

Ma mère, Darren, Sam, Hedda, Akedi, le docteur Liana et Beck étaient assis autour de la table ronde où ils se réunissaient pour prendre les décisions concernant l'avenir de notre petite communauté. Ma mère a tourné la tête dans ma direction ; je me suis empressé de me baisser, le cœur battant.

– Je sais que ça ne va pas être facile mais il doit bien y avoir un moyen de négocier avec les Mazones, a-t-elle argumenté. Je continue de leur envoyer des messages. Nous devons les convaincre que nous ne sommes pas leurs ennemis. C'est notre seule chance.

– Dans ce cas, on est dans la merde, a lâché Darren. Cathy, sois réaliste et active le signal d'alarme.

– Non, non, pas encore, a insisté ma mère. Pas tant que nous n'avons pas épuisé toutes les autres solutions.

Bon sang ! On était en territoire mazone ? Ma mère et les autres s'étaient bien gardés de nous en informer. Et ma mère essayait de discuter avec ces brutes ? Vraiment ? Bonne chance à elle.

– Les Mazones nous ont donné jusqu'au lever du soleil pour dégager, lui a rappelé Sam.

– Cathy ! Il faut activer le signal ! a répété Darren.

– Non, pas encore.

– Mettons la question au vote !

– Darren, je n'ai pas demandé à prendre le commandement de notre communauté, lui a rappelé ma mère. Tu m'as confié ce rôle. Vous m'avez tous confié ce rôle. C'est donc à moi de décider et je n'activerai pas ce signal tant que nous aurons une autre alternative.

– Quand tu te décideras, il sera peut-être trop tard ! s'est écrié Darren, exaspéré.

– Je refuse de croire qu'il soit impossible de discuter avec une espèce intelligente comme les Mazones ! a déclaré ma mère.

– Et si tu te trompes ? a demandé Hedda.

– On doit essayer, a répondu ma mère avec obstination. On doit tout tenter.

J'ai une nouvelle fois levé la tête. Juste à temps pour saisir les regards échangés autour de la table. Darren secouait la tête.

– Rappelle-toi quand même que c'est nos vies à tous que tu mets en danger, pas seulement la tienne, a-t-il grincé.

3. VEE

– Aidan, est-ce qu'il y a la moindre chance que tu bouges ta pièce avant la fin du monde ?

– Je réfléchis.

Les yeux fixés sur l'échiquier, Aidan a froncé les sourcils. J'ai soupiré.

– Ça fait vingt minutes que tu réfléchis.

Mon frère a avancé la main au-dessus de son fou. Il a grimacé avant de la placer lentement au-dessus de sa tour pour revenir vers le fou.

Aaaargh. Ça faisait huit fois qu'il avait exactement le même geste.

– Arrête de lever les yeux au ciel, a grondé Aidan sans me regarder.

– Alors bouge !

Il a plissé les yeux.

– Mon fou prend ton cavalier…

Il s'est avancé et a fait basculer mon cavalier pour poser son fou à la place. Puis il m'a adressé un sourire triomphant. J'ai immédiatement placé ma reine en E5. La souveraine a jeté un regard impérieux autour d'elle avant de prendre un air satisfait. Aidan a cligné des yeux comme une chouette stupéfaite.

– Alors ? ai-je exulté. Qu'est-ce que tu penses de ça ?

Aidan a de nouveau froncé les sourcils.

– Je perçois un signal de détresse.

On ne parlait plus de la partie d'échecs.

– Quoi ? Fais voir la carte.

Un écran est immédiatement apparu sous mon nez. J'ai fait tourner le bracelet de commande à mon poignet pour élargir le champ mais il n'y avait rien d'anormal. Pas le moindre bip. J'ai fait disparaître l'écran d'un mouvement de la main.

– Je ne vois rien.

Aidan a pris un air innocent.

– Ah bon. J'ai dû me tromper.

Oui, bien sûr. J'ai posé les yeux sur l'échiquier. Ma reine avait l'air très en colère. Et elle n'était pas la seule.

– Aidan ! Tu as triché !

– Non !

– Aidan, si tu continues, je ne jouerai plus jamais avec toi !

– Je n'ai pas triché, s'est indigné mon frère.

– Ma reine était en E5. Il ne me fallait que trois coups pour te mettre en échec et t'obliger à implorer ma pitié. On le sait tous les deux ! Alors pourquoi est-elle maintenant en E6 ?

L'hologramme de l'échiquier disparut, ce qui était une nouvelle preuve qu'il avait triché et qu'il était vexé d'être pris sur le fait.

– Je considère que j'ai gagné par forfait, ai-je déclaré. Ce qui fait 328 pour moi, 191 pour toi et 34 ex æquo.

Je me suis levée et j'ai exécuté une petite danse de la victoire.

– Ouais, Vee, t'es la meilleure ! Tu as encore gagné ! Yeah ! Yeah ! Yeah !

– Bravo, c'est très mature de ta part, a reniflé Aidan. Je n'arrive pas à croire que tu tiennes un compte aussi précis.

– T'écraser est toujours un grand plaisir, ai-je souri en me rasseyant.

Pour être honnête, ça devenait de plus en plus difficile de le battre. Encore quelques mois et j'aurais de la chance de gagner une partie.

– De toute façon, c'est nul comme jeu, les échecs.

– Va te laver la bouche ! me suis-je exclamée, choquée. Les échecs, c'est un jeu de stratégie et de tactique qui demande une grande réflexion. Qui oblige à engager son âme. (J'ai posé la main sur mon cœur avant de poursuivre.) Et son esprit. De toute façon, il n'y a que quand tu perds que tu trouves ce jeu nul !

Aidan n'a pas daigné répondre.

– On peut faire une bataille si c'est plus à ta portée, l'ai-je taquiné.

– Quand je gagne, je n'en fais pas tout un plat !

J'ai ricané. Oui, ricané.

– Tu rigoles, là ?

Quand mon frère gagnait, quel que soit le jeu, il en faisait des tonnes, pendant des heures, parfois même des jours, et rejouait chaque moment de la partie et les choix décisifs soufflés par son génie. Je l'ai défié du regard.

– On refait une partie, alors ?

– Non. Tu n'es meilleure que moi aux échecs que parce que tu triches mieux, c'est tout.

Il a fait pivoter son siège pour faire face au tableau de commande, me tournant le dos. Il était vraiment mauvais perdant.

J'ai soupiré.

Voilà comment je passais mes journées. À jouer avec mon frère, à m'occuper des cultures hydroponiques ou à apprendre tout ce que je pouvais sur les différentes cultures extraterrestres et leurs langues.

C'était tout.

Je passais le temps.

Et j'en avais assez. J'ai tourné ma chaise pour regarder au-delà du dôme transparent qui couvrait le poste de commande. Des étoiles distantes et le vide. Un résumé de ma vie. Chaque jour, j'espérais quelque chose de nouveau et chaque jour était semblable à la veille. La vie n'était pas censée être aussi prévisible. Le pont principal n'était pas grand ; il n'était pas conçu pour plus de huit personnes. J'en connaissais le moindre centimètre carré, chaque machine, chaque logiciel, chaque écran, chaque panneau de contrôle. Hormis mes quartiers de nuit, c'était l'endroit de l'univers que je connaissais le mieux.

Ce n'était pas grand-chose, mais c'était tout ce que j'avais.

J'ai posé les yeux sur le tableau de bord. Un petit point clignotait à la périphérie de mon écran. Il a disparu presque aussitôt.

– Aidan, qu'est-ce que c'était que ça ?

– Quoi ?

– On aurait dit un signal de détresse. Tu ne déconnais pas tout à l'heure ?

– J'avais cru voir quelque chose mais ça s'est éteint.

– Ça s'est éteint ou ça a été annulé par quelqu'un ?

– Je ne comprends pas la question.

– Laisse tomber. C'est revenu.

J'ai presque collé le nez à l'écran. Le signal était très faible.

– Ça vient d'où ?

– Barros 5, la cinquième planète inhabitée du système stellaire binaire de Barros, a répondu Aidan.

C'était impossible. Cette planète était en territoire mazone.

– On doit y aller !

– Mauvaise idée, a protesté Aidan.

Je l'ai ignoré.

– Emmène-nous là-bas ! Le plus vite possible !

Vingt minutes plus tard, nous étions en orbite de Barros 5, planète prétendument inhabitée. Sauf qu'elle n'était pas inhabitée du tout. Le signal aurait pu venir d'une sonde ou d'un robot explorateur mais ce n'était pas le cas. Maintenant que nous étions plus près, nous percevions les signes d'une activité humaine.

Ce n'était pas tout : notre vaisseau n'était pas le seul en orbite. Deux croiseurs de guerre mazones faisaient feu sur une zone bien délimitée de l'hémisphère sud.

– Sur quoi ils tirent ? ai-je demandé à Aidan.

– Le scanner indique la présence de quatre-vingt-cinq Terriens.

Je n'en croyais pas mes oreilles. Il m'a fallu quelques secondes pour digérer l'information. *Des gens.*

Des gens de la planète Terre. Des gens comme moi. Mais si on ne faisait rien, ils n'allaient pas rester longtemps en vie. Le problème, c'était que notre vaisseau n'était pas de taille à combattre un croiseur mazone. Encore moins deux. Si on les attaquait, on serait réduits en miettes en moins de temps qu'il n'en faut pour le dire.

Réfléchis, Vee.

– Aidan, il faut que tu me transfères au cœur de la salle des machines des vaisseaux mazones ! ai-je lancé.

– Quoi ? Tu es folle ! Tu commencerais par manquer d'air et tu finirais grillée !

– Pas si je porte une combi de protection et que tu me crées un bouclier.

J'avais délibérément pris un ton enjoué.

– Je ne peux pas créer un bouclier pendant plus de quinze secondes. Au maximum. Et si je me trompe dans mes calculs de 0,001 ‰, tu mourras.

Comme si je ne le savais pas. J'ai souri, essayant d'afficher un courage que j'étais loin d'éprouver.

– Alors te trompe pas. Transfère-moi d'abord dans le plus éloigné, puis ramène-moi. Ensuite, tu me balanceras dans l'autre. Il faut que tu fasses vite. Je dois être dans le second vaisseau avant que le premier réalise le sabotage. OK ?

Le transfert dans les vaisseaux mazones ? Je serais capable de le faire les yeux fermés.

Ha ! Ça allait être du gâteau.

Aidan m'a dévisagée comme si j'étais devenue folle, ce qui, honnêtement, n'était pas impossible. Je devais reconnaître que mon idée était super stupide.

– Non, a-t-il lâché. Non, pas OK. Tu ne vas quand même pas risquer ta vie pour des gens que tu ne connais pas ! C'est n'importe quoi ! Et puis, même si tu y arrivais… on ferait quoi ? On ne peut pas prendre autant de gens à bord. Notre capacité maximale est de soixante-dix.

– On trouvera une solution.

– Vee, je sais que tu penses qu'il est important de croire en son instinct, mais là, c'est complètement absurde. On ignore tout de ces gens.

Je me suis levée pour m'approcher de lui.

– Aidan, il y a des être *humains* sur cette planète. Si on ne fait rien, ils vont mourir. Je ne vais pas leur demander leurs références professionnelles avant de décider s'ils méritent d'être sauvés. (J'ai pris sa main et j'ai plongé mon regard dans ses yeux bruns avant de poursuivre.) Ils ont besoin d'aide. C'est tout ce que j'ai besoin de savoir. Je ne pourrai plus me regarder dans un miroir si on part sans rien faire. Sans même essayer. Alors, c'est un ordre : aide-moi à les sauver.

– Tu vas mourir.

– Non. Tu vas te débrouiller pour que ça n'arrive pas. Je le sais. Tu te rappelles la dernière scène de *Butch Cassidy et le Kid* ?

Aidan a haussé les sourcils. D'accord, ce n'était peut-être pas le meilleur exemple.

– Oublie ça. Pense plutôt à…

Non, pas *Le Parrain*. Un des frères d'Al Pacino meurt. Je cherchais un film qui parlait en même temps de loyauté familiale et de triomphe face à l'adversité. Il y en avait forcément un. J'avais regardé des centaines de films du XXe et du XXIe siècle et j'avais retenu par cœur les dialogues d'un bon nombre d'entre eux. Oui, j'avais trouvé.

– … *Jeepers Creepers* !

– Le film où le frère meurt à la fin ? Celui où la créature bizarre lui vole ses globes oculaires ? a grimacé Aidan.

Bon sang ! Il faisait exprès de ne pas comprendre !

– La sœur essaie de le sauver ! C'est comme nous, mais à l'envers. Tu ne me laisseras pas mourir parce que tu es mon petit frère et que tu m'aimes.

– Je ne suis né que neuf minutes et vingt-deux secondes après toi, a répliqué Aidan.

C'était un de nos sujets de dispute favoris.

– Si tu veux, ai-je soupiré. Je vais chercher ma combi.

Je montais déjà vers mes quartiers qui se trouvaient sur le pont supérieur.

– On n'a pas beaucoup de temps, ai-je ajouté.

J'ai couru jusqu'à ma chambre. Où est-ce que j'avais fichu ma combinaison ? Les mains tremblantes, je l'ai enfilée le plus vite possible. Je commençais à réaliser la folie de ma décision. Aidan avait raison sur toute la ligne.

Mon frère allait me transférer à l'intérieur même du moteur des vaisseaux mazones. J'allais me retrouver au milieu d'un mini-soleil et je n'aurais que quelques secondes pour désactiver les cellules d'énergie avant qu'elles ne pénètrent le bouclier qu'Aidan allait créer pour me protéger.

Si je restais plus longtemps, je serais proprement… vaporisée. Mon frère allait devoir consacrer toute la puissance de notre vaisseau pour réussir à maintenir le champ de force du bouclier.

Et si j'échouais mais que, par miracle, Aidan parvenait à me ramener en un seul morceau sur le vaisseau, on se retrouverait à combattre les Mazones sans aucune arme d'attaque ou de défense. Il leur suffirait d'un tir pour nous pulvériser dans l'espace. Mon plan était stupide. C'était sans doute le plus stupide que j'avais jamais conçu.

Mais il y avait des gens sur cette planète. *Des gens.*

Je n'avais pas discuté avec des gens, blagué avec des gens, depuis trois ans.

Ça valait le coup de risquer ma vie.

Une décharge électrique m'a traversée. Mon cerveau bouillonnait, mes pensées se mélangeaient. Je n'avais jamais été aussi près de mourir. Mais cela faisait longtemps que je ne m'étais jamais sentie aussi vivante.

4. NATHAN

Il n'y avait nulle part où fuir. Nulle part où se cacher. Le sol tremblait sous nos pieds. Des hurlements retentissaient entre les explosions de bombes et les bâtiments qui s'effondraient. Ma mère me tirait par le bras. Pour m'emmener où ?

Certains couraient vers les baraquements, d'autres tentaient de fuir la colonie.

Bertrand, à genoux, serrait dans ses bras Jeanne, sa fille de six ans qui hurlait, les yeux écarquillés de terreur. Je me suis libéré de la poigne de ma mère pour me renverser en arrière, échappant de justesse à un disque métallique menaçant de me couper en deux. Un sifflement perçant retentit. Mon cœur se serra. Des armes à énergie dirigée. L'ennemi passait à l'étape supérieure. J'étais bien placé pour savoir de quoi ces armes étaient capables. C'était grâce à la même technologie que je m'étais coupé le tiers inférieur de la jambe deux ans plus tôt dans la mine.

Voilà, c'était la fin.

Pourtant, je me suis redressé et j'ai pris ma mère par la main avant de me mettre à courir. En temps normal, j'aurais trouvé ridicule de tenir la main de ma mère. Pas aujourd'hui.

– Dans la caverne ! a-t-elle crié au milieu du chaos.

Les bombes tombaient tout autour de nous, créant une barrière infranchissable, mais de toute façon, même si nous parvenions à atteindre la montagne, les Mazones ne s'arrêteraient que quand ils nous auraient tous tués. Leur réputation n'était pas exagérée. Ils détruiraient la planète s'il le fallait. À leurs yeux, nous étions des clandestins et nous n'étions pas les bienvenus.

J'essayais de ne pas regarder les corps qui jonchaient le sol. C'était un véritable carnage. Le sang ruisselait.

Nous avons continué de courir.

Les hurlements de terreur de mes compagnons me vrillaient le crâne. J'étais muet. Incapable de crier. Tout ce que je pouvais faire, c'était courir. Et prier. Une vague de colère m'a submergé.

Ma mère avait été prévenue. Les Mazones avaient répondu à nos tentatives de négociation en nous interdisant de nous installer sur leur territoire. Pourtant, elle n'avait lancé le signal que cinq heures sol plus tôt. Ce serait un trop grand hasard du destin que justement un vaisseau ami passe aux abords de Barros 5 précisément au moment où nous en avions besoin. Les Mazones se fichaient que cette terre soit inoccupée. Elle était à eux, c'était tout ce qui leur importait. Ma mère avait essayé de les convaincre que nous ne dépendions pas de l'Autorité et que nous voulions seulement coexister en paix. Elle leur avait exposé ce que nous pouvions leur apporter. Elle croyait sincèrement que la raison marcherait. Mais pour les Mazones, nous étions des intrus. L'inconnu qu'il fallait craindre et éliminer. Ça aurait presque pu être drôle si ce n'était pas aussi dramatique. On n'était une menace pour personne. Juste un groupe de gens qui cherchaient une vie meilleure.

Ha ! Ce n'était pas tout à fait ce que nous avions en tête.

Ma mère avait été sûre de pouvoir convaincre les Mazones, mais les bombes qui pleuvaient prouvaient à quel point elle s'était trompée. Tout en tentant désespérément de sauver ma peau, je ressentais une immense tristesse, la certitude calme de la défaite. Je n'avais que dix-neuf ans. Il y avait tant de choses que j'aurais encore aimé voir ou faire.

Non ! Je refusais d'abandonner. Je devais cesser de fuir et me battre. Mais comment, alors que notre ennemi se trouvait à des dizaines de kilomètres au-dessus de nos têtes ?

On avait besoin d'un miracle.

5. VEE

– Aidan ? Tu es prêt ?

– C'est la plus mauvaise idée de l'histoire des mauvaises idées.

– Aidan, on n'a pas le temps. Est-ce que tu es prêt ? ai-je grondé impatiemment.

– C'est moi qui devrais y aller.

– On sait tous les deux que tu ne peux pas.

Ça ne lui plaisait peut-être pas, mais on n'y pouvait rien. J'étais la seule de nous deux à avoir une minuscule chance de réussir.

Silence. Mon frère m'a dévisagée d'un air étrange.

– Ne meurs pas, Olivia.

– C'est pas prévu au programme, ai-je rétorqué. Tu ne te débarrasseras pas de moi aussi facilement. Tu n'as qu'à penser à…

– Non, s'il te plaît, laisse tomber les références de films.

Aidan s'est tourné vers le tableau de bord mais pas assez vite. J'avais vu son visage. Il était terrifié. Ça m'a secouée. Je me suis approchée de lui et je l'ai enlacé en me collant contre son dos. Il m'a laissée faire pendant deux secondes avant de me repousser.

– Dégage ! T'es cinglée ou quoi ? Ah oui, c'est vrai, tu es cinglée.

J'ai esquissé un bref sourire.

– Aidan, s'il m'arrive quelque chose, fais tout ce que tu pourras pour sauver ces gens en bas. D'accord ?

– Tu crois que j'aurais envie d'aider les responsables de ta mort ?

– Aidan. C'est mon choix. Ma décision. C'est ce qu'il faut faire. Alors promets-moi de tout faire pour les tirer de là.

– Je promets d'essayer. Mais c'est tout.

Avant que j'aie le temps d'insister, il a lancé :

– Vee, à mon signal…

Je me suis accroupie et j'ai baissé la visière de mon casque.

– Trois, deux…

Aidan avait raison, c'était n'importe quoi.

– … un…

Mes chances de réussite étaient…

– Go !

Un sifflement aigu, une impression d'être aspirée de l'intérieur et, moins d'une seconde plus tard, j'étais à bord du vaisseau mazone. L'intense luminosité m'a obligée à fermer les yeux un instant. Malgré mon casque, j'avais la sensation que mes rétines étaient en feu. J'ai ajusté mon niveau de protection. J'avais une terrible envie de vomir. C'est une des raisons pour lesquelles je détestais les transferts. Heureusement, ce n'était pas mon premier et je savais donc à quoi m'attendre. La chaleur dans le moteur était insupportable, mais j'allais devoir faire avec.

C'était comme être au centre d'un volcan en éruption.

J'ai regardé autour de moi. Le moteur d'à peu près quatre mètres de diamètre avait une forme cylindrique et était composé de quatre étages. Un portique en forme de croix et couvert d'un grillage métallique permettait de passer de l'un à l'autre. Il n'avait apparemment pas été utilisé depuis la construction du vaisseau. En son cœur, l'énergie palpitait, concrète, et me piquait la peau malgré ma combinaison.

J'avais dix secondes devant moi.

J'ai soigneusement examiné chaque niveau. Je me trouvais au deuxième. Le réacteur se situait au premier. Je ne devais pas m'en approcher sous peine de mort immédiate. Aucune combinaison ne pouvait protéger d'une telle chaleur.

Neuf.

Voilà, les cellules que je cherchais. Au dernier étage. Je n'avais pas le temps d'escalader. J'allais devoir utiliser le système de propulsion de ma combinaison. Je me suis accroupie.

Huit.

J'ai bondi et je me suis accrochée aux barres métalliques pour me hisser au niveau supérieur. Je me suis de nouveau accroupie… et j'ai sauté une nouvelle fois, mais en visant le grillage, le plus près possible des cellules que je voulais détruire.

Sept.

Ma main gauche a glissé mais la droite s'est désespérément agrippée au grillage. L'élan m'a fait tourner sur moi-même et mon dos a rebondi sur le métal brûlant.

Six.

Pendue comme un poisson au bout d'une ligne, j'ai essayé de retrouver l'équilibre. D'un coup de pied, je me suis remise du bon côté. Mon épaule droite m'a fait savoir qu'elle avait du mal à supporter mon poids à elle toute seule. Les secondes passaient.

Cinq.

J'ai tendu le bras gauche vers les cellules devant moi. Sur ma visière, je lisais à quoi chacune correspondait.

Quatre.

J'ai appuyé mes pieds contre le grillage et je me suis penchée en avant. J'ai tiré de toutes mes forces pour sortir la cellule de son logement. Elle ne bougeait pas.

Trois.

Si, elle bougeait ! J'ai tiré plus fort. Et d'une ! Yes !

Deux.

La seconde est tombée à son tour. J'ai pris des cellules anti-énergie dans ma ceinture et je les ai mises à la place.

Une.

Une aspiration. L'obscurité. Impossible de voir quoi que ce soit.

– Vee, ça va ? Vee ?

Je ne voyais toujours rien. J'ai relevé ma visière et j'ai cligné des yeux. Il m'a fallu un moment pour me réhabituer à la lumière normale du ponton de notre vaisseau, considérablement plus tamisée que celle de la salle des moteurs des Mazones. J'ai pris une profonde inspiration, puis une autre. L'air frais dans mes poumons était le bienvenu. Il fallait juste que j'attende que la nausée passe.

– Tu as réussi ? m'a demandé mon frère.

– On le saura bientôt. Envoie-moi sur l'autre vaisseau.

– On devrait attendre un peu. Il faut sept minutes pour que tu sois totalement décontaminée. Si tu repars tout de suite, tu auras encore moins de temps sur place.

– On ne peut pas attendre. Tu me protégeras. Vas-y.

Aidan a ouvert la bouche, mais mon expression déterminée l'a stoppé. J'étais brusque avec mon frère mais si je réfléchissais une seconde de plus, je me dégonflerais. J'ai de nouveau baissé ma visière.

– Bonne chance, frangine.

Une seconde plus tard et j'étais dans le moteur du deuxième vaisseau – sauf que cette fois, Aidan n'avait pas réussi à me transférer au centre. Je me suis retrouvée en équilibre instable sur une des barres du plus bas niveau. J'ai failli tomber, ne me rattrapant qu'à grand renfort de moulinets du bras.

Dix.

J'ai glissé. Non !

Neuf.

J'ai sauté et j'ai atterri à genoux sur la plateforme.

Huit.

J'ai levé les yeux vers le dernier niveau. Même avec le système de propulsion de ma combinaison, il me fallait bien six secondes pour y arriver. Au moins cinq de trop.

Sept.

Quelles étaient mes options ? Peut-être que…

Six.

Décide-toi, Vee. Fais quelque chose. Vite ! Les cellules d'énergie les plus proches étaient celles qui servaient à la navigation et au tir.

Cinq.

Je me suis approchée des premières.

Quatre.

Un sabotage dans cette zone serait réparé en moins de quarante minutes. Trente même. Mais c'était mieux que rien.

Trois.

– Aidan, j'ai besoin de quelques secondes supplémentaires, ai-je énoncé dans le micro de mon casque.

J'ai tiré la cellule la plus proche et je l'ai jetée dans le réacteur.

Deux.

– Tu n'as pas quelques secondes supplémentaires, m'a répondu Aidan.

– Maintiens la protection !

J'ai arraché une autre cellule, que j'ai également laissée tomber. Puis j'ai retiré les cellules anti-énergie de ma ceinture.

Mes mains étaient brûlantes. Tout mon corps était brûlant. Les données chiffrées de mon casque clignotaient à toute vitesse. Le bouclier allait bientôt lâcher. Les cellules anti-énergie m'ont échappé et ont disparu dans le réacteur.

Une lumière éblouissante.

Une chaleur insupportable.

J'allais y rester. Mais il était hors de question que j'abandonne. J'ai tiré sur une troisième cellule d'énergie. Je l'avais presque détachée quand je me suis retrouvée dans l'obscurité. Lorsque j'ai rouvert les yeux, j'étais de retour sur notre vaisseau, à genoux, une douleur intense me traversant le corps, l'estomac en vrac. J'ai juste eu le temps d'ôter mon casque avant de vomir violemment. J'ai vomi si longtemps que je suis certaine d'avoir éjecté des morceaux du gâteau de mon premier anniversaire. Le robot nettoyeur est immédiatement apparu pour ramasser et désinfecter.

– Aidan ! ai-je crié alors que je commençais tout juste à distinguer ce qui se passait autour de moi. Pourquoi est-ce que tu m'as ramenée ? Je n'ai pas eu le temps de…

– Tu serais morte ! a crié mon frère. Je t'ai laissée bien assez longtemps. Tu as des brûlures au deuxième degré ! Tu dois tout de suite aller au quartier médical.

– Non ! Ça va devoir attendre qu'on ait sauvé ces gens ! Tu ne m'as pas transférée au milieu du moteur comme je te l'avais demandé. J'ai dû improviser.

– Et moi, j'ai dû te sauver la vie. De rien, au fait.

Aidan a croisé les bras sur la poitrine. Bon, d'accord. Il n'avait pas complètement tort. Je me suis mordu la lèvre.

– Désolée. Je pense qu'on a dix minutes maximum pour évacuer la planète et il va nous en falloir au moins trois pour descendre jusque-là.

– Tu ne pourras pas tous les sauver. (Aidan avait les yeux fixés sur la carte.) Ils sont trop éparpillés et il y a énormément de dégâts matériels. Et puis, beaucoup sont déjà morts.

– Positionne-nous là où on pourra en récupérer le plus, lui ai-je ordonné. On a intérêt à se dépêcher avant que les Mazones réparent leurs vaisseaux. Chaque seconde compte.

– Je ne comprends même pas pourquoi tu fais ça ! s'est exclamé Aidan.

Je lui ai souri, ce qui évidemment l'a encore plus agacé.

– Mon instinct me dit que c'est ce que je dois faire.

– Un de ces jours, ton instinct me tuera, a-t-il grogné.

6. NATHAN

J'avais prié pour un miracle et il est arrivé un vaisseau terrien. Juste à la périphérie de la colonie. Ce n'était pas forcément ce que j'avais en tête mais on ne discute pas les miracles. Il volait à environ quatre mètres du sol.

Je ne savais pas si je devais me réjouir ou avoir peur.

Étrangement, les bombes avaient cessé de tomber. Ma mère et moi avons couru jusqu'à la rampe qui menait aux entrailles du vaisseau terrien.

Nous n'étions pas les seuls à avoir eu cette idée. Des hommes et des femmes se précipitaient dans la même direction, et au sol, des blessés suppliaient qu'on les aide. D'autres n'émettaient que des râles d'agonie et beaucoup restaient silencieux.

J'ai ralenti pour aider un homme à se lever. Du sang et une matière noire sortait de son ventre. Ma mère l'a regardé puis a secoué la tête. J'ai serré les dents et je l'ai doucement reposé à terre. Il a fermé les yeux. Il ne respirait déjà presque plus. Et soudain, tout s'est arrêté. Je restais là, choqué.

– Viens, Nathan, m'a soufflé ma mère.

Je me suis remis à courir. Il y avait d'autres blessés, partout, mais quand j'ai ralenti de nouveau, ma mère s'est tournée vers moi en criant :

– Occupe-toi de toi, Nathan. Ensuite, tu pourras t'occuper des autres. Avance.

Pour une fois, parce que ça m'arrangeait bien, j'ai obéi.

Sur la rampe, Darren aidait les nôtres à monter en leur criant de se dépêcher. Dans le fracas des bombes, j'entendais sa voix.

Tout à coup, je l'ai vue. Anjuli. Elle était à cinq ou six mètres sur ma droite. Une blessure sanguinolente à la tête. Je me suis précipité vers elle et je lui ai tendu la main. J'ai passé son bras autour de mon épaule et le mien autour de sa taille.

– Ellie ! Ellie ? Est-ce que quelqu'un a vu ma femme ? Où est mon fils ?

Darren a descendu la rampe. Il regardait partout autour de lui.

– Est-ce que vous avez vu Ellie ? Et Martyn ? Où sont-ils ?

Personne ne lui a répondu. Ma mère a d'abord attendu qu'Anjuli et moi la rejoignions mais nous n'étions pas assez rapides à son goût et elle a fini par venir m'aider. Il a fallu pratiquement traîner Anjuli. Dès qu'elle a été en sécurité dans le vaisseau avec ma mère, je suis retourné sur la rampe.

– Mike, vite ! Dépêche-toi ! ai-je crié à mon ami qui émergeait d'un des seuls bâtiments encore debout.

– Je cours aussi vite que je peux ! m'a-t-il rétorqué.

– Pas assez vite, si tu as encore assez de souffle pour parler !

Il m'a lancé un regard noir mais il a accéléré. D'autres sortaient de partout. Comment avaient-ils pu se croire en sécurité à l'intérieur des baraquements ?

Je ne savais toujours pas à quoi nous devions nous attendre. Se retrouver entre un vaisseau mazone et un vaisseau terrien revenait à être entre le marteau et l'enclume.

– Ellie ! appelait toujours Darren.

BOUUUUUUUMMM.

Les bombes se sont remises à tomber. Elles visaient cette fois une montagne située quelques kilomètres à l'ouest. Pris de panique, les rescapés se sont hâtés. D'autres continuaient d'arriver.

La rampe a commencé à se relever lentement.

– Non ! Attendez ! a crié Darren.

À présent, c'était chacun pour soi. Personne ne tendait plus la main à ceux qui tombaient. Les hurlements redoublaient.

La rampe continuait de remonter. Alors qu'une grappe humaine essayait encore de s'y accrocher, le vaisseau s'éloignait doucement du sol. Liana Sheen, notre médecin, a tendu la main vers moi. Accroupi, je l'ai attrapée. L'ascension du vaisseau était de plus en plus rapide. Sa main a glissé dans la mienne.

– Darren ! Aide-moi !

Darren a cligné des yeux comme s'il sortait d'une transe avant de s'accrocher à ma chemise. Liana avait entouré ses doigts autour de mes poignets. J'ai tiré de toutes mes forces et elle a atterri sur le ventre. Elle s'est redressée aussitôt. La rampe était à présent presque horizontale. En bas, les autres agitaient désespérément les bras et nous suppliaient de redescendre.

Nous avons continué de monter.

– Entrons à l'intérieur, ai-je lancé.

Alors que nous courions, des bombes retentissaient à nos oreilles.

7. VEE

– Aidan, il y en a d'autres ! On ne peut pas partir !

– Si on ne part pas maintenant, on ne partira jamais, a affirmé mon frère. Un des vaisseaux mazones est toujours en panne mais l'autre est déjà à nos trousses. Tu n'as causé que des dommages mineurs à leur système de navigation et de visée. C'est pour ça que leurs bombes sont tombées sur la montagne, mais je te promets qu'ils sont en train de réparer. La cellule anti-énergie que tu as jetée dans leur réacteur ne nous a fait gagner que quelques minutes.

– Mais tous ces gens…

– Vee !

Aidan a fait pivoter sa chaise pour me faire face.

– On peut essayer de mettre à l'abri les vingt-deux personnes qui sont montées à notre bord ou on peut retourner chercher les autres et tous mourir. C'est comme tu veux.

Vingt-deux. Seulement vingt-deux.

– Tu es sûr qu'il n'y a pas d'autre solution ?

– Sûr et certain.

Silence.

– OK, on se tire d'ici.

La force de l'accélération à travers l'atmosphère de la planète m'a collée à mon siège.

Tous ces gens.

Que nous abandonnons.

Vingt-deux sur quatre-vingt-cinq.

J'aurais dû essayer autre chose.

J'aurais dû…

– Plus que sept secondes avant de quitter l'atmosphère, a prévenu Aidan.

– Dès qu'on se sera débarrassés des Mazones, je veux qu'on revienne chercher les autres.

Aidan a reniflé.

– Il n'y a pas de survivant. Les Mazones viennent de faire exploser une bombe à protons qui a anéanti toute forme de vie à la surface de cette planète.

– Ils… ils sont tous morts ?

– Tous, a confirmé mon frère. Et on va subir le même sort si on ne dégage pas d'ici. On n'est pas encore sauvés, Vee.

– Branche-toi sur le réseau de communication mazone, lui ai-je demandé.

Aidan avait depuis longtemps déchiffré leurs codes, ce qui me permettait d'entendre les échanges entre les deux vaisseaux. À mes oreilles, la langue mazone ressemblait à une série de cliquètements et de stridulations mais je l'avais suffisamment étudiée pour la comprendre. Aidan a quand même activé l'unité de traduction. Il ne voulait sans doute pas que le moindre mot m'échappe.

Je n'ai pas tardé à découvrir qu'il avait raison. On avait du souci à se faire.

– La bombe à protons ne sera pas suffisante pour décourager les Terrans. On ne peut pas les laisser nous échapper. Sinon,

d'autres viendront en plus grand nombre. Nous devons éradiquer cette menace, a déclaré le capitaine du plus grand vaisseau.

– *Notre assaut les a fait détaler comme la vermine qu'ils sont*, a répliqué l'autre commandant. *Et notre bombe à protons a détruit ceux qui restaient.*

– *Nous devrions profiter de notre avantage, sœur Sikess. Nous devrions au moins annihiler ce vaisseau. Ce sont eux qui ont commencé cette guerre, pas nous.*

– *Tu as raison, sœur Sorrès. Ce sont eux les agresseurs et nous devons nous venger. Nous devons nous venger de tous les humains.*

Je ne voulais pas en écouter plus.

– Éteins ça.

– Mais Vee, on doit…

– ÉTEINS !

Alors qu'Aidan m'obéissait, je serrais les poings. Les salauds. J'ai froncé les sourcils.

– Pourquoi est-ce qu'ils n'ont pas commencé par leur bombe à protons ?

– Je crois qu'ils s'amusaient bien à tirer sur des cibles vivantes avant qu'on arrive, a soupiré mon frère. Après, ils ont juste voulu s'assurer que personne n'aurait plus aucun intérêt à remettre les pieds sur cette planète. Avec la bombe à protons, ils ont réussi leur coup : plus aucun humain, animal ou plante ne pourra y vivre avant au moins cinquante années sol.

– Même eux ne pourront pas y retourner, ai-je soupiré. C'est complètement idiot.

Aidan a haussé les épaules.

– Il faut croire qu'ils pensent que c'était le prix à payer.

J'ai serré les dents. J'étais en colère. Il aurait fallu qu'un univers entier me sépare des Mazones à cet instant. Ce qui était arrivé dans le passé avait été une erreur. Une erreur terrible mais une erreur. Les Mazones ont toujours refusé de l'entendre.

– Vitesse maximale, ai-je ordonné à mon frère.

Je me suis rassise et j'ai fermé les yeux. Les Mazones étaient connus pour leur xénophobie et ils considéraient que toutes les planètes de ce système leur appartenaient. Ils étaient prêts à massacrer ceux qui s'en approchaient dans le seul but de le faire savoir. Ces gens n'avaient jamais eu la moindre chance de s'en sortir.

Perdue dans mes pensées, j'ai à peine remarqué qu'Aidan se tenait à côté de moi. Avant que je comprenne ce qu'il s'apprêtait à faire, j'ai senti une griffure dans mon cou.

– Aïe ! Qu'est-ce que tu fais ?

– C'est pour contrer les effets de l'empoisonnement dû aux radiations des moteurs mazones, a-t-il répondu. Ça aidera aussi à guérir tes brûlures. Tu en avais besoin tout de suite pour éviter que ton corps n'entre en état de choc.

– J'aurais pu le faire moi-même ! ai-je protesté.

– Oui, mais tu restais là sans bouger, donc je m'en suis chargé. Tu n'as pas besoin de te mettre en colère.

Je l'ai fusillé du regard en passant la main dans mon cou. Bien sûr, j'appréciais qu'il s'inquiète pour moi, mais j'aurais préféré m'en charger moi-même. J'allais avoir mal au cou et ma peau serait ultrasensible pendant au moins les douze prochaines heures. Enfin, j'avais de la chance d'être toujours en vie. Pas comme ces pauvres gens que nous avions abandonnés.

– Où sont les survivants ? ai-je demandé à Aidan.

– Dans la soute. Est-ce qu'ils peuvent en sortir maintenant qu'ils ont été décontaminés ?

– Bien sûr. Ils ne sont pas prisonniers. Fais-les monter.

Aidan hésitait.

– Tu es sûre ? On ne sait rien d'eux, m'a-t-il fait remarquer.

– Scanne-les et fais-les monter.

Les doigts d'Aidan ont survolé le tableau de bord. On aurait dit un chef d'orchestre virtuose. Il était si rapide ! Je ne me lassais jamais de le voir faire.

– Alors ? ai-je demandé après quelques minutes. Qui sont nos invités ?

– Douze mâles, dix femelles dont deux enfants.

Des enfants ?

– Pourquoi ont-ils amené des enfants dans un endroit aussi dangereux ? me suis-je écriée, horrifiée.

– C'est à eux qu'il faut le demander.

Deux enfants. Combien d'autres étaient restés sur Barros 5 ?

Vee ! Arrête ! Tu as fait tout ce que tu pouvais.

– Vee, concentre-toi sur ceux que tu as pu sauver, a soupiré Aidan, faisant écho à ma propre pensée. Sans toi, ils seraient tous morts.

Je me suis forcée à sourire. Mon frère avait raison. Il fallait à tout prix se concentrer sur le positif. Sinon, j'allais devenir folle.

8. NATHAN

Une rumeur étouffée se répandait dans la soute. S'y mêlaient les sanglots de Darren. Agenouillé, la tête dans les mains, il tremblait de la tête aux pieds. Le vaisseau continuait de s'élever. Nous avons traversé l'atmosphère, laissant nos amis ou nos familles derrière nous. J'ai regardé autour de moi. Nous étions si peu nombreux. Une vingtaine, pas plus. Avions-nous la moindre chance de retourner chercher les autres plus tard ? Soudain, un violent soubresaut a secoué le vaisseau, faisant tomber ceux qui étaient restés debout. La déflagration n'était pas passée loin.

Ma mère est venue s'asseoir près de moi. Elle a passé son bras autour de mes épaules et m'a embrassé le front. Je l'ai laissée faire. C'était peut-être le dernier baiser qu'elle me donnerait jamais. Nous étions sur un vaisseau terrien, ce qui voulait dire que nous étions loin d'être sauvés. Des émotions contradictoires s'agitaient en moi. Avant de monter, j'avais cru ma dernière heure venue. Maintenant, j'étais dans le ventre d'un énorme vaisseau alors que mes amis enduraient toujours l'assaut des Mazones. Je ne pouvais qu'espérer qu'ils avaient réussi à se réfugier dans les cavernes des montagnes. Les Mazones pouvaient aussi tirer sur ce vaisseau et nous tuer tous. Chaque seconde devenait importante parce que c'était peut-être la dernière. Je me suis juré de ne plus gaspiller un seul moment de ma vie. Si par un nouveau miracle, on s'en sortait vivants, je profiterais de chaque instant.

Une brume nous a environnés. Toxique ? Non. Pourquoi se donner la peine de nous sauver si c'était pour nous tuer ? N'empêche. Nous étions dans un vaisseau appartenant à l'Autorité. Avions-nous parcouru tout ce chemin pour rien ? L'idée me rendait malade. J'étais prêt à me battre et à mourir pour ne pas retourner là-bas.

– Maman, ai-je murmuré, tu connais ce vaisseau ?

Elle a secoué la tête. J'ai de nouveau regardé autour de moi. Qui était aux commandes ? Une personne prête à nous écouter et à nous donner une chance ? Ou étions-nous tombés de Charybde en Scylla ?

9. VEE

Se concentrer sur le positif. C'était plus facile à dire qu'à faire. Je ne parvenais pas à penser à autre chose qu'à ces pauvres gens sur Barros 5. J'aurais aimé pouvoir réellement aider pour une fois. Pas seulement limiter les dégâts en réparant tant bien que mal ce qui était irréparable.

J'ai fermé les yeux et je me suis juré que je ramènerais les rescapés sur Terre. Quoi qu'il arrive.

La porte du pont principal s'est ouverte. Ils n'avaient pas perdu de temps à monter de la soute au pont supérieur. Je me suis levée.

J'ai marché vers eux et je me suis arrêtée.

Des êtres humains.

Bien réels.

Mais ils étaient si nombreux qu'ils ne pouvaient pas tous entrer.

J'ai jeté un coup d'œil vers Aidan. Contrairement à moi, il n'était pas nerveux. Juste curieux. J'ai pris une expression neutre pour ne pas trahir mon anxiété. Après des années passées avec mon frère pour toute compagnie, la présence de tous ces gens était… perturbante. Quelqu'un pleurait. Un autre a toussé nerveusement. J'entendais les respirations rapides et inquiètes. Et puis, il y a eu les odeurs : le sang, la sueur et quelque chose de léger et fleuri... tous ces gens à bord de mon vaisseau qui nous regardaient, mon frère et moi. Combien de mois, d'années avais-je passé à me languir d'une présence humaine ? Et maintenant qu'ils étaient là, j'avais du mal à respirer. C'était merveilleux, exaltant. Mais aussi terriblement effrayant.

Une petite fille qui devait avoir cinq ou six ans s'accrochait à la jambe d'une femme d'origine indienne. Je lui ai adressé un sourire. Elle s'est accrochée plus fort à la femme. Je la comprenais. Elle ressentait probablement la même chose que moi. Étrangement, la voir comme ça m'a rassurée.

Une femme aux cheveux auburn et aux yeux verts s'est avancée. Elle était maigre et les rides creusées autour de sa bouche ne devaient rien au rire.

– Qui est le capitaine de ce vaisseau ? a-t-elle demandé.

J'ai échangé un regard avec Aidan.

– C'est moi, ai-je répondu. Nihao.

– Et vous êtes ? a continué la femme sans répondre à mon salut.

– Vee Sindall. Olivia Sindall, mais tout le monde m'appelait... m'appelle Vee. Aidan est mon frère jumeau. Je suis l'aînée. Qui êtes-vous ?

Je parlais comme un robot.

– Catherine Linedecker. Comment pouvez-vous être aux commandes ? Vous n'êtes qu'une enfant.

– J'ai dix-huit ans !

– Où est le reste de l'équipage ?

– Ma mère, Vida Sindall, était le capitaine du vaisseau et mon père, Daniel Sindall, en était le médecin. Ils sont morts il y a trois ans avec tous les autres membres de l'équipage.

– Morts ? De quoi ? Comment ?

– Un virus qui n'a épargné que mon frère et moi.

Catherine Linedecker a serré les mâchoires.

– Un virus ? Alors nous y sommes tous exposés à présent ?

– Non. Nous ignorons de quelle maladie il s'agissait mais elle a disparu avec l'équipage. J'ai mené des tests biologiques depuis. Il n'y a plus trace du virus.

– Comment s'appelle le vaisseau ?

– Le vaisseau terrien *Aidan*. VT *Aidan*.

La femme a haussé un sourcil.

– Il porte le nom de votre frère ?

Je n'ai pas pris la peine de confirmer.

– Vous êtes partis d'un des spatioports orbitaux ? a poursuivi Catherine.

– Oui, ai-je acquiescé. C'était il y a sept ans. La mission d'exploration devait durer dix ans.

– Vous avez vécu sur Terre avant ça ?

– Oui.

– Et sur d'autres planètes ?

– Non, seulement sur Terre.

Elle me faisait subir un véritable interrogatoire. Je n'aimais pas ça. Et son ton était bien trop soupçonneux à mon goût. Une fille de mon âge s'est soudain avancée vers mon frère d'un pas décidé. Elle avait des cheveux blonds dressés sur la tête et les yeux les plus bleus que j'avais jamais vus.

– Nihao, je m'appelle Érica.

Aidan a regardé la main qu'elle tendait et il a fallu un moment avant qu'il la serre.

– Bonjour, Érica.

– Oh, tu es très poli, on dirait. Et aussi… plutôt comestible, a-t-elle ajouté avec un sourire gourmand.

Je n'en croyais pas mes oreilles.

– Érica ! a grondé Catherine. Ce n'est ni le lieu ni le moment.

– Quoi ? Je me présente. Il y a des règles sur ce qu'on peut faire ou pas, maintenant ?

– Érica...

C'était un avertissement cette fois.

– Je lui fais juste comprendre que je suis intéressée, c'est tout ! a lancé Érica d'un ton exaspéré.

Je... j'adorais cette fille ! Elle n'en avait manifestement rien à faire de ce que les autres pensaient. Mon frère lui plaisait ? Elle le lui disait carrément. En revanche, elle tenait tête à la mauvaise personne. Je me suis mordu la lèvre. Érica s'est tournée vers moi. Elle a plissé les yeux en me lançant un regard noir.

Au même moment, deux hommes se sont frayé un chemin jusqu'à nous. Le plus âgé avait les cheveux blond clair. Il a parcouru le ponton d'un air féroce avant de poser les yeux sur moi comme si j'étais son pire ennemi. J'ai reculé malgré moi.

Le plus jeune devait avoir mon âge ou un peu plus. Ses cheveux noirs très foncés lui tombaient sur les épaules. Ses sourcils traçaient une ligne droite au-dessus de ses yeux vert émeraude. Il avait aussi une jolie bouche. Oui, j'ai tout de suite remarqué ses traits. Et la lumière que renvoyaient ses pupilles. Waouh, il était... comment avait dit Érica ? Comestible. Il faisait une tête de plus que moi et son corps suggérait qu'il savait ce que travailler veut dire. Il me fixait, une expression indéchiffrable sur le visage. Une chaleur déconcertante a envahi mes joues. Il ne semblait pas aussi agressif que son compagnon. Mais peut-être dissimulait-il seulement mieux ses sentiments ?

Soudain, il a souri. C'était le premier signe amical qu'un d'entre eux nous adressait. Je lui ai rendu son sourire. Il était vraiment, vraiment beau. J'ai baissé les yeux.

– Toi ! a lancé l'homme blond en me montrant du doigt. C'est toi qui as donné l'ordre de quitter Barros 5 ?

Sa voix était rauque, beaucoup plus grave que celle de mon frère.

– Oui, ai-je répondu.

– Fais demi-tour. Il y a encore des gens là-bas. Ma femme et mon fils.

– Je ne peux pas.

– Bon sang ! Fais immédiatement faire demi-tour à ce vaisseau !

Il aboyait comme un chien enragé. Je me suis redressée.

– Je ne peux pas, ai-je répété.

– Darren, je m'en occupe, est intervenue Catherine.

Il a avancé d'un pas en l'ignorant. Je me tenais devant le siège du capitaine et il ne regardait que moi.

– Si tu ne le fais pas, je vais m'en charger moi-même.

Du coin de l'œil, j'ai vu les mains d'Aidan glisser sur le tableau de bord. Il s'assurait que personne d'autre que moi ne pourrait prendre le contrôle du vaisseau. Sans un mot, j'ai continué de soutenir le regard de Darren.

– S'il te plaît, a-t-il alors murmuré, essayant une nouvelle tactique. Ma femme et mon fils sont là-bas. On doit les sauver. S'il te plaît.

– C'est trop tard, a lâché Aidan. Ils sont tous morts.

Je me suis tournée vers lui. Il aurait pu annoncer cette nouvelle avec un peu plus de délicatesse !

– Quoi ? a grondé Darren.

J'ai soupiré.

– Ce que mon frère essaie de vous dire, c'est que les Mazones ont envoyé une bombe à protons sur Barros 5, éradiquant toute forme de vie. Les arbres, les fleurs, les animaux, les insectes. Je suis désolée.

Les yeux de Darren se sont embrumés quelques secondes. Puis ses lèvres ont formé une ligne mince, comme une cicatrice sur son visage. Derrière lui, quelqu'un a sangloté.

J'avais rêvé si longtemps de compagnie. De partage, de rire, de joie.

J'avais oublié la tristesse et le chagrin.

– Vous auriez dû attendre plus longtemps de façon à laisser monter plus de monde, a accusé Darren. Vous les avez abandonnés à une mort certaine. C'est votre faute si ma femme et mon fils ont péri.

Ses yeux lançaient des poignards et chacun m'a traversée, emportant au passage une partie de moi. J'ai retenu mon souffle, me noyant dans la froideur de son regard.

– J'ai fait tout ce que je pouvais pour vous aider, ai-je protesté.

– Vous auriez dû rester plus longtemps, a répété Darren.

– Nous sommes restés aussi longtemps que nous pouvions, nous…

– Darren, m'a interrompue le garçon aux cheveux noirs, s'ils étaient restés plus longtemps, aucun d'entre nous ne serait là.

– Reste en dehors de ça, Nathan. Toi, tu n'as perdu personne. Ta mère est là ! s'est écrié Darren en montrant Catherine du doigt. Tu n'as pas laissé ta famille derrière toi.

– J'ai attendu la dernière seconde avant de décoller, ai-je affirmé d'une voix calme.

– C'est vrai, a confirmé Aidan. Elle a fait tout ce qu'elle pouvait pour sauver votre peau.

Des murmures se sont élevés. Ils me fixaient tous et le poids de leurs regards me faisait vaciller. Catherine a pris la parole :

– Vee, tu dois excuser Darren. Il est sous le choc. Nous le sommes tous.

– C'est sa faute si ma femme et mon fils sont morts, a répété Darren.

C'était comme s'il m'avait giflée.

– Non, c'est la faute des Mazones ! s'est énervé Aidan. Nous, on vous a sauvés !

Il s'est tourné vers moi, furieux.

– Je t'avais prévenue, Vee. C'était une erreur de s'en mêler.

– Aidan, ce n'est pas le moment…, ai-je tenté.

– Darren ! Je suis toujours votre chef. Laisse-moi régler ça.

Catherine a pris Darren par le bras et l'a tiré en arrière. Il s'est dégagé d'un coup d'épaule et s'est de nouveau avancé vers moi. J'ai lu son intention dans ses yeux. Il souffrait et il comptait bien ne pas être le seul.

J'allais apprendre à mes dépens qu'une bonne action ne reste jamais impunie.

10. NATHAN

Darren s'apprêtait à commettre un acte que nous aurions tous à regretter. Je ne pouvais pas le laisser faire. Je me suis précipité devant lui.

– Darren, calme-toi.

– Dégage, Nathan ! a-t-il sifflé.

– Non, recule. Sans Vee et son frère, on serait tous morts. Ce sont les Mazones qui sont responsables de ce désastre.

Vee est venue se placer à côté de moi. Je lui ai jeté un coup d'œil. Elle avait le menton dressé.

– Darren, c'est ça ? Crois-moi, je suis désolée pour ta femme et ton fils. Aidan et moi avons fait tout ce que nous pouvions. Nous aurions aimé tous vous sauver.

– On ne pouvait pas rester plus longtemps, a renchéri son frère. À la base, on n'avait presque aucune chance de vous tirer de là. Ma sœur a dû saboter les moteurs des vaisseaux mazones. Au péril de sa vie.

Quoi ? Comment aurait-elle pu saboter les vaisseaux mazones toute seule alors qu'une armée aurait eu du mal à réaliser un tel miracle ?

– Je me fous pas mal de vos excuses bidon ! a craché Darren en regardant Vee droit dans les yeux. Ma femme et mon fils sont morts. Je ne vous pardonnerai jamais pour ça.

Vee a tressailli. C'était imperceptible mais je l'ai senti.

– Pourquoi ta femme et ton fils n'étaient-ils pas avec toi ? a sèchement demandé Aidan.

Darren a plissé les yeux.

– Ils étaient dans nos quartiers d'habitation. Je travaillais à l'extérieur de la colonie.

– Pourquoi est-ce que tu n'es pas allé les chercher ?

– J'ai essayé.

Darren était de plus en plus en colère.

– Mais quand les bombardements ont commencé, je n'ai pas pu les rejoindre.

– Tu t'es planqué ? Après tout, toi, tu es là, pas eux. Tu n'as pensé qu'à toi.

Darren s'est jeté sur Aidan. Une seconde plus tard, ils roulaient au sol et Darren cognait Aidan au visage. Il a fallu quatre d'entre nous pour les séparer. Aidan s'est redressé avec un sourire satisfait. Il avait la lèvre fendue et du sang coulait sur son menton. Il s'est essuyé la bouche du revers de la main et ça a été comme si un calme inquiétant s'emparait de lui. Il souriait toujours mais son sourire me donnait envie de prendre mes jambes à mon cou.

– Aidan ! Ne bouge pas ! a prévenu Vee.

Sans l'écouter, il a avancé d'un pas.

– Aidan, a-t-elle répété. Je suis sérieuse.

Elle s'est placée devant son frère. Il a posé les yeux sur elle comme s'il venait juste de remarquer sa présence. Son expression s'est légèrement détendue et il a reculé.

– Vee, Aidan, permettez-moi de vous présenter mes excuses pour le comportement de mon second, a énoncé ma mère. Je vous assure que… nous vous sommes très… reconnaissants.

Reconnaissants ? Ce n'était pas grand-chose comparé à ce qu'ils avaient fait pour nous. Aidan et Vee ont échangé un regard. Aidan s'est assis et Vee est allée se placer près de lui. Je ne pouvais pas lui en vouloir. Cette prise de contact avait été désastreuse. Le silence qui a suivi était lourd.

– Depuis combien de temps étiez-vous sur Barros 5 ? a fini par demander Vee.

– Trois mois Sol, a répondu ma mère.

– Les Mazones vous avaient déjà attaqués avant ça ?

– Non.

J'ai répondu à la place de ma mère :

– Ils ne se sont rendu compte de notre présence qu'il y a quelques jours. Ils nous ont ordonné de quitter la planète si on ne voulait pas être exterminés.

Vee a haussé un sourcil.

– Et qu'est-ce que vous n'avez pas compris dans cette injonction ?

– C'est à ma mère qu'il faut le demander.

Vee s'est tournée vers elle et a attendu une réponse.

– J'espérais que nous pourrions les convaincre que nous ne représentions pas une menace pour eux, a expliqué ma mère sur la défensive. Nous aurions même pu être un plus pour leur communauté. Et de toute façon, nous n'avions aucun moyen de quitter Barros 5.

Elle a jeté un coup d'œil rapide vers Darren. Vee l'a remarqué.

– Nous avons été déposés par un transporteur, a repris ma mère.

– Pourquoi un transporteur vous aurait amenés sur une planète située en territoire hostile sans vous fournir aucun moyen de fuir en cas d'attaque ?

Vee m'a regardé. Je ne pouvais pas lui répondre. Je me suis contenté de ne pas baisser les yeux. Elle a eu l'air déçue. Je venais de la rencontrer mais j'avais déjà l'impression de la laisser tomber en n'étant pas parfaitement honnête avec elle.

– Pourquoi n'avez-vous pas envoyé un signal de détresse tout de suite en arrivant sur Barros 5 ? a repris Vee.

Cette fois, c'est moi que ma mère a regardé. Aucun de nous deux n'a rien dit.

– Et pourquoi ne vous êtes-vous pas défendus quand les Mazones ont commencé à vous tirer dessus ? a continué Vee.

Darren a froncé les sourcils.

– Comment sais-tu que nous ne nous sommes pas défendus ?

– Sur mon écran de surveillance, il était clair que les tirs ne venaient que d'une direction.

Ma mère a pris une profonde inspiration.

– Nous tentions d'établir une colonie non violente pour prouver aux Mazones qu'ils n'avaient rien à craindre de nous. Nous ne demandions qu'à coexister en paix.

– Vous êtes sérieux, là ? Vous savez que les Mazones détestent les humains, quand même ? a lancé Vee d'un ton cinglant. C'est le peuple le plus xénophobe du quadrant. Vous ne pouvez pas prêcher la paix à des êtres qui ne ressentent que haine pour tout ce qui est différent d'eux.

– Nous devions essayer, a répliqué ma mère. J'espérais leur prouver notre bonne foi par nos actes. Nous n'avions pas le choix.

Vee a secoué la tête.

– Vous aviez le choix entre vivre et mourir. Autre chose : pourquoi, à l'approche de notre vaisseau, certains d'entre vous nous ont fui ?

De nouveau, le silence.

– Waouh, Aidan, a sarcastiquement lancé Vee. On est tombés sur de brillants orateurs, on dirait.

11. VEE

La désillusion n'avait pas tardé. C'était donc pour ces gens que j'avais risqué ma vie ? Ils me cachaient quelque chose, c'était évident. Catherine, leur chef, posait beaucoup de questions mais refusait de donner des réponses. Darren réfléchissait avec ses poings et les autres… ils étaient muets comme des carpes. Nathan ? Je ne pouvais pas plus lui faire confiance, manifestement. Pourtant quand il m'avait souri, j'avais cru… Mais peu importait à présent. Je m'étais trompée, point final.

Nous avons échangé un regard avec mon frère. Lui aussi voyait bien que quelque chose clochait. Nous étions peut-être seuls depuis trois ans mais nous avions expérimenté des contacts directs avec les Mazones, ce qui n'était apparemment pas le cas de ce groupe de fous suicidaires. Tout ce que j'avais lu et entendu à propos des Mazones concluait qu'il valait mieux ne pas s'approcher de leur système. Le moindre changement les terrifiait et ils étaient prêts à tout pour que leur monde reste toujours le même. Le statu quo était leur religion. C'était de l'arrogance de vouloir les influencer de quelque manière que ce soit. Comment était-il possible que Catherine et les autres l'aient ignoré ? Pourtant, une part de moi ne pouvait s'empêcher d'admirer leur optimisme, si stupide fût-il.

– Vous aviez des armes, au moins ? ai-je demandé.

– Seulement celles dont nous avions besoin pour nous défendre contre d'éventuels animaux sauvages. Ça n'aurait pas suffi pour mener une guerre.

– Se protéger des Mazones n'a rien à voir avec une déclaration de guerre, ai-je fait remarquer.

– C'est vrai, a reconnu Catherine, mais comment les convaincre de nos bonnes intentions en leur tirant dessus ?

Je n'ai pu m'empêcher de ricaner.

– Vous laisser vous faire tuer ne me semble pas non plus une très bonne solution. Et puis, vous êtes de singuliers pacifistes. Il y a deux minutes, Darren était sur le point de m'arracher les yeux. Si mon frère ne l'avait pas délibérément provoqué pour qu'il puisse passer ses nerfs sur lui, c'est sans doute moi qu'il aurait frappée.

La mâchoire de Darren s'est contractée. Je m'étais fait un ennemi, pas de doute. A priori plus d'un d'ailleurs. Combien de ces rescapés avaient perdu des êtres chers aujourd'hui ?

– C'est quoi, votre problème ? s'est soudain exclamée une femme.

Elle avait une quarantaine d'années, des cheveux châtains et des yeux bleus qui dégageaient une grande tristesse. Elle a poussé Darren pour s'approcher de moi.

– Vee, je suis le docteur Liana Sheen. Je sais que tu as fait de ton mieux et que, sans toi, nous serions tous morts. Nous ne sommes pas tous comme Darren.

– Liana, je pense que je peux… est intervenue Catherine.

– Je ne comprends pas pourquoi vous semblez vouloir crucifier cette jeune fille et son frère, l'a coupée Liana. Elle a risqué sa vie pour nous.

– Merci, ai-je soufflé.

– J'ai déjà présenté mes excuses pour l'attitude de Darren, a commencé Catherine.

J'ai secoué la tête.

– Laissez tomber ! Le problème, c'est que vous êtes en train de me reprocher de ne pas avoir fait ce que vos beaux principes vous interdisent.

– Ce n'est pas seulement une question de principe, a protesté Darren. Aucune de nos armes n'était assez puissante pour toucher les vaisseaux mazones.

– Alors vous avez eu bien de la chance que je passe par là !

Je n'avais fait aucun effort pour dissimuler mon mépris.

Ces gens étaient face à moi depuis moins de quinze minutes et j'avais déjà un mal de tête et une douleur dans la poitrine comme je n'en avais plus eu depuis la mort de mes parents. Ça allait prendre encore dix mois sol de les ramener jusqu'au système solaire de la Terre. Dix mois à passer en leur compagnie.

Dix mois qui s'annonçaient comme un véritable enfer.

12. NATHAN

Cette première rencontre n'aurait sans doute pas pu être pire. La tension dans le poste de commandement était palpable. Darren était un connard en temps normal, mais là, il s'était surpassé. OK, il venait de perdre sa femme et son fils. Nous le comprenions tous. Les Mazones étaient trop puissants et trop loin pour qu'on s'en prenne à eux alors que Vee et Aidan, eux, étaient là. Mais comment pouvait-il se montrer si injuste ? Je me suis tourné vers Vee. Ses magnifiques yeux bruns, si doux à notre arrivée, étaient à présent glacés. Elle nous toisait tous avec sévérité. Moi compris. Et ça ne me plaisait pas du tout.

– Aidan, a-t-elle ordonné à son frère, nous devons semer les Mazones. Reconfigure notre signature énergétique toutes les deux ou trois secondes pour qu'ils ne puissent pas nous repérer. Ensuite, tu scanneras et tu enregistreras ces gens. Explique-leur comment se repérer dans le vaisseau et laisse-les s'installer.

Elle nous a regardés avant d'ajouter :

– Quand ce sera fait, vous vous réunirez dans le mess. Mon frère et votre commandante vous assigneront vos tâches. Aidan vous montrera également vos quartiers de nuit sur le pont intermédiaire. Entretemps, nous aurons remis cap sur la Terre.

Et voilà.

Les ordres de Vee ont été accueillis par des grognements et des exclamations étouffées. Quelqu'un dans le fond s'est écrié :

– Non !

J'ai cru reconnaître Jaxon.

Vee a froncé les sourcils. Pourquoi ma mère ne lui disait-elle pas tout simplement la vérité ? Au lieu de ça, elle a demandé :

– Vous nous amenez sur la Terre ?

– C'est ce qui est prévu. Nous sommes à dix mois sol, deux semaines et deux jours de notre destination. Je vous suggère donc de vous mettre à l'aise. Le voyage va être long… Pour nous tous, a-t-elle ajouté à voix basse.

– On ne peut pas aller sur Terre. Nous devons nous rendre sur Mendela Prime dans le quadrant Gamma.

Vee a écarquillé les yeux.

– C'est de la folie ! Mendela Prime est à plus de douze mois sol dans la direction opposée. Et pour atteindre le trou de ver nous permettant d'atteindre le quadrant Gamma, on serait obligés de traverser le territoire mazone pendant plus de cinq semaines. Au cas où vous ne l'auriez pas remarqué, les Mazones nous cherchent activement. Si on fait demi-tour, ils nous repéreront en moins de deux secondes. Il est hors de question que je mette mon vaisseau en danger ! Si vous ne voulez pas aller sur Terre, je vais vous déposer sur la base stellaire la plus proche. Vous n'aurez qu'à envoyer un message subspatial à Mendela Prime. Ils enverront un convoi vous chercher.

– Non, a simplement refusé ma mère.

J'ai serré les poings. Comment pouvait-elle se montrer si arrogante ? Vee a haussé les sourcils.

– Veuillez m'excuser mais ce n'est pas vous qui décidez.

Ma mère n'a pas baissé les yeux.

– Est-ce que les Mazones sont toujours à nos trousses ?

– Oh oui, et ils ne sont pas près d'abandonner la chasse. S'ils ne nous trouvent pas, ils s'en prendront à d'autres Terriens. Vous leur avez fait un affront qu'ils n'oublieront pas. J'ai écouté leurs échanges. Ils sont très déterminés. Leur force de frappe est bien trop puissante pour que nous songions à les affronter. Notre seule chance est de leur fausser compagnie.

– Depuis quand ne vous êtes-vous pas posés sur un spatioport ?

– Je vous l'ai déjà dit. Nous sommes en mission depuis sept ans et notre dernière halte date de quatre ans. C'était dans le quadrant Alpha. Pourquoi ?

– Votre vaisseau n'a pas été relié à l'Autorité terrienne depuis quatre ans ?

– C'est ça.

Ma mère a souri. J'ai frémi.

– Dans ce cas, je suis désolée mais je n'ai pas le choix. Ordinateur ? Ici la commandante Catherine Linedecker CYL-Phi-Epsilon-803-1995. Je réclame la prise en main du vaisseau terrien, code 26-theta-upsilon. Confirmez.

– Maman !

J'ai brièvement fermé les yeux. Mais la décision de ma mère était prise. L'unité de contrôle a émis un léger ronronnement. Nous avons tous retenu notre respiration. Aidan observait ma mère avec beaucoup d'intérêt. Il ne semblait pas inquiet le moins du monde. Il affichait le même sourire détaché qu'après son altercation avec Darren. Vee était livide de colère.

– Maman, ai-je repris, Vee a risqué sa vie pour nous et c'est comme ça que tu la remercies ? En lui volant son vaisseau ?

– Ne discute pas, Nathan. Ces enfants ne peuvent pas comprendre. Nous devons à tout prix nous rendre sur Mendela Prime.

– J'ai bientôt dix-neuf ans, a sèchement répliqué Vee. Aidan et moi nous sommes parfaitement débrouillés sans vous ces trois dernières années.

J'ai secoué la tête.

– Maman, c'est… Tu ne peux pas faire ça.

– Reste en dehors de ça, Nathan, m'a-t-elle rembarré.

Elle avait l'air angoissé et… coupable. Peut-être que personne ne s'en rendait compte, mais j'étais son fils et je lisais en elle comme dans un livre ouvert.

– Bon, nous vous remercions de cette petite démonstration, a repris Vee avec mépris. Au moins, maintenant, nous savons exactement à qui nous avons affaire.

– Vee, est intervenu Aidan. Certains sont déjà en train d'explorer le vaisseau.

Il était penché sur un écran qui affichait sans doute tous les déplacements à l'intérieur du vaisseau.

– Ordonne-leur de revenir ici et précise-leur bien qu'aucun appareil ne fonctionnera pour eux tant qu'ils ne sont pas enregistrés.

– Je savais que c'était une erreur, a marmonné Aidan. J'ai essayé de te prévenir.

Vee lui a lancé un regard noir.

– Laisse tomber, Aidan.

– On ne peut pas leur faire confiance, Vee.

Vee a une nouvelle fois tourné les yeux vers le groupe. Dans son regard, on lisait toujours le mépris mais autre chose s'y mêlait. Quand elle est arrivée sur moi, son visage exprimait la déception. Je ressentais sa souffrance comme si elle était mienne. Je venais d'échouer à un test, alors que je ne savais même pas ce qui était en jeu.

– Aidan, a-t-elle finalement lâché. Je vais dans mes quartiers. Ensuite, si tu as besoin de moi, je serai dans la serre hydroponique.

Sur ces mots, elle est sortie de la salle de commandement, raide comme un piquet. Le groupe s'est écarté devant elle comme la mer Rouge devant Moïse. C'est elle qui quittait la pièce mais elle nous congédiait bel et bien.

– Étrange, a murmuré ma mère. Ce code pour prendre le commandement aurait dû fonctionner.

– Après la mort de l'équipage, Vee a modifié tous les paramètres, a expliqué Aidan. Elle a mis en place de nouveaux protocoles de façon à ce que personne d'autre qu'elle ou moi ne puisse contrôler le vaisseau. C'était une précaution contre d'éventuels pirates.

– Aidan, a tenté ma mère, tu ne comprends pas. Nous devons à tout prix nous rendre sur Mendela Prime et avertir tous ceux qui y vivent de la menace mazone.

– Peut-être que tu aurais dû donner cet argument plutôt que d'essayer de t'emparer du vaisseau par la force, me suis-je écrié, furieux. Pourquoi n'as-tu pas dit la vérité ? Toute la vérité ?

– En tant que chef de cette colonie, je devais faire tout ce qui était en mon pouvoir pour assurer notre survie, s'est-elle défendue. La menace mazone…

– En ce qui nous concerne, ma sœur et moi, c'est vous la plus grande menace pour le moment, a commenté Aidan. Nous allons donc vous déposer sur la base la plus proche. Maintenant, si vous voulez bien vous mettre en rang. Je vais vous scanner.

Ma mère l'a défié du regard.

– Et si nous refusons ?

– Dans ce cas, vous ne pourrez utiliser aucun des équipements du vaisseau. Vous n'aurez accès ni à la nourriture, ni aux vêtements, ni au quartier médical ou à la serre hydroponique. Pas plus qu'aux laboratoires de sciences et d'astrophysique ou même aux quartiers de nuit. Vous devrez vous contenter de la soute et…

– C'est bon, j'ai compris ! l'a interrompu ma mère.

– Pas trop tôt, a soupiré Aidan. Alors, en ligne.

La discussion était terminée.

J'avais envie de retrouver Vee et de lui présenter mes excuses jusqu'à n'avoir plus de voix. Ma mère aurait dû lui dire la vérité. Personne ne faisait le moindre mouvement, je me suis donc avancé vers Aidan pour être scanné.

– Je sais que vous n'avez aucune raison de me croire, lui ai-je dit, mais nous ne sommes pas vos ennemis.

– C'est bien imité alors, a-t-il rétorqué. Tourne-toi vers l'écran... Bien... De profil, maintenant.

J'obéissais sans cesser de plaider notre cause.

– Nous voulions vraiment prouver aux Mazones que nous n'étions pas une menace.

– Les deux mains sur l'écran, maintenant.

Une lumière a brièvement éclairé mes paumes, suivie d'une chaleur intense. Mes empreintes digitales et palmaires avaient été prises, ainsi qu'un échantillon d'ADN. J'ai laissé la place à ma mère. Peu à peu, une file se formait derrière elle.

– Aidan, ai-je insisté. Il faut me croire.

Il m'a répondu sans même prendre la peine de me regarder.

– Les Mazones sont une menace extérieure, vous, vous êtes à bord. Ce qui vous rend beaucoup plus dangereux.

Il a levé les yeux vers ma mère.

– Vous allez faire quoi maintenant ? Nous couper la gorge pendant notre sommeil ?

– On ne ferait jamais une chose pareille ! s'est-elle écriée, outrée.

Aidan a haussé les sourcils.

– Ah oui ? C'est bon à savoir. Néanmoins, je crois que nous ne prendrons pas le risque de vous tourner le dos. Vous ne me faites pas l'effet de quelqu'un qui abandonne ses projets aussi vite. Vous nous avez déjà prouvé qu'on ne pouvait pas vous faire confiance.

Il a fait volte-face pour ajouter en me regardant :

– Et je suppose que telle mère, tel fils.

Je n'ai pas répondu. Ses mots faisaient mal.

À cet instant, Vee regrettait probablement de ne pas avoir ignoré notre signal de détresse. Elle nous considérait comme un danger. J'allais faire tout mon possible pour la convaincre du contraire. Je ne voulais pas qu'elle pense du mal de moi… de nous. Je voulais la voir sourire de nouveau. Je me suis fait une promesse : si l'un de mes compagnons essayait de s'en prendre à Vee ou à son frère, il devrait d'abord me passer sur le corps.

Cette pensée m'a surpris mais je n'avais jamais été aussi sincère de toute ma vie.

Pourquoi voulais-je à ce point protéger une personne que je venais tout juste de rencontrer ?

13. VEE

Assise en tailleur sur le petit banc métallique au milieu des plants de tomates, j'ai poussé un long soupir.

Plus que quelques jours avant la récolte, qui s'annonçait fructueuse. Et dans trois ou quatre semaines sol, je pourrais ramasser les pommes de terre. Mais ce n'étaient ni les pommes de terre ni les tomates qui me faisaient soupirer.

J'ai regardé mon bol de chili. C'était mon plat préféré mais là, je n'arrivais pas à en avaler une bouchée. Je me suis forcée à enfourner une cuillerée et j'ai mâché lentement. Le piment qui a envahi ma bouche ne m'a pas consolée.

J'étais passée au quartier médical pour mes brûlures et j'étais tombée sur le docteur Liana Sheen qui faisait déjà comme si elle était chez elle. Une file de gens attendaient qu'elle les soigne mais je suis à peine entrée qu'elle est venue vers moi.

– Je peux t'aider ? a-t-elle proposé avec un sourire hésitant.

– Non. Je me débrouille.

– S'il te plaît, a-t-elle insisté. C'est le moins que je puisse faire pour te remercier.

– Inutile, je vais soigner mes brûlures toute seule, ai-je expliqué.

Elle a soupiré et m'a laissée appliquer le régénérateur de peau toute seule. Je suis partie sans un mot. Je me fichais de ce qu'elle pouvait penser de moi. Même si elle avait essayé de prendre ma défense un peu plus tôt. J'en avais déjà par-dessus la tête de ces réfugiés ou colons ou quel que soit le nom qu'ils se donnent.

Mon cerveau bouillonnait. Les couloirs de mon vaisseau étaient pleins d'étrangers qui m'évitaient et me regardaient comme si j'étais une hydre à neuf têtes. Je ne m'attendais pas à être portée en triomphe, mais quand même. Qu'avais-je fait pour mériter une telle hostilité ?

Et cette femme ! Catherine Linedecker ! Elle avait essayé de me voler le commandement ! De mon vaisseau !

Elle avait de la chance que je ne la fasse pas enfermer avec tous ses amis dans une des cellules du pont inférieur pour acte de piraterie. J'avais pris soin de mettre sous clé toutes les armes à notre disposition. Impossible d'ouvrir l'armurerie sans un échantillon d'ADN d'Aidan ou de moi. Et maintenant, pendant tout le voyage jusqu'à la Terre, mon frère allait me chanter sur tous les tons « je t'avais prévenue ».

Génial !

La porte de la serre s'est ouverte.

– Va-t'en, Aidan, je ne suis pas d'humeur. Et je ne veux pas que tu laisses le poste de commande sans surveillance. Je ne veux pas que ces gens mettent leur sale nez partout sur mon vaisseau.

Une silhouette est apparue derrière le buisson de buddleias hybrides près de l'entrée. Ce n'était pas Aidan mais Nathan. Il n'était pas seul. Deux filles, dont Érica, l'accompagnaient, ainsi qu'un autre garçon.

– Nihao, Vee, m'a-t-il saluée en esquissant un sourire timide assez peu convaincant.

– Bonjour, ai-je répondu plus formellement.

Je n'avais plus aucune envie de sympathiser avec ces gens. Et puis qu'est-ce qu'ils faisaient là ?

– Ça t'ennuie qu'on se joigne à toi ?

– C'est qui « on » ? ai-je rétorqué.

Nathan a brièvement froncé les sourcils.

– Ah… euh… oui, laisse-moi te présenter mes amis.

Il s'est tourné vers le garçon à la carrure imposante et aux traits asiatiques.

– C'est Mike, il adore les plantes. Il travaille aussi avec le docteur Liana.

Il a ensuite montré Érica du doigt.

– Érica est une spécialiste des armes. Elle sait toutes les utiliser. Elle aime les animaux et elle veut avoir une ferme un jour.

La jeune fille lui a jeté un regard capable d'arrêter un missile à deux mètres. Nathan présentait ses compagnons comme des participants à une des émissions de téléréalité que je regardais sur Terre quand j'étais petite. La tête d'Érica a failli me faire éclater de rire. Mieux valait ne pas être son ennemi.

– Nathan, a lâché cette dernière, je pense que Vee se fiche totalement du fait que j'aime les animaux.

– Et voilà Anjuli, a continué Nathan en l'ignorant.

Elle avait ramené en queue-de-cheval ses longs cheveux noirs aux mèches violines, laissant apparaître sur son cou un tatouage qui semblait représenter un insecte. Sa peau était couleur pain d'épice.

– Elle est très douée dans le domaine de la cybertronique. Même si c'est un peu moins que moi.

– Y a-t-il quelqu'un dans tout l'univers qui t'aime plus que tu ne t'aimes toi-même ? a lancé Anjuli en levant les yeux au ciel.

– Toi ? a souri Nathan d'un air espiègle.

– Dans tes rêves ! a ricané Anjuli.

J'ai eu encore plus de mal à ne pas rire. Ils étaient vraiment amis ?

– Maintenant que tu sais qui nous sommes, pouvons-nous nous joindre à toi ? m'a demandé Nathan.

J'ai haussé les épaules et je me suis poussée pour leur faire de la place sur le banc. Nathan n'a pas eu une seconde d'hésitation. Il s'est assis près de moi. Très près de moi. Sa cuisse touchait la mienne. Je sentais la chaleur de son corps.

Anjuli s'est installée près de lui pendant que Mike et Érica se laissaient tomber par terre, face à nous. Et maintenant ? Je n'avais aucune idée de ce que j'étais censée faire. Je manquais de pratique en matière de relations sociales. Et mon cœur battait si fort que j'avais l'impression que tout le monde pouvait l'entendre. Des grosses gouttes de sueur coulaient dans mon dos. En inspirant pour reprendre contenance, j'ai perçu l'odeur de Nathan. Il sentait la sueur fraîche et la terre retournée. J'ai discrètement inhalé une deuxième fois.

– Ça sent bon.

Quoi ? J'ai levé les yeux vers lui. Est-ce que j'avais été aussi peu discrète ?

– Le chili, a poursuivi Nathan en montrant le bol dans ma main. Il sent vraiment bon.

– Oh ? Oui. Tu en veux ?

Je reconnaissais à peine ma voix.

– Oui, je veux bien. Je suis affamé.

– Il y a un distributeur sur le mur. Tu n'as qu'à commander un chili doux ou épicé. Comme tu préfères.

– Il est comment, le tien ?

– C'est une recette originale. La machine la connaît sous le nom de Chili de Vee. Je suis la seule à l'aimer comme ça.

– Pourquoi ? a demandé Mike.

J'ai esquissé un sourire.

– Ce n'est pas un chili pour débutants.

– D'accord, a opiné Mike sans poser plus de questions.

Nathan a plissé les yeux.

– Pas pour débutants, hein ?

Il y avait comme une lueur de défi dans son regard vert. Il devait aimer ça, les défis. Tous les autres se sont levés et se sont dirigés vers le distributeur. Il est resté à côté de moi et a attendu qu'ils soient hors de portée d'oreilles.

– Je suis vraiment désolé de ce qui s'est passé tout à l'heure. Ce que ma mère a fait est inqualifiable.

– Tu n'as pas besoin de t'excuser pour elle..., ai-je commencé.

– Si, m'a-t-il coupée. Je sais que ce n'est pas grand-chose, mais c'est tout ce que je peux faire.

– OK. J'accepte tes excuses, ai-je soupiré en essayant de deviner s'il était sincère.

Il a souri en me regardant droit dans les yeux. Il était encore plus beau quand il souriait. Et ses yeux... Rien qu'à les regarder, je sentais une chaleur se répandre dans tout mon corps. À moins que ce ne soit le chili ?

– Je croyais que tu avais faim ? lui ai-je demandé. Je peux te montrer comment commander ce que tu veux.

J'ai commencé à me lever mais Nathan m'a retenue en posant sa main sur mon bras. Une décharge électrique m'a traversée tout entière. C'était presque douloureux d'être touchée après tout ce temps. Ma peau était ultrasensible.

– Je peux goûter ton chili ? Juste pour voir ?

Vraiment ? Pourquoi voudrait-il goûter mon chili alors qu'il pouvait se commander ce qu'il voulait ? S'il pensait qu'en étant super amical, il réussirait à me subjuguer et que je finirais par laisser le commandement de mon vaisseau à sa mère, il se mettait le doigt dans l'œil.

Ne sois pas parano, Vee.

Pourquoi étais-je aussi nerveuse ? J'ai baissé les yeux pour dissimuler ma confusion et j'ai collé un masque de neutralité sur mon visage avant de redresser la tête.

–Tu es sûr de toi ? Ma recette perso est… très épicée.

– J'aime ce qui est épicé, a-t-il rétorqué.

– D'accord.

Après tout, c'était son problème. Les autres sont revenus et ont fait la course pour avoir une place sur le banc. Anjuli a gagné. Mike et Érica se sont une nouvelle fois retrouvés assis par terre. Anjuli avait choisi une soupe de pois. Nathan m'a pris mon bol des mains et s'est apprêté à enfourner une énorme cuillerée.

– Nathan, l'a arrêté Érica en me jetant un coup d'œil, tu ne crois pas que tu devrais aller te chercher un bol ? Je veux dire… tout l'équipage a été empoisonné par un mystérieux virus et…

– Eh !

Il m'avait fallu une demi-seconde pour comprendre son accusation voilée.

– Je ne suis pas Mary Mallone !

Elle m'a dévisagée sans comprendre.

– Qui ?

– On l'a surnommée Mary Typhoïde. On raconte qu'elle a infecté plus de cinquante personnes avec la bactérie de la typhoïde au XXe siècle à New York, sur la Terre. Elle était ce qu'on appelle une porteuse saine. C'est bien ce que tu voulais dire à Nathan, non ? Qu'il risquait de tomber malade s'il utilisait ma cuillère ?

Les joues d'Érica se sont enflammées mais elle n'a pas nié. Nathan lui a jeté un regard noir avant de mettre ma cuillère dans sa bouche et de la garder un peu plus longtemps que nécessaire. Érica a baissé la tête, soudain fascinée par son propre bol. Il y a eu un silence gêné.

– Vee, a soudain dit Mike, je ne sais pas si quelqu'un l'a déjà fait, mais je voulais te remercier de nous avoir sauvés.

Son sourire était chaleureux et sincère. C'était la deuxième personne qui me souriait aujourd'hui.

– De rien. Vous êtes les bienvenus.

– Je ne suis pas sûr que c'est ce que tu pensais tout à l'heure, a ajouté Mike.

– Ah bon, ça s'est vu ? ai-je répliqué avec sarcasme.

– Je crains que tu ne sois pas très forte pour cacher tes pensées, a souri Mike.

– C'est vrai, ce n'est pas ma spécialité, ai-je reconnu.

– Ça s'apprend.

– Je n'en avais jamais eu besoin jusqu'à aujourd'hui.

– Alors ne change rien, a conclu Mike.

Nous avons échangé un sourire. Je l'aimais bien. Il n'était pas bavard mais rien ne semblait lui échapper. Malgré ses manières détendues, il avait un regard qui ne cessait jamais d'observer. Je me suis tournée vers Nathan pour reprendre mon bol. Il fixait Mike d'un œil froid mais dès qu'il s'est aperçu que je le scrutais, ses traits se sont décrispés.

Qu'est-ce que ça voulait dire ?

14. NATHAN

Merde. Vee m'avait surpris en train de jeter un regard noir à Mike. Mike, lui, arborait un sourire ironique parce qu'il avait parfaitement compris ce que je ressentais. J'ai détourné le regard et j'ai fini par avaler cette énorme bouchée de chili qui attendait encore dans la cuillère de Vee.

– C'est bon ! me suis-je exclamé.

C'était vrai. Je ne sais pas pourquoi j'étais surpris. Peut-être parce que après la soi-disant nourriture de Callisto, les rations déshydratées sur le *Galiléo* et les légumes minuscules de Barros 5, je m'attendais à la même pitance insipide.

– Merci, a répondu Vee en m'observant avec attention.

Elle semblait attendre quelque chose, mais quoi ? Oh... qu'est-ce que... Les larmes me sont montées aux yeux... Soudain, ma langue et mon palais étaient en feu. J'ai prestement avalé ce qui restait dans ma bouche. Erreur. Si je n'avais pas voulu faire bonne impression, j'aurais tout recraché.

Bordel de...

Haletant comme un chien pendant une canicule, j'ai tiré la langue.

– Aaaah ! Bordel... ai-je essayé d'articuler.

– Je t'avais prévenu que c'était épicé.

Vee s'est levée et s'est dirigée vers le distributeur. Elle a commandé un verre de lait froid et me l'a rapporté. Les larmes roulaient librement sur mes joues.

– Oui, Vee t'avait prévenu que ce n'était pas pour les débutants, a renchéri Mike pendant que j'avais l'impression de cracher des flammes.

Érica et Anjuli étaient mortes de rire.

– Bois, m'a ordonné Vee en me tendant le verre.

Je l'ai vidé si vite que le liquide est à peine entré en contact avec ma bouche.

– Je vais t'en chercher un autre, a soupiré Vee, mais cette fois, laisse-le au moins toucher ta langue.

Quand elle m'a tendu le deuxième verre, j'ai suivi son conseil et le soulagement a été instantané.

– Ça va mieux ? s'est enquise Vee.

Je me suis essuyé les yeux. Moi qui voulais faire bonne impression ! C'est évident, les filles tombent toujours amoureuses des garçons qui se ridiculisent devant elles... J'avais envie de disparaître dans un trou de souris.

– C'est pas du chili, c'est de la lave en fusion, ai-je reniflé en lui rendant son bol. Comment tu fais pour avaler ce truc ?

Sans répondre, Vee a pris une bouchée de chili et a mâché lentement. Mon ébahissement s'est transformé en respect. Avec un sourire, Vee a repris une bouchée avant de lécher sa cuillère.

– Comment tu fais ça ? ai-je lâché.

– Un soupçon de charme, une pincée d'esprit et une bonne dose de classe, a répondu Vee. Tu veux retenter ta chance ?

– Euh, non, non merci. C'était délicieux mais j'en ai eu assez.

Vee a haussé un sourcil.

– Tu es un bon acteur. Digne de Robert de Niro.

– Robert qui ? s'est exclamée Érica.

– Robert de Niro. C'était un acteur américain du XXe siècle. Il a joué dans *Le Parrain, Taxi Driver, Mon beau-père et moi*. Il a gagné des tas de récompenses.

– Comment ça se fait que tu en saches autant sur ce type ? s'est étonnée Érica.

– J'adore les films du XXe et du XXIe siècle. On en a plein et je les ai tous vus au moins deux fois.

– Pourquoi tu regardes des films aussi vieux ? a demandé Érica.

Je me posais la même question.

– Pour la même raison que je lis des livres ou que j'écoute de la musique de toutes les époques. Quand quelque chose est bon, il le reste même s'il a été créé il y a longtemps.

– Tu lis beaucoup de livres, hein ?

La question d'Érica ressemblait presque à une accusation. J'ai froncé les sourcils. Je n'appréciais pas vraiment qu'elle laisse entendre que nous étions incultes et contents de l'être.

– Je n'ai pas pu lire des livres ou regarder des films comme toi, a poursuivi Érica. L'Autorité ne le permettait pas. Ils voulaient éviter que nous ayons des idées qui…

– Érica, l'a interrompue Mike.

Vee a surpris le regard échangé entre eux, sans comprendre. Elle a tourné vers moi un regard interrogateur. Je suis resté silencieux. Elle a soupiré.

– En tout cas, il y a beaucoup de choix ici et vous avez accès au contenu de la médiathèque depuis vos quartiers, alors servez-vous.

– Tu nous conseilles quoi ?

J'essayais de changer de sujet.

– Pour toi ? Un chili que même un gamin de trois ans pourrait manger.

J'ai rougi.

– Oui, ça m'irait, mais je parlais de films en fait.

– Je sais. Je voulais juste me moquer de toi.

– On pourrait peut-être regarder un de tes films préférés ensemble ? ai-je suggéré.

Le visage de Vee s'est éclairé d'un grand sourire.

– Oui, si tu veux.

Waouh ! C'était comme si un soleil s'était allumé dans la serre.

Attention, Nathan. Ne t'emballe pas.

– Ce serait cool, ai-je approuvé sans réussir à cacher mon enthousiasme.

Ignorant le regard de Mike, Érica et Anjuli, je suis allé au distributeur me commander un hamburger et un verre de lait. J'avais eu assez de chili pour la journée.

– Aidan vous a expliqué que vous pouvez commander tout ce dont vous avez besoin ? a demandé Vee. Nourriture, vêtements ou autre chose.

Érica s'est penchée vers elle.

– Parle-moi de ton frère.

– Lui, tu vas avoir du mal à le commander au distributeur, a répliqué Vee.

Érica a éclaté de rire.

– Dommage. Mais vas-y, raconte-moi des trucs sur lui.

– Des trucs comme quoi ? a grimacé Vee.

– Qu'est-ce qu'il aime ? Qu'est-ce qu'il fait de son temps libre ? Quel est son genre de filles ? Enfin, j'espère qu'il aime les filles et pas les garçons. Il regarde des films, lui aussi ? Tu crois qu'il sortirait avec une fille comme moi ?

Vee a cligné des yeux. Ça faisait beaucoup de questions d'un coup. Une fois lancée, Érica était difficile à arrêter.

– Une fille comme toi ?

– Oui, une fille qui ne sait pas fermer sa bouche, a précisé Anjuli.

Vee a haussé les sourcils.

– Euh… il va falloir que tu lui demandes toi-même.

Je suis revenu m'asseoir à côté d'elle. Aucun n'avait pensé à prendre ma place. Nous avons mangé sans parler pendant un moment, mais cette fois le silence était plutôt agréable. J'ai jeté un coup d'œil vers Vee. Elle m'observait à la dérobée. Elle m'a adressé un sourire. Un vrai sourire. Anjuli a avalé quelques cuillerées de soupe avant de demander :

– Aidan a dit que tu avais modifié le vaisseau. Tu as fait quoi, au juste ?

Vee a haussé les épaules.

– J'ai augmenté l'efficacité du moteur énergétique de 30 %.

– Ah bon ? me suis-je étonné. Vous avez réussi à faire ça juste à vous deux, Aidan et toi ?

– En fait, c'est plutôt moi toute seule. Aidan a seulement confirmé mes calculs.

Anjuli a hoché la tête.

– Et… tu as prévenu la Terre de ces modifications ?

Vee s'est raidie. Elle était soudain sur la défensive.

– On est trop loin de la Terre pour communiquer. Quand on y sera, ils pourront enregistrer toutes mes modifications, s'ils le veulent.

Je l'ai regardée.

– Mais pourquoi tu as fait ça ?

– Je voulais rentrer chez nous le plus vite possible. Mes grands-parents maternels vivent toujours sur Terre, a répondu Vee. Et puis, après la mort de l'équipage, je n'avais pas grand-chose à faire pour m'occuper.

– Tu me laisserais regarder tes schémas ? ai-je tenté.

– Pourquoi ? a-t-elle rétorqué un peu sèchement.

Elle s'était montrée méfiante jusqu'à présent, mais là, elle était carrément agressive. Elle avait raison, elle n'était pas très forte pour cacher ses sentiments.

– La conception des vaisseaux me fascine. J'ai étudié en détail tous les modèles existants.

Vee a pris une bouchée de chili pour prendre le temps de réfléchir.

– Tu t'intéresses à quoi d'autre ? m'a-t-elle demandé au bout d'un moment.

– Aux armes, aux tactiques militaires à travers les âges... J'aime bien inventer des machines et les fabriquer aussi. Je suis plutôt un manuel. Alors, tu me montreras tes schémas ?

– Et ta mère, elle en pense quoi, de tes passe-temps ?

Bon, elle ne voulait pas répondre.

– Elle se demande encore où elle s'est trompée, ai-je souri. Même si elle n'est pas au courant de la moitié de mes activités. Et Aidan, il s'intéresse aux mêmes trucs que toi ?

– Ça dépend.

– Ça dépend ? ai-je répété.

– Aidan s'intéresse à tout ce qui concerne ce vaisseau.

J'attendais qu'elle poursuive mais elle s'est contentée de hausser les épaules. Du coin de l'œil, j'ai remarqué le coup de coude d'Érica à Mike.

– J'aimerais vraiment voir tes modifications, ai-je repris, mais seulement par curiosité. Je n'ai pas l'intention de t'espionner pour le compte de ma mère. Tu peux me faire confiance, Vee.

– Je ne te connais pas, a-t-elle fait remarquer.

– On apprendra à se connaître et tu verras que je suis quelqu'un de fiable.

– Ah oui ? a ri Vee.

– Bien sûr. Tu n'as qu'à me regarder. Est-ce que ce n'est pas le visage le plus franc que tu aies jamais vu ?

Vee a réfléchi un moment avant de répondre :

– Je ne peux pas dire que j'aie beaucoup de points de comparaison.

Oui, évidemment.

15. VEE

Je n'ai pas pu m'empêcher de rire. Il était tellement mignon quand son ego était mis à mal.

– OK, a-t-il soupiré. Je crois que je n'ai rien à répondre.

– Je crois aussi, ai-je acquiescé avec un sourire gentiment moqueur.

– Pourquoi est-ce que ton frère porte le même nom que le vaisseau ? est intervenue Érica.

– Le vaisseau a été baptisé après la naissance de mon frère en l'honneur de l'amiral Adam Aidan.

– Celui qui est mort pendant le soulèvement de Barrington ? a demandé Anjuli.

– Oui. Il est mort avec son équipage en essayant de sauver le reste de la flotte. Il a fallu un moment pour que l'Autorité reconnaisse son acte de bravoure. Je suppose que donner son nom à ce vaisseau était une façon de se faire pardonner par sa famille de l'avoir traité de traître et de lâche. Quand on a confié le commandement du vaisseau à ma mère, elle a cru que le fait qu'il porte le même nom que mon frère était un bon présage. (Mon sourire s'est effacé.) On dirait qu'elle s'est trompée.

Nathan a brièvement posé sa main sur ma cuisse, juste au-dessus de mon genou. J'ai senti la chaleur de son empathie plusieurs secondes après qu'il l'a retirée.

– D'un certain côté, vous avez eu de la chance, ton frère et toi, a commenté Érica.

– De la chance ? me suis-je exclamée.

– Oui ! a-t-elle confirmé comme si c'était une évidence. Vous avez pu explorer toute la galaxie.

Waouh ! Elle n'était pas sérieuse quand même ?

– À quoi sert de visiter des endroits merveilleux si on n'a personne avec qui partager ce que l'on ressent ? ai-je lancé.

– Ni personne pour te donner des ordres et t'empêcher de faire tout ce que tu veux, a-t-elle répliqué. Ça me semble plutôt pas mal, à moi.

Elle avait pour le moins une vision idéalisée de mes trois dernières années. Voyager seul avait été déprimant. Peut-être même destructeur. Seule l'idée de mon retour sur Terre m'avait empêchée d'aller écraser l'*Aidan* contre une étoile.

– Ce que je veux, moi, c'est rentrer à la maison. Là où quelqu'un m'attend et s'occupera de moi.

– On n'a pas tous cette chance, a reniflé Érica.

Son regard s'était assombri comme si elle m'en voulait de quelque chose. Mais quoi ? L'atmosphère dans la serre est redevenue tendue.

– Pour moi, ce n'est pas la destination qui est importante mais le voyage, est intervenu Nathan qui me regardait droit dans les yeux.

Vee, tourne la tête maintenant. Allez, Vee, arrête de le fixer comme ça.

Mais c'était impossible. Mon cou refusait de m'obéir. Je me noyais dans ses yeux. Ce n'est que quand Anjuli a toussoté que j'ai pu enfin me libérer de leur emprise. Tous les autres nous observaient. Je suis devenue rouge comme une tomate.

– Tu as exploré certaines planètes ? a demandé Anjuli.

J'aurais pu l'embrasser. Merci, merci de changer de sujet.

– Non.

– Pas une seule ?

– Non.

– Mais tu aurais pu. Tu as bien un robot pour t'accompagner en cas de problème, non ? Tu n'étais pas un peu curieuse ?

J'ai haussé les épaules.

– Le robot du vaisseau a été endommagé pendant l'exploration d'une planète un an avant la mort de l'équipage. Il était impossible à réparer. Je ne voulais pas prendre le risque d'atterrir sur une planète inconnue.

Mike a hoché la tête.

– Je comprends. Ton frère et toi auriez été beaucoup trop vulnérables.

– Exactement, ai-je acquiescé.

Silence. Je me suis risquée :

– Je veux que vous sachiez que je suis désolée pour vos amis qui sont restés sur Barros 5. Je sais combien il est difficile de perdre des gens qu'on aime.

– On est habitués, a grogné Érica.

J'ai froncé les sourcils. Comment peut-on s'habituer à la mort de proches ? Une nouvelle fois, Mike a jeté un coup d'œil d'avertissement à Érica. Elle n'a rien remarqué.

– Qu'est-ce que tu as fait quand les membres de l'équipage sont morts ? a-t-elle demandé.

Quelle étrange question. Que croyait-elle que j'avais fait ? J'avais pleuré, souffert et puis, j'avais essayé d'avancer.

– Procédures de funérailles standard. Les corps ont été jetés dans l'espace au fur et à mesure. À la fin, seuls Aidan et moi étions en assez bonne santé pour nous en charger. On prononçait quelques mots et on ouvrait le sas.

Ça avait été le moment le plus effrayant et le plus malheureux de toute ma vie. Mon père ne dormait que quelques heures par nuit et passait tout le reste du temps avec ses collègues médecins à chercher un traitement. Et puis, il était tombé malade à son tour. Je les avais tous vus mourir l'un après l'autre. Je ne voulais jamais revivre une chose pareille.

– Vous avez dû vous sentir seuls, ton frère et toi, a murmuré Nathan.

– C'est vrai, mais au moins nous étions là l'un pour l'autre. Je ne sais pas ce que j'aurais fait sans Aidan.

– Vous êtes très proches, n'est-ce pas ?

– Il est la seule famille qui me reste, et réciproquement. C'est grâce à lui que je ne suis pas devenue folle quand tout le monde est mort.

– Vous ne savez toujours pas ce qui les a tués ? s'est enquis Mike.

Que répondre. La vérité ? Non. Ce qui s'en rapprochait le plus ?

– Au départ, mon père a pensé que nous avions ramassé un virus sur une des planètes que nous avions explorées. (La tristesse m'enveloppait doucement dans ses bras.) Mais notre procédure de contamination était très stricte, ai-je poursuivi, et il a fini par estimer que c'était fort peu probable. Ensuite, il s'est demandé si nous n'avions pas été infectés par un nanovirus mazone. Peut-être même délibérément.

La vérité était bien pire.

Nathan a froncé les sourcils, et soudain, il a semblé comprendre quelque chose.

– Cette brume qui est sortie de la ventilation ! C'était une procédure de décontamination.

– Oui, ai-je confirmé. La sécurité est une des priorités sur ce vaisseau. Rien n'entre sans avoir été testé et, si possible, décontaminé.

Anjuli a pris un air dubitatif.

– Et quand ce n'est pas possible ?

– Dans ce cas, la soute reste en quarantaine ou son contenu est éjecté dans l'espace. Il n'y a pas d'exception.

– Alors comment un virus a-t-il pu pénétrer dans ce vaisseau ? s'est exclamé Nathan.

J'ai baissé la tête. Je ne savais pas mentir.

– Aucune idée… ai-je marmonné.

– Et comment se fait-il que ton frère et toi ayez survécu ? a insisté Mike.

Toutes ces questions commençaient à me porter sur les nerfs.

– Je ne sais pas. L'univers est plein de choses que je ne comprends pas. Et vous, c'est quoi votre histoire ? Catherine a dit qu'un transporteur vous avait déposés sur Barros 5. Pourquoi ? Et où ce transporteur vous avait récupérés ? Et où alliez-vous ?

Ils ont échangé des regards sans doute éloquents. Malheureusement, je ne parlais pas leur langue silencieuse. Et puis, Nathan a pris une grande inspiration.

– Vee, nous sommes… nous sommes des drones. Nous vivions sur la colonie de Callisto. Nous travaillions dans les mines.

– Vous êtes des drones, ai-je répété.

Anjuli et Mike fixaient Nathan, stupéfaits. Érica, elle, me dévisageait, comme pour jauger ma réaction. Et soudain, j'ai compris. C'était une blague. J'ai éclaté de rire. Ce que je pouvais être bête !

– Elle est bonne, Nathan. Tu as bien failli m'avoir. Comme si vous pouviez être des drones ! Vous ! Des travailleurs manuels au QI sous-développé tout juste capables d'effectuer les tâches que les gens normaux refusent.

Silence.

– Les gens normaux… a répété Nathan d'une voix douce.

J'ai cligné des yeux. Non… C'était impossible… Mais… Il était sérieux !

Nathan était *un drone*.

Ma dernière répartie flottait dans la serre et creusait un fossé entre nous. J'ai grimacé.

– Je suis désolée, ce… ce n'est pas vraiment ce que je voulais dire.

– Ah oui ? a rétorqué Nathan.

Nous nous faisions face. Nous étions comme seuls au monde mais séparés par un abîme soudain infranchissable.

16. NATHAN

Voilà. Il était là. Ce regard méprisant que je connaissais trop bien. J'en avais usé moi-même avant que mes parents soient exilés à Callisto quand j'avais quinze ans. Après ça, il me suffisait de lever la tête vers les superviseurs non-drones de la colonie pour savoir où était ma place dans la galaxie.

Je n'étais rien dans un endroit qui n'était nulle part. Nous n'étions même pas considérés comme des humains. Les superviseurs étaient violents et abusaient de nous de toutes les manières possibles. Chaque jour était un combat pour survivre. Comparé aux autres, j'étais plutôt chanceux. J'avais vite appris à me défendre, et puis j'avais ma mère et Darren pour me protéger.

Ils étaient presque toujours là.

J'étais né sur la Terre et j'y avais vécu durant les dix premières années de ma vie. Ensuite, pendant cinq ans, j'avais navigué à bord du vaisseau *Eachem* que ma mère commandait.

Et après Callisto, j'avais regardé la vie autrement. À travers des lunettes teintées couleur de merde.

L'histoire terrienne est parsemée de divisions artificielles : par classe, couleur, culture, religion, genre, orientation sexuelle. Tout ce qui fait de nous des êtres humains. Aujourd'hui en

2164, tout tourne autour des crédits. Ceux qui en possèdent contre ceux qui n'en possèdent pas et n'en posséderont jamais. Autrement dit, nous, les drones. L'Autorité s'assure que lorsqu'un humain devient drone, il le reste jusqu'à sa mort. À moins d'acquérir le million de crédits nécessaire au rachat de sa liberté. Sinon, il lui reste la solution précaire de risquer sa vie.

C'est ce que nous avions choisi.

– Je comprends maintenant, réfléchissait Vee à voix haute. C'est pour ça que vous ne voulez pas retourner sur Terre. C'est aussi la raison pour laquelle ta mère voulait savoir depuis quand je ne m'étais pas posée sur un spatioport de l'Autorité. Si ça avait été le cas, l'ordinateur de bord vous aurait immédiatement identifiés en tant que fugitifs.

– Bravo Nathan ! a lâché Érica en m'applaudissant lentement.

– Tu n'aurais jamais dû lui raconter tout ça, a renchéri Mike.

– Bien sûr que si, ai-je protesté. Que ça nous plaise ou non, nous avons besoin de son aide. Le meilleur moyen de l'obtenir est de lui dire la vérité.

– Arrêtez de parler de moi comme si je n'étais pas là ! s'est agacée Vee.

– Dans ce cas, arrête de nous traiter comme si nous étions des Mazones, l'a rembarrée Érica.

– Ce n'est pas ce que je fais.

– C'est pourtant toi qui as dit que nous n'étions pas « normaux », lui a rappelé Érica.

– Et je vous ai présenté mes excuses. Je n'avais jamais rencontré de drones avant aujourd'hui et l'Autorité ne cesse de répéter que ce sont des sous-humains et que c'est la raison pour laquelle ils sont traités de cette façon.

Vee soutenait le regard noir d'Érica sans ciller.

– Érica, calme-toi, ai-je tenté.

– Tu as entendu comment elle nous a appelés ? a-t-elle craché.

– Oui et j'ai aussi entendu ses excuses. Alors arrête ton cirque.

– Mon cirque ? Comment peux-tu…

– Érica, l'ai-je prévenue.

Elle a fermé la bouche mais ses yeux continuaient de lancer des éclairs. Je savais par expérience qu'elle ne tarderait pas à se calmer. Vee s'est tournée vers moi.

– Comment se fait-il qu'Aidan n'ait pas su que vous étiez des drones quand il vous a scannés ?

– On s'est débarrassés de la puce à la base de notre crâne dès qu'on est arrivés sur Barros 5, ai-je répondu.

– Je croyais que c'était impossible.

– Tu croyais mal, l'a sèchement informée Érica.

Vee l'a brièvement foudroyée du regard.

– Écoute-moi bien, je ne sais pas quel est ton problème, mais je ne suis pas ton punching-ball.

– Ah oui ? Tu crois que je n'ai pas remarqué ton sale regard quand j'ai serré la main de ton frère ? Avant même de savoir que nous étions des drones, tu pensais que ton frère et toi étiez trop bien pour nous.

Vee a écarquillé les yeux.

– Pardon ? T'as pris des trucs ou quoi ?

Érica a croisé les bras.

– Pourquoi tu me regardais comme ça, alors ?

– Tu veux vraiment le savoir ? J'admirais ta franchise. Tu trouvais mon frère à ton goût, tu le lui disais, point final. J'étais aussi curieuse de sa réaction et j'espérais qu'il ne te dirait rien de blessant ou qu'il ne se ridiculiserait pas.

– Tu veux me faire croire ça ? C'est…

– Tu ne m'aimes pas, l'a coupée Vee, pas de souci. Tu veux croire que je vous méprise ? C'est ton droit. Mais je n'aime pas qu'on me traite de menteuse.

Elles étaient toutes les deux debout. Je me suis levé et Anjuli m'a imité. Nous étions prêts à nous interposer. Mike, lui, s'est concentré sur une plante à côté de lui. Il ne voulait surtout pas s'en mêler. *Merci de ton aide, mon pote.*

– Tu ne peux pas nier que maintenant que tu sais que nous sommes des drones, ton regard sur nous a changé ! a repris Érica. Tu n'aurais jamais laissé Nathan utiliser ta cuillère si tu l'avais su plus tôt.

– Tu ne sais rien de moi, a énoncé Vee d'un ton glacial. Tu n'as aucune idée de ce que je pense ou de ce que je suis. Et je te rappelle que c'est toi qui ne voulais pas que Nathan utilise ma cuillère parce que *tu* avais peur que *je* l'empoisonne.

Érica a rougi mais elle a vite retrouvé contenance.

– J'ai raison, hein ? Tu ne prêteras plus ta cuillère à Nathan. Je parie que tu vas courir dans tes quartiers pour te désinfecter la bouche. Tout le monde sait que les drones sont pleins de microbes.

Furieuse, Vee s'est tournée vers moi, a passé ses bras autour de mon cou et m'a embrassé comme si sa vie en dépendait. Stupéfait, j'ai senti sa langue dans ma bouche et je me suis aussitôt repris. Je l'ai enlacée et lui ai rendu son baiser avec un plaisir non dissimulé. Nous nous sommes embrassés comme si nous l'avions déjà fait un million de fois et que nous savions que nous le referions un milliard de fois. J'aurais bien continué pendant une semaine ou un siècle mais Vee a fini par s'écarter.

Nous nous sommes regardés. Je ne sais pas ce qu'elle pensait à cet instant, quant à moi je n'avais qu'une envie : recommencer encore et encore. Elle était magnifique. Et j'aimais sa façon de me regarder. Pas comme si j'étais le fils de la tristement célèbre commandante Linedecker, pas comme si j'étais un drone, une victime, mais comme si j'étais… moi. J'avais passé ma vie à chercher quelqu'un qui me regarderait de cette manière. Anjuli a toussoté derrière moi.

L’étrange expression sur le visage de Vee a disparu et elle s’est tournée vers Érica.

– Va te faire foutre !

17. VEE

Qu'est-ce que je venais de faire ? J'avais embrassé Nathan.

Je voulais disparaître, là, tout de suite.

– C'est un *Manihot esculenta* ? a demandé Mike derrière moi.

– Quoi ? Euh… qu'est-ce que tu dis ?

– C'est un *Manihot esculenta*, non ? a-t-il répété. Un manioc. J'ai remarqué que tu ne cultivais que des plantes comestibles. Je me trompe ?

De quoi parlait-il ?

– Ordinateur, voudrais-tu nous montrer un *Manihot esculenta*, s'il te plaît ? a énoncé Mike à voix haute.

– Si tu veux t'adresser à l'ordinateur, tu dois l'appeler Aidan, l'ai-je informé. Et oui, c'est un pied de manioc.

Bon sang ! Comment avais-je pu me jeter comme ça sur Nathan ? Qu'allait-il penser de moi ? Mais Érica m'avait tellement agacée !

– L'ordinateur de bord s'appelle Aidan ? s'est exclamée Anjuli. C'est original.

J'ai esquissé un sourire.

– Il a aussi la voix d'Aidan.

– Tu as fait ça… après la mort de l'équipage ?

– Oui.

Continue de fixer Anjuli, Vee. Ne tourne pas la tête vers Nathan.

– Ça ne crée pas de confusion ?

– Non, pas vraiment. Si je suis dans la même pièce que mon frère quand je prononce le nom d'Aidan, le contexte permet à l'ordinateur de déterminer si je m'adresse à lui ou pas.

– Aidan, pourrais-tu me montrer un *Manihot esculenta* ? a répété Mike en haussant le ton inutilement.

Aussitôt, des hologrammes de maniocs sont apparus devant lui. Il s'est tourné vers nous avec un sourire jusqu'aux oreilles. Et soudain, la tension qui régnait entre Érica et moi s'est évanouie.

Allez, vas-y, regarde-le maintenant. Un peu de courage.

J'ai pris une courte inspiration et je me suis forcée à tourner la tête vers Nathan. J'ai été étonnée de découvrir son air amusé.

– Euh… désolée, ai-je marmonné. Je n'aurais pas dû te sauter dessus comme ça. C'était déplacé. J'espère que tu accepteras mes excuses.

– Pas de problème, ça ne m'a pas du tout gêné. Tu peux même recommencer quand tu veux. Vraiment !

Il m'a adressé un clin d'œil et j'ai éclaté de rire.

C'est un drone.

J'ai ravalé mon rire.

Les gens normaux.

Le souvenir des mots que j'avais prononcés un peu plus tôt me revenait comme une gifle. *Bon sang, Vee !*

Mais comment aurais-je pu savoir ? Aucun d'entre eux ne m'avait donné le moindre indice permettant de deviner leur statut. Sauf que…

– Attends, quand ta mère a essayé de s'emparer de mon vaisseau, elle s'est présentée à l'ordinateur de bord comme la commandante Linedecker…, ai-je commencé.

– Elle a commandé son propre vaisseau, a confirmé Nathan. Le *Eachem*. Mais elle a commis l'erreur de ne pas respecter certaines règles. Elle a refusé trop de pots-de-vin et a voulu défendre ses opinions à voix haute trop souvent. Il y a quatre ans, certaines personnalités de l'Autorité ont décidé de la piéger. Ils l'ont accusée de crimes qu'elle n'avait pas commis et l'ont destituée. Elle a été envoyée à Callisto pour travailler dans les mines. On m'a donné le choix : intégrer une école militaire de l'Autorité ou la suivre.

– Tu as choisi Callisto ? me suis-je exclamée.

Je n'en croyais pas mes oreilles. Nathan a haussé les épaules.

– C'est ma mère et elle est ma seule famille. Mon père est mort quand j'avais neuf ans. Elle a essayé de me convaincre de rester sur Terre, mais je savais qu'elle avait besoin de moi.

J'ai acquiescé lentement. J'aurais fait exactement la même chose. Du moins, je l'espérais.

– Même après avoir été déchue, ma mère a gardé quelques amis fidèles. Darren et quelques autres l'ont aidée à se mettre en contact avec le capitaine d'un transporteur illégal, a continué Nathan. En échange de tous nos crédits et de nos objets de valeur, il nous a permis de nous échapper de Callisto. Il devait nous emmener à Mendela Prime mais il nous a forcés à descendre sur Barros 5 et nous a laissé à peine assez d'équipement pour survivre. La plupart d'entre nous n'avons même pas réalisé que nous étions en territoire mazone. Ma mère et quelques autres ont décidé que nous pouvions tenter notre chance. De toute façon, tout était mieux que Callisto.

– C'était vraiment aussi horrible ?

– Un véritable enfer, a répondu Nathan.

J'ai lentement hoché la tête. S'il disait vrai, Callisto était un endroit que je ne voulais jamais connaître.

– Je suis contente que vous ayez réussi à vous enfuir.

Je ne savais pas quoi dire d'autre.

C'était difficile. J'avais grandi avec des certitudes. Du genre : un drone reste un drone quoi qu'il arrive. C'est une catégorie sociale dont on ne peut pas s'émanciper. Les criminels ou les traîtres à l'Autorité sont privés de leur statut et relégués à celui de drone sans possibilité de revenir en arrière. Chaque drone porte une puce qui l'empêche de s'enfuir de la zone qui lui a été assignée. Je n'avais jamais rencontré de drone auparavant et voilà que je me retrouvais face à tout un groupe.

Mon vaisseau grouillait de drones. Non, je ne pouvais pas utiliser ce terme comme s'il était synonyme de vermine. J'allais devoir remettre en question dix-huit ans de fausse information. Le peu de temps que je venais de passer avec Nathan et les autres avait suffi à m'en convaincre.

– Tu connais la vérité à présent, a soupiré Nathan. Tu sais pourquoi nous ne pouvons pas retourner sur Terre.

18. NATHAN

La journée avait été riche en émotions et ce n'était pas terminé. Vee savait tout de nous. Ses mots, « les gens normaux », résonnaient encore à mes oreilles.

Et puis, elle m'avait embrassé.

Était-ce seulement pour prouver à Érica qu'elle se trompait ? Après tout, c'est moi qu'elle avait embrassé. Elle aurait pu choisir Mike. J'espérais qu'elle ressentait quelque chose pour moi. Au premier regard, j'avais éprouvé pour elle une attirance étrange que je ne parvenais pas à m'expliquer. Je la connaissais à peine.

– Alors, on fait quoi maintenant ? ai-je lancé.

Vee a secoué la tête et s'est assise.

– Il faut que je réfléchisse.

– Réfléchir à quoi ? a attaqué Érica. Soit tu nous aides, soit tu nous dénonces. C'est la seule alternative.

Ma poitrine était prise dans un étau. Avais-je commis une erreur monumentale ? J'espérais de tout mon cœur que ce n'était pas le cas. Je lui avais tout raconté parce que je ne supportais pas ce mensonge entre nous. Elle était notre seule chance de nous en sortir. Si elle nous déposait sur la première base venue, c'était comme si elle nous abandonnait sur Callisto. Nous n'avions plus de crédits pour payer un voyage jusqu'à Mendela Prime. Nous serions obligés de nous cacher et, à un moment ou un autre, quelqu'un nous dénoncerait en échange de la récompense que l'Autorité promettait probablement pour notre capture. Si nous parvenions à atteindre Mendela Prime et que l'histoire se répandait, l'Autorité passerait pour faible. C'était évidemment inacceptable.

Contrairement à d'autres, je n'étais pas né drone. Je connaissais une autre vie et je savais que les citoyens non déchus n'avaient aucune idée de l'existence de ceux qui n'avaient rien. Ils n'avaient d'ailleurs pas très envie de se poser la question. L'Autorité nous utilisait comme chair à canon en cas de conflit, comme cobayes pour des expérimentations médicales, comme bras pour les travaux les plus durs. Nous étions moins chers que des robots qui représentaient un gros coût de production. Lesquels robots étaient considérés comme des signes extérieurs de richesse par les citoyens. Nous avions également la fonction de rappeler qu'il valait mieux se tenir tranquille et obéir si on ne voulait pas tomber très très bas.

Vee me regardait, pensive. Avait-elle compris tout ce que j'avais cherché à lui expliquer ? Pour elle, le terme de drone était synonyme de criminel dangereux et de lie de la société. J'avais pensé comme elle, avant. Si j'en avais le pouvoir, j'obligerais tous les citoyens à prendre la place d'un drone une semaine de leur vie. Juste une semaine. La plupart ne survivraient pas plus d'une journée. Mais certaines lignes n'étaient jamais franchies ou alors c'était sans espoir de retour. J'avais rencontré d'autres citoyens déchus et devenus drones. Aucun d'entre eux n'avait trouvé le moyen de racheter sa liberté.

– Qu'est-il arrivé au capitaine qui vous a déposés sur Barros 5 ? a soudain demandé Vee.

Je ne m'attendais pas à cette question. J'ai haussé les épaules.

– Aucune idée. Il poursuit probablement son petit business lucratif et abandonne des gens un peu partout dans la galaxie.

– Comment s'appelle-t-il ?

– Stefan Jersecky. Il est capitaine d'une poubelle du nom de *Galiléo*, est intervenue Anjuli.

Érica a fait la moue.

– Pourquoi tu veux savoir ça ? Il est loin d'ici, ce sale type.

– Il faut le dénoncer à l'Autorité, a répondu Vee. Il faut l'empêcher de continuer. Il profite de la situation de malheureux. Je pourrais envoyer un message subspatial à la Terre.

Je lui ai pris le bras.

– Non, ne fais surtout pas ça.

Vee s'est immédiatement dégagée.

– Pourquoi ?

– Stefan connaît le nom de tous les vaisseaux qui aident les drones à s'enfuir. S'il est arrêté, il n'hésitera pas à les dénoncer.

– C'est injuste !

– Bienvenue dans ma vie de drone, ai-je grimacé.

Vee m'a dévisagé.

– Si je vous dépose sur une base neutre, que ferez-vous ?

Érica a ouvert la bouche mais j'ai pris la parole avant elle.

– Nous n'aurons plus qu'à espérer trouver un transport pour Mendela Prime avant que l'Autorité nous mette la main dessus et nous renvoie à Callisto. Ou pire : sur Terre.

– Comment l'Autorité vous retrouverait-elle puisque vous vous êtes débarrassés de vos puces ?

Bon sang. Elle ne savait vraiment rien de rien.

– Tu penses vraiment pouvoir nous laisser dans une base neutre sans que personne se pose des questions ?

– Et puis nous n'avons pas de papiers d'identité et plus de crédits, a renchéri Mike.

– L'Autorité sera prête à payer une grosse somme pour nous récupérer. Nous servirons d'exemples pour tous ceux qui auront envie de s'enfuir, ai-je ajouté.

– Et si je parlais à l'Autorité en votre faveur ? a tenté Vee.

J'ai pris une profonde inspiration.

– Vee, on ne peut pas retourner sur Terre. Il faut que tu le comprennes. Je sais que ma mère t'a donné une mauvaise impression, mais c'est grâce à elle que nous avons pu nous échapper de Callisto. Nous avons été déchus et, aux yeux de l'Autorité, nous serons des drones jusqu'à la fin de notre vie. Il n'y a rien pour nous sur la Terre, pas d'avenir, pas d'espoir.

Comment me faire comprendre ? Comment expliquer l'enfer à une personne qui ne le conçoit que comme un concept ?

– La commandante Linedecker voulait que nous ayons tous une vie meilleure, a lentement énoncé Anjuli. Mendela Prime est une planète assez grande et surtout suffisamment bien protégée pour que l'Autorité ne puisse jamais remettre la main sur nous.

– Il n'y a pas un endroit plus près où vous pourriez être en sécurité ? Cette partie du quadrant est le bout du bout de la galaxie. Il y a des centaines de planètes habitables entre ici et la Terre.

– Aucune qui soit prête à nous accueillir, ai-je répondu. D'autres gouvernements sont d'accord sur le fait que notre vie est injuste, mais ils ne veulent pas se mêler de la politique de l'Autorité. Avant d'arriver sur Barros 5, nous en avons tenté quelques-unes mais toutes nous ont refusé le statut de réfugiés. Crois-moi, Vee. Après des mois passés à bord d'une poubelle volante, nous étions presque contents de tenter notre chance sur Barros 5, faute de pouvoir rejoindre Mendela Prime. Au début, ça s'est même très bien passé. Jusqu'à ce que les Mazones découvrent notre présence.

– Il y a quoi de si bien pour vous sur Mendela Prime ? a demandé Vee.

Je l'ai regardée dans les yeux.

– Une nouvelle vie, une renaissance, la liberté. Nous serons enfin sur une planète où nos vies auront une valeur.

L'espoir.

– Vous n'y êtes jamais allés ?

J'ai secoué la tête.

– Non, mais tout le monde sur Callisto connaît l'existence de Mendela Prime. C'est le seul endroit de la galaxie où des drones peuvent vivre libres et heureux.

Vee et moi nous sommes dévisagés. Elle m'avait enfin entendu. Elle n'aimait pas ce que j'avais à lui dire mais elle avait écouté avec attention.

Silence.

Elle s'est levée en soupirant.

– Il est temps que je retourne sur le pont principal.

Je me suis levé à mon tour et j'ai posé la main sur son bras.

– Je suis désolé de t'imposer nos problèmes alors que tu en avais déjà bien assez, mais nous avons vraiment besoin de ton aide.

Vee a reculé d'un pas. C'était la deuxième fois qu'elle évitait mon contact. Si elle pensait que je ne l'avais pas remarqué, elle se trompait.

Et ça faisait mal.

Apparemment, le fait qu'elle m'ait embrassé pour clouer le bec à Érica ne me donnait pas l'autorisation de la toucher. Était-elle encore en colère contre moi à cause de ce que ma mère avait fait ou seulement dégoûtée par mon statut social ?

Et dans ce cas, quelle solution se présentait à moi ? Je ne voulais surtout pas qu'elle me méprise.

Mais pouvais-je espérer autre chose ?

19. VEE

Ne me touche pas.

À chaque fois que ma peau entrait en contact avec celle de Nathan, je ressentais comme une brûlure. Un rappel douloureux de tout ce qui m'avait tant manqué ces trois dernières années. Parfois, lorsque j'étais seule, je fermais les yeux et je me caressais ou me pinçais en imaginant que c'était quelqu'un d'autre qui le faisait.

– Pardon, a murmuré Nathan en laissant retomber son bras.

Je me suis forcée à sourire.

– Ça va. Merci de m'avoir dit la vérité.

Je me suis dirigée vers la porte.

– Vee ? a lancé Mike. Puis-je rester un peu dans la serre pour faire connaissance avec tes plantes ?

C'était un peu bizarre comme demande mais bon…

– Si tu veux.

Érica m'a regardée.

– Je vais dans mes quartiers. Nathan a été stupide de te révéler ce que sa mère ne voulait pas que tu saches.

Elle est passée devant nous et j'ai ressenti un certain soulagement à la voir s'éloigner dans le couloir.

– Je ne veux pas me montrer trop insistante, a soufflé Anjuli, mais que comptes-tu faire maintenant ?

Bien sûr, c'est à moi qu'elle s'adressait.

– Je ne sais pas, ai-je avoué. Ça fait trois ans que je rêve de retourner sur Terre, de retrouver mon foyer.

– Ça doit être… compliqué pour toi d'avoir tout ce monde à ton bord alors que ton frère et toi êtes restés si longtemps seuls.

Je lui ai souri. Enfin, quelqu'un me comprenait.

– Oui, c'est vrai. C'est étrange d'entendre d'autres voix que la mienne et celle d'Aidan.

Anjuli a hoché la tête.

– Il faut que j'aille chercher quelque chose dans mes quartiers, mais si ça ne t'embête pas, je te retrouve plus tard sur le pont principal. J'ai hâte d'apprendre comment ton vaisseau fonctionne.

– C'est la tâche qui t'a été assignée ?

Anjuli a acquiescé, un grand sourire aux lèvres.

– Alors, pas de souci.

Elle est partie à son tour. Nathan et moi étions seuls. Il fallait que je dise quelque chose avant que le silence devienne trop pesant.

– Je te remercie de m'avoir dit la vérité, Nathan, et je suis vraiment désolée de la manière dont j'ai réagi quand… quand…

– Laisse tomber. Je n'avais jamais parlé de notre vie sur Callisto à quelqu'un en dehors de notre groupe. Les non-drones ont tendance à imaginer le pire à notre sujet et à nous mépriser.

– Je ne te méprise pas.

Un nouveau silence s'est imposé.

– Je sais, a chuchoté Nathan au bout d'un moment.

– C'est vrai ?

– Oui.

J'aimais décidément beaucoup sa voix.

Vee, reprends-toi.

– Ça va ? s'est inquiété Nathan en posant une nouvelle fois la main sur mon bras.

Et une nouvelle fois, je me suis écartée.

– Oui, ça va. Excuse-moi, j'ai besoin d'un peu de calme pour réfléchir et c'est mon quart. Aidan m'en voudra si je suis en retard.

Je me suis dirigée vers l'ascenseur en essayant de prendre un pas nonchalant. Je ne voulais pas que Nathan pense que je le fuyais, même si c'était le cas.

20. NATHAN

Je ne devais pas la laisser partir comme ça. On aurait dit qu'elle voulait à tout prix mettre de la distance entre nous.

– Vee !

Elle s'est retournée.

– Tu vas faire quoi sur le pont ?

– Prendre mon quart.

– Tu veux que je te tienne compagnie ? ai-je demandé de mon ton le plus détaché.

– Où as-tu été assigné ?

– Ma mère ne m'a pas encore donné ma tâche. J'ai été le premier à avoir été scanné et je suis parti tout de suite après. Je voulais te retrouver. Du coup, je peux venir avec toi.

– Tu ne préférerais pas faire autre chose ?

– Non.

Nous nous sommes regardés. Je voulais lui faire comprendre que nous pourrions être amis. Je la trouvais… fascinante. Pas seulement parce que son frère et elle avaient survécu à un étrange virus. Ils avaient été seuls pendant trois années sol. Je ne sais pas comment j'aurais supporté de telles circonstances. Ma vie n'avait pas été toujours facile mais j'avais toujours eu mes amis, ma mère et les autres drones auprès de moi. Je ne laisserais pas Vee se débarrasser de moi aussi facilement. Je l'ai rejointe et nous avons marché côte à côte.

– Comment as-tu réussi à empêcher les Mazones de nous tirer dessus pendant que vous veniez à notre secours ? lui ai-je demandé.

Elle a haussé les épaules avant de m'expliquer comment elle avait saboté les vaisseaux mazones. J'étais abasourdi par son courage mais elle en parlait comme si ça n'avait rien d'extraordinaire. Et elle avait fait tout ça pour nous sauver alors qu'elle ne nous connaissait pas. Mon respect pour elle s'accroissait de minute en minute. La tentative de ma mère de s'emparer de son vaisseau n'en était que plus lamentable. Quand nous avons atteint le pont principal, j'étais en totale admiration.

– C'est dingue, me suis-je exclamé, c'est le truc le plus incroyable que j'aie jamais entendu.

Les joues de Vee ont pris une teinte plus foncée. Elle rougissait. La couleur chocolat de sa peau m'apparaissait plus belle encore.

– Je n'ai pas été courageuse, a-t-elle dit, j'avais super la trouille.

– Si tu n'avais pas eu peur, tu n'aurais pas eu besoin d'être courageuse, ai-je reparti. Tu sais quoi ? Si tu avais une sœur qui avait fait ça pour nous sauver, je l'inviterais tout de suite à sortir avec moi.

Vee a cligné des yeux.

– Ah oui ?

– Carrément, ai-je acquiescé.

– Et qu'est-ce que tu lui proposerais ?

– De dîner au mess avec moi… non, encore mieux, de dîner avec moi dans le laboratoire d'astrophysique au milieu d'une carte des étoiles en trois dimensions.

Bon sang, je ne pouvais pas être plus clair !
– Ce serait chouette. Dommage que je n'aie pas de sœur.
– Oui, dommage.
Sur ces mots, nous sommes entrés sur le pont principal.

21. VEE

Je ne m'attendais pas du tout à la réaction de Nathan. Il était tellement admiratif que mes joues étaient en feu. Et pas que mes joues, mon corps entier. Ce n'était pas désagréable. Plutôt flatteur mais en même temps très gênant. Il semblait si sincère. Pourquoi m'avait-il confié qu'ils étaient des drones ? Je ne l'aurais jamais deviné. Je n'avais jamais eu affaire à des drones avant et, pour être honnête, je ne pensais jamais à eux. Ils étaient au service de la communauté, c'était un fait, point final. À l'école, drone était une insulte qu'on servait à toutes les sauces.

Bête comme un drone.

Tu chiales comme un drone.

Ta mère est un drone.

Et d'autres bien pires encore.

Pourquoi Nathan m'avait-il révélé leur secret ? Sa vie – et la mienne – aurait été beaucoup plus simple s'il l'avait gardé pour lui. Mais j'étais certaine qu'il n'était pas du genre à préférer la facilité à ce qui lui semblait juste. Il voulait sans doute que je comprenne pourquoi ils ne voulaient pas retourner sur Terre. Pourquoi ils ne pouvaient pas retourner sur Terre. Mais ce n'était pas tout. Ses compagnons considéraient qu'il avait commis une erreur alors qu'il semblait ne rien regretter. Pourquoi ?

Je ne comprenais pas encore tout ce qu'il avait en tête, mais ça finirait par venir.

Et qu'est-ce que c'était que cette histoire de sœur ? Il savait très bien que je n'avais pas de sœur. Partager un dîner avec lui au milieu d'une carte trois D des étoiles devait être magique. C'est le genre de chose qu'on ne fait pas tout seul. Mais pourquoi ne voulait-il pas le faire avec moi ? À moins que ce n'ait été une façon détournée de me dire que c'était précisément ce qu'il voulait ? Non, j'étais en train de me raconter des histoires. Je l'aimais bien. Et même un peu plus que ça. Mais pourquoi ressentirait-il la même chose pour moi ?

Mes pensées tourbillonnaient dans ma tête. Trop de questions se percutaient.

J'avais manqué de compagnie pendant trop longtemps et j'étais maintenant incapable de déchiffrer les comportements de mes congénères.

Aidan était assis à ma place pendant que la commandante Linedecker et Darren étaient devant le tableau de bord. Un homme noir d'une quarantaine d'années et une femme blanche d'à peine trente ans se tenaient devant le panneau de contrôle tactique mais je n'avais aucune idée de ce qu'ils pouvaient bien faire. Et j'ignorais où se trouvaient les autres.

Je me rapprochai de mon frère.

– Aidan ? lui ai-je demandé. Ton rapport.

Aidan a jeté un regard appuyé vers Catherine et Darren avant de se tourner vers moi.

– Certains réfugiés, comme Sam et Hedda, ont insisté pour se rendre utiles selon leurs compétences, a-t-il commencé en montrant l'homme et la femme du menton. Il y a aussi Dooly dans le laboratoire de sciences avec deux petites filles, Jeanne et Khari. J'espère qu'elles ne cassent rien. Beaucoup sont au mess. La commandante Linedecker et Darren étudient le fonctionnement du vaisseau. Ils prétendent que c'est pour assigner des tâches à notre nouvel équipage, mais nous savons pertinemment que ce sont des conneries. Sam et Hedda fouillent dans l'ordinateur de bord. J'ai eu beau leur expliquer qu'ils peuvent faire ça de n'importe quel panneau de contrôle et que celui du laboratoire de sciences était à leur entière disposition, ils semblent tenir à rester là. Je pense qu'ils ont décidé de ne jamais nous laisser seuls, toi ou moi, sur le pont principal. Si je suis assis dans ton siège, c'est que sinon, l'un d'entre eux s'y serait installé et on n'aurait jamais pu le récupérer. Je préconise la mise en place d'un système d'éjection. Si le siège du capitaine ne reconnaît ni tes fesses ni les miennes, il balance l'occupant à trois mètres. Si tu veux, je m'y mets tout de suite.

Je me mordais la lèvre pour ne pas éclater de rire. Aidan s'est levé pour me laisser la place et la commandante lui a jeté un regard noir. Mon frère n'était pas du genre à user de diplomatie.

– Ce ne sera pas nécessaire, Aidan, ai-je réussi à énoncer sans pouffer.

– Bon, tant pis, a-t-il soupiré.

– Olivia, est intervenue la commandante, je crois que nous sommes partis du mauvais pied. J'aimerais que nous revenions un peu en arrière.

– Oui, bonne idée, ai-je acquiescé, mais il est hors de question que je vous donne mon vaisseau.

Un léger pincement de lèvres a été la seule indication de son agacement.

– Je comprends, mais j'espère que vous nous laisserez vous aider. Vous n'êtes plus seuls. Nous aimerions vous apporter notre concours.

– Très bien, je garderai votre proposition en tête, ai-je répondu avant de me tourner vers mon frère. Aidan, tu peux aller te reposer si tu veux.

Il m'a dévisagée, les yeux écarquillés.

– Me reposer ? Non merci.

– C'est mon tour de garde et la journée a été longue. Nous avons tous besoin d'être au mieux de notre forme.

Je lui ai souri. Il lui a fallu quelques secondes pour me répondre d'un hochement de tête. C'est alors que j'ai surpris le coup d'œil affûté de Nathan. J'allais devoir faire très attention à ce que je communiquerai à Aidan en sa présence. Il était loin d'être idiot.

– Les Mazones sont toujours à nos trousses ? ai-je demandé à Aidan.

– Apparemment, on les a semés pour le moment. Mais j'ai laissé le vaisseau en alerte orange… On sait tous les deux qu'ils ne sont pas du genre à abandonner aussi facilement, a-t-il ajouté.

– Vous avez déjà eu affaire aux Mazones ? s'est enquise la commandante.

Oh-oh.

J'ai attendu un moment avant d'opiner.

– Oui.

– Quand ?

– Il y a un peu plus d'un an.

Je n'ai pu m'empêcher de grimacer.

– On est tombés sur une de leurs patrouilles d'exploration. On a eu de la chance de s'en sortir. Et également deux ans plus tôt. Quelques semaines avant la mort de l'équipage.

– L'équipage est mort en quelques semaines ? s'est exclamée Catherine. Je n'avais pas compris que ça avait été si rapide.

Ce n'était pas plus mal. Je n'avais pas l'intention de leur donner plus de détails. Et je ne voulais pas repenser à cette période. Depuis qu'Aidan et moi étions seuls, nous avions dû affronter quelques menaces externes : une tempête ionique, la rencontre avec la patrouille mazone, une ceinture d'astéroïdes et l'attraction d'un trou noir. Le reste du temps, nous nous étions seulement concentrés sur notre retour sur Terre.

Nos nouveaux hôtes, eux, avaient passé plusieurs années et, pour certains, leur vie entière sur Callisto. Je ne savais peut-être pas grand-chose des drones mais j'avais entendu parler de cette colonie minière. De toutes celles contrôlées par l'Autorité, c'était de loin la plus sauvage. Et c'était aussi la seule de tout le système solaire de la Terre où l'on trouvait la bactérie *Aetonnella pentadensis*. Cette espèce produisait une énergie qui, stockée dans des réservoirs, permettait à mon vaisseau et à tous les vaisseaux terriens de fonctionner. La découverte de cette ressource avait considérablement accru le pouvoir de l'Autorité et lui avait permis de développer son empire colonial. Le seul problème était que cette bactérie vivait profondément sous les roches de Callisto où régnait un froid glacial. L'Autorité affirmait que les robots étaient trop chers et trop précieux pour être utilisés dans un lieu aussi peu accueillant. Les drones constituaient donc une main-d'œuvre idéale.

Nathan se tenait près de sa mère et de Darren. Tous trois observaient un écran. J'arrivais à peine à imaginer l'horreur de ce qu'ils avaient vécu. J'aurais sans doute été prête à n'importe quoi, moi aussi, pour quitter un tel endroit. Mais la malchance les avait poursuivis et le capitaine du transporteur censé les sauver les avait trahis.

Je me rappelais d'intenses conversations à voix basse entre mes parents et d'autres adultes. Ils se taisaient brutalement quand j'entrais dans la pièce ou quand ils se rendaient compte que j'étais assez proche pour les entendre. Depuis, j'ai compris que l'Autorité n'était pas un gouvernement des plus justes et que j'avais de la chance d'être née du bon côté de la barrière.

Mais l'Autorité était également tout ce que je connaissais. Elle représentait la Terre, ma maison, ma vie d'avant, la sécurité. Tout ce que j'avais hâte de retrouver. Mes grands-parents me manquaient et j'avais envie de respirer un air qui ne soit pas constamment recyclé.

Oui, j'en avais envie.

Mais de quoi avaient envie les réfugiés à mon bord ? Et à quoi étaient-ils prêts pour l'obtenir ?

22. NATHAN

– Comment as-tu pu faire une chose pareille ?

À peine mon tour de garde terminé, je me suis précipité dans les quartiers de ma mère. J'avais besoin de vider mon sac de tout ce que je n'avais pas pu lui dire sur le pont principal. À son visage quand elle m'a ouvert la porte, j'ai vu qu'elle avait une idée assez précise de ce qui allait lui tomber dessus.

– Qu'aurais-je pu faire d'autre, Nathan ?

– Tu n'avais pas le droit d'essayer de t'emparer du vaisseau de celle qui nous a sauvé la vie ! Tu avais le choix de te comporter décemment !

– Je te rappelle que nos vies et notre avenir sont en jeu. Je n'ai aucune envie de remettre mon sort entre les mains de cette gamine ! a répliqué ma mère.

– De cette gamine ? ai-je répété.

– Oui, cette gamine. Elle n'est pas des nôtres, Nathan. Ma loyauté va aux miens.

– Pas des nôtres ? Toi aussi, tu as fait partie de l'Élite, maman. Tu ne l'as pas oublié ?

– Ça m'est égal. Je sais ce que tu as fait ! Tu n'aurais jamais dû lui dire qui nous sommes.

– Et qui sommes-nous, hein ? Des drones en fuite qui ont besoin de toute l'aide qu'on va pouvoir leur apporter. Pas des pirates de l'espace sans morale ni conscience ! Tu n'as fait que confirmer toutes les horreurs que Vee pouvait penser des drones.

– Arrête d'être aussi mélodramatique ! m'a rembarré ma mère.

Quoi ? Je n'en croyais pas mes oreilles. Si elle essayait de me faire taire, elle s'y prenait sacrément mal.

– Tu ne comprends vraiment rien à rien, ai-je lâché. L'Autorité nous a tout pris. Elle t'a volé ton intégrité et tu t'en fiches !

– Tu as fini ? a sifflé ma mère. Je ne me fiche pas de ceux qui ont tenté de s'évader de Callisto avec nous et qui sont morts, tués par les forces de sécurité, je ne me fiche pas de ceux qui ont perdu la vie à bord du transporteur *Galiléo* et, pour finir, je ne me fiche pas de tous ceux qui n'ont pas survécu sur Barros 5, simplement parce que j'ai refusé de déclencher l'alarme plus tôt. Quand je me couche, je ne peux pas fermer l'œil parce que je me répète sans cesse que j'aurais dû agir différemment. Il m'arrive de me tromper, Nathan, et ces erreurs coûtent cher, très cher. Si ça m'était égal, ça fait longtemps que j'aurais cessé de me battre.

– Tu veux quoi ? Une médaille ?

– Non, mais j'apprécierais un peu de reconnaissance.

J'ai secoué la tête.

– Ce que tu as tenté aujourd'hui était mal, maman. Je suis désolé que tu ne sois pas capable de t'en rendre compte.

Nous avons échangé un regard sombre. Nous étions dans la même pièce mais des années-lumière nous séparaient.

– Ces dernières années, j'ai dû faire un certain nombre de choses que tu aurais mal jugées, Nathan, a fini par énoncer ma mère d'une voix calme. Nous faisons notre possible pour survivre, ne l'oublie jamais.

– Survivre à tout prix, ai-je craché. Nous sommes des drones depuis si longtemps que nous sommes devenus la définition qu'en donne l'Autorité ? C'est ça ?

– Grandis, Nathan. Tu penses encore le monde en termes de bien et de mal ! Tu aimes ou tu détestes, les gens sont des héros ou des méchants. Quand vas-tu apprendre que la vie n'est pas aussi simple ?

J'en avais assez, je ne voulais pas en entendre plus. Lui accordant un dernier regard méprisant, je suis sorti.

23. VEE

Ma porte s'est ouverte et Aidan est entré.

– Vee, ça va ?

– Non, mais ne t'inquiète pas. Ça ne va pas durer.

– Tu es sûre ?

– Oui.

– Vee, tu ne vas pas aimer ça, mais je pense qu'on devrait limiter l'accès au pont principal.

– Le limiter ?

– Oui. On ne devrait autoriser aucun des réfugiés à y venir. On n'a pas besoin d'eux. On se débrouillait très bien sans aucune aide.

J'ai froncé les sourcils.

– On ne peut pas faire ça. Et puis, tu oublies tout ce que nous avons négligé sur le vaisseau parce que nous n'avions pas le temps de nous en occuper. De toute façon, j'aime bien qu'ils soient là. Tu es très fort, Aidan, mais tu ne peux pas vérifier tous les écrans de contrôle en même temps.

– Dans ce cas, on ne devrait autoriser sur le pont principal que ceux désignés par la commandante Linedecker.

– Pourquoi ?

– À ton avis, que va-t-il se passer si... ou plutôt quand ils décideront de s'emparer du vaisseau ?

J'ai secoué la tête.

– Je ne crois pas qu'ils referont une tentative. Et même si c'est le cas, ils échoueront. Ils le savent à présent.

– Ils pourraient te forcer à leur donner le code d'exécution, a fait remarquer mon frère.

J'avais déjà songé à cette éventualité.

– Je ne le leur donnerai jamais.

– Je ne leur fais pas confiance, Vee, a soupiré Aidan. Ce sont des drones.

J'ai haussé les sourcils.

– Et alors ?

– On sait tous les deux ce que ça veut dire, a-t-il marmonné.

Sauf que c'était bien ça le problème. Je n'étais plus sûre du tout de le savoir.

– Aidan, je... (Je me suis interrompue.) Comment sais-tu que ce sont des drones ?

Aidan s'est redressé et m'a jeté un regard de défi.

– J'ai entendu ce que vous vous racontiez dans la serre hydroponique.

– Tu as entendu ? Tu veux dire que tu nous as espionnés !

– Tu sais parfaitement que je suis tes déplacements dans le vaisseau. Comme ça, je suis sûr que tu es toujours en sécurité.

– Je le savais, oui, et jusqu'à présent, ça ne m'avait jamais dérangée. Jusqu'à présent. Tu peux continuer à me suivre à la trace quand je suis seule mais je veux que tu arrêtes quand je suis accompagnée. C'est compris ?

– Pourquoi ?

J'ai pris une brève inspiration, le temps de chercher comment exprimer ma pensée.

– Que tu le veuilles ou non, nous allons être coincés avec ces gens pendant un bon moment et j'aimerais avoir l'occasion d'en apprendre un peu plus sur eux. Si je sais que tu écoutes tout ce que je dis, ça va me… bloquer.

– Ça ne te gênait pas avant.

– C'était avant. Si j'ai un problème avec l'un d'entre eux, je t'appellerai, d'accord ?

Il me suffirait de crier le nom d'Aidan pour que l'ordinateur le prévienne aussitôt.

– Et si tu ne peux pas m'appeler ?

– Ça n'arrivera pas. Tu t'inquiètes trop.

– Je suis ton frère, a rétorqué Aidan. C'est mon travail de faire en sorte qu'il ne t'arrive rien.

– Tu n'as pas besoin pour autant d'écouter tout ce que je dis. Alors, s'il te plaît, ne le fais plus.

– D'accord, a-t-il soupiré.

Il détestait ça mais il savait reconnaître un ordre direct.

– Aidan, ai-je repris, pourquoi n'essaies-tu pas toi aussi d'en apprendre un peu plus sur eux ?

– Pour quoi faire ?

– Ils ont sûrement des choses à nous apprendre. C'est une occasion de regarder la galaxie d'un autre point de vue.

– Et ça nous servirait à quoi ?

– À élargir notre pensée. Est-ce que nous ne sommes pas nés pour apprendre ?

Aidan a haussé les épaules. Il boudait.

– Ces drones nous ont déjà prouvé qu'on ne pouvait pas leur faire confiance.

– Nathan a expliqué pourquoi sa mère avait agi comme ça, lui ai-je rappelé. Ils sont en fuite et ne veulent surtout pas retourner sur Terre.

– Vee, ce ne sont pas nos amis. Ne les laisse pas t'embobiner.

– Aidan, il est hors de question que je continue ce voyage en devenant complètement paranoïaque.

– Tu es trop naïve, a lâché mon frère. Je vais te prouver qu'ils ne sont pas dignes de confiance.

24. NATHAN

Œufs et frites ! Un de mes plats favoris. Il m'arrivait d'en rêver quand j'étais sur Callisto. Aujourd'hui, mon assiette était remplie de quatre œufs sur le plat et d'une montagne de frites, pourtant, je ne parvenais pas à me régaler. Je n'avais que vingt minutes pour manger avant de retourner sur le pont principal.

Nous étions à bord de ce vaisseau depuis seulement deux jours et certains avaient découvert que les distributeurs proposaient aussi de l'alcool. Ça n'avait pas pris longtemps. J'ai regardé à la dérobée ceux qui avaient choisi de manger liquide. Ils avaient une canette de Prop devant eux et j'avais l'impression d'être de retour sur Callisto. Là-bas, beaucoup se noyaient dans cette épaisse boisson violette. Elle ne coûtait presque rien et apportait l'engourdissement du cerveau nécessaire après une journée dans les mines. J'y avais goûté une fois et je m'étais retrouvé avec la bouche et les entrailles en feu. Je n'avais jamais retenté l'expérience.

Assis au bout de la table, Aidan restait silencieux. Ses doigts étaient enroulés autour de son verre et il semblait plongé dans ses pensées.

– Alors Anjuli, a lancé Corbyn, quand est-ce que tu vas te décider à céder à Harrison ?

– Harrison, a ri Anjuli. Je ne suis pas désespérée à ce point.

– Vous étiez pourtant inséparables pendant un moment, lui a rappelé Corbyn.

C'était vrai. Pendant quelques mois avant notre évasion de Callisto, Harrison et Anjuli étaient sortis ensemble. Leur relation avait tourné court parce que Harrison ne pouvait s'empêcher d'être Harrison.

– C'est fini et bien fini, a ri Anjuli.

– N'empêche qu'il te suit quand même partout comme un petit chien, s'est esclaffée Érica. Il te lècherait les bottes si tu le lui demandais.

Anjuli a frissonné.

– Je ne veux pas qu'il approche sa langue de moi, même pas de mes bottes ! Il me dégoûte.

– Waouh ! T'es dure ! s'est exclamé Corbyn.

– Elle proteste trop pour être honnête, a affirmé Mike en m'adressant un clin d'œil.

Aussitôt, Anjuli s'est levée et l'a toisé.

– Qu'est-ce que tu veux dire par là ?

Mike a levé les mains pour l'apaiser, mais il avait toujours cette expression moqueuse.

– Ne sois pas méchant, Mike, suis-je intervenu. Tu sais qu'Anjuli n'a d'yeux que pour toi.

Le visage de mon amie est devenu cramoisi. Étonnamment, celui de Mike aussi.

– Dans ce cas, a commenté Érica, elle ferait bien de se faire pousser des feuilles et des racines. C'est la seule façon pour que Mike s'intéresse à elle. Mais ce n'est pas grave, Anjuli, Harrison sera toujours là pour te consoler.

– Harrison est sorti avec toutes les filles qu'il croisait sur Callisto et s'il s'intéresse toujours à moi, c'est seulement parce que c'est moi qui l'ai largué, a férocement grondé Anjuli. J'ai quand même un minimum d'exigence.

Corbyn a haussé les épaules.

– Selon lui, tu es différente. Il prétend qu'il pourrait changer pour toi.

Anjuli a mimé un haut-le-cœur.

– Tais-toi, je viens juste de me vomir dans la bouche. Ne me parle plus de ce mec. Pas pendant que je mange en tout cas.

J'ai senti un picotement à la base de ma nuque.

– Je peux me joindre à vous ?

J'ai tourné la tête, surpris de découvrir Vee, un plateau dans les mains.

– Bien sûr.

Je lui ai désigné la chaise libre à côté de moi. Bien sûr qu'elle pouvait. Je n'attendais que ça. Elle a posé les yeux sur mon assiette.

– Tu as faim, on dirait.

J'ai rougi.

– Oh… euh… tu dois me prendre pour un porc.

– Non, juste quelqu'un qui aime manger, a-t-elle rétorqué en posant son plateau. Tu as eu l'occasion d'explorer un peu le vaisseau ?

– Pas entièrement, non. Je pensais aller me balader après mon tour de garde.

– Je peux te faire faire la visite si tu veux, a-t-elle proposé. Sauf si tu préfères être seul ou avec tes amis…

– Non, non, me suis-je hâté de répondre. Pas du tout. J'aimerais bien. Si ça ne te dérange pas.

– Non, au contraire, a-t-elle souri.

J'ai à mon tour posé les yeux sur son plateau. Elle avait juste un bol de soupe avec des espèces de raviolis qui flottaient.

– C'est tout ce que tu prends ?

– Je n'ai pas très faim.

Elle s'est tue avant de reprendre à voix basse :

– Nathan, je peux te demander un service ?

– Bien sûr.

J'ai tourné ma chaise afin de lui faire face. Les autres n'existaient plus.

– Je voudrais que tu me parles de votre vie sur Callisto.

Non ! Pas ça. Tout ce que je voulais, c'était oublier cette période de ma vie.

– Si tu ne veux pas, a ajouté Vee en posant la main sur mon bras, je comprendrai.

J'ai soupiré.

– Qu'est-ce que tu veux savoir ?

– Raconte-moi ton arrivée là-bas.

J'ai plongé mon regard dans le sien et j'ai commencé à raconter.

25. VEE

Depuis ma première discussion avec Nathan, je pensais sans cesse aux réfugiés et à ce qu'ils avaient dû endurer sur Callisto. Chaque fois que j'en avais l'occasion, je demandais à Nathan de me raconter plus de détails. Je m'asseyais à sa table au mess. Il y avait aussi ses amis – et mon frère qui restait en général parfaitement silencieux. Quand Nathan me parlait, Aidan me fixait intensément. Les autres aussi nous observaient à la dérobée.

J'enviais la relation de Nathan avec ses amis. Il essayait parfois de m'intégrer à leurs échanges mais, souvent, ils parlaient de Callisto et je ne pouvais pas intervenir. Je n'avais rien partagé avec eux.

Alors j'écoutais.

Je voulais apprendre. Nathan ne me rabrouait jamais et répondait à toutes mes questions.

Mais plus j'en apprenais, moins je comprenais.

Une nuit, après notre quart, Nathan et moi nous sommes assis face à face au bout de la grande table. Nous n'étions pas seuls mais c'était comme si les autres n'existaient pas vraiment.

– Est-ce que tu as quand même des bons souvenirs de là-bas ?

Nathan a réfléchi un moment.

– Oui. Je me suis fait des amis. Même si beaucoup sont morts depuis.

– Rien d'autre de positif ?

– Non.

– Comment un tel endroit peut-il exister ?

– Les seuls qui en souffrent sont ceux qui le subissent. Le reste du monde s'en fiche.

Je voulais désespérément lui donner tort, mais j'étais l'illustration même de cet état de fait. Je n'avais jamais accordé la moindre pensée aux drones. Plongée dans mes réflexions, j'ai avalé une bouchée de mon bœuf teriyaki. La main de Nathan sous mon menton m'a fait sursauter.

– Toi, tu ne t'en fiches pas.

J'ai essayé de sourire mais je n'ai pas réussi. J'étais confuse et je le serais tant que je n'aurais pas pris une décision. Deux possibilités s'offraient à moi : les déposer quelque part en me disant que leur sort n'était pas mon problème ou les aider. Sauf que je n'étais pas une sainte et je mourais d'envie de rentrer chez moi.

– Vee, a soufflé Nathan, que penses-tu de moi et des autres ?

– J'apprends à vous connaître.

– Tu en sais presque autant que moi sur ma propre vie, a-t-il répliqué un peu sèchement.

J'en doutais.

– Écouter n'a rien à voir avec le vivre par soi-même.

– C'est vrai. Toi, tu as vu mourir tes parents et tout l'équipage de ce vaisseau. Nous avons plus en commun que tu ne le croies.

– Ah bon ?

– Nous avons eu plus que notre part de morts.

Je ne pouvais pas le contredire.

– Maintenant, c'est ton tour, a-t-il ajouté.

– Mon tour de quoi ?

– De me raconter ta vie avant la mort de l'équipage.

J'ai baissé les yeux. Je n'avais aucune envie de faire remonter ces souvenirs à la surface. La joie qu'ils m'apportaient était mêlée à une douleur insoutenable. Mais Nathan s'était ouvert à moi, comment refuser de lui rendre la pareille ? J'ai redressé la tête et j'ai parlé à mon tour. De mon père et de nos jeux. C'était un début.

En allant me coucher ce soir-là, j'essayais encore et encore de trouver une solution qui satisferait tout le monde. En me réveillant, j'avais pris une décision. La plus difficile de ma vie.

Sur le pont principal, j'ai appuyé sur le micro. Tout le vaisseau m'entendrait.

– Ici Olivia Sindall, capitaine du vaisseau terrien *Aidan*. Après avoir longtemps réfléchi, j'ai décidé que nous nous rendrions sur Mendela Prime avant de reprendre notre voyage vers la Terre. Tous ceux qui le voudront pourront débarquer lors de cette escale, les autres pourront rester. C'est tout.

Je n'avais pas quitté Nathan des yeux pendant mon annonce. Il a pris une courte inspiration et quelques secondes se sont écoulées avant qu'il m'adresse un signe de tête. Il n'a pas dit un mot.

Stupide. Stupide, stupide, stupide.

Je faisais probablement la plus grosse erreur de ma vie. Quand pourrais-je enfin rentrer chez moi ?

– Tu es sûre, Vee ? m'a demandé la commandante Linedecker.

Ses yeux brillaient et il m'a fallu quelques instants pour reconnaître cette lueur. L'espoir.

– Non, mais je vais le faire quand même.

– Vee, on doit rentrer chez nous ! s'est exclamé Aidan.

– Oui, on finira par le faire. Ça nous prendra juste un peu plus de temps que prévu.

– Un peu plus de temps ? À vitesse maximale, il nous faudra au moins douze mois sol pour atteindre Mendela Prime. Et ensuite encore dix-huit mois pour rejoindre la Terre. Tu veux que je te le calcule en secondes ?

– Aidan, nous allons sur Mendela Prime, ce n'est pas discutable. Recalcule notre route.

– Vee ! Tu *dois* rentrer à la maison.

– Je sais. Et maintenant, fais ce que je t'ai demandé.

Aidan a secoué la tête mais s'est retourné vers le tableau de contrôle. J'ai regardé autour de moi. Darren m'observait avec un drôle d'air, comme s'il avait quelque chose à dire. Mais au lieu de ça, il a tourné les talons et a quitté le pont principal. J'ai réprimé un soupir. Je pouvais faire ce que je voulais, il ne me pardonnerait jamais d'avoir perdu sa famille. Ça n'avait pas d'importance. Je ne cherchais pas son pardon.

Peut-être seulement le mien.

La perspective de revoir la Terre m'avait aidée à tenir. Je n'avais plus qu'à espérer que je serais assez forte pour tenir plus longtemps. Cette décision était-elle une nouvelle tentative pour expier ce qui s'était passé trois ans plus tôt ? Probablement. S'y ajoutait ma culpabilité de ne pas avoir réussi à sauver tous les colons de Barros 5. Même si je savais que j'avais fait tout ce que je pouvais et plus encore. Mais mes sentiments n'entendaient pas la logique. Je devais aider les survivants. Ils voudraient évidemment tous débarquer sur Mendela Prime et le voyage de retour serait de nouveau solitaire. Je ne savais même pas si j'aurais la force de mener ce vaisseau à bon port avec la seule aide d'Aidan. J'en doutais.

La solitude était un tueur invisible mais impitoyable.

– Vee, je veux que tu saches que nous te sommes très reconnaissants, déclara la commandante. Et nous ferons tout notre possible pour t'assister, quoi que tu nous demandes.

– Merci, ai-je répondu en esquissant un sourire.

Catherine a souri en retour. Une trêve venait d'être signée.

Le reste de la journée s'est déroulée sans incident. À présent que nous étions plusieurs à nous occuper des corvées, j'avais du temps pour moi. Le laboratoire de sciences et celui d'astrophysique, qui n'avaient pas servi depuis des mois, étaient de nouveau opérationnels. Je m'accoutumais doucement à mon nouvel environnement, aux sons et aux odeurs qui attestaient la présence d'autres humains. Je réalisais mieux que jamais combien la solitude m'avait pesé. C'était comme si mon vaisseau ressuscitait.

*

J'étais aussi paradoxalement plus fatiguée. Parler, écouter, tout simplement être en compagnie d'autres gens demandaient beaucoup plus d'énergie que je ne l'avais anticipé.

En faisant comme chaque jour le tour du vaisseau, j'ai été agréablement surprise des sourires qui m'accueillaient. De retour sur le pont principal, une voix de femme m'a interpellée :

– Capitaine Sindall ?

Je me suis retournée, m'attendant presque à voir ma mère. C'était elle le capitaine Sindall et je n'étais pas encore habituée à entendre les gens m'appeler comme ça. Une jeune femme brune tenait par la main un homme blond un peu plus petit qu'elle.

– Capitaine Sindall, a-t-elle repris, je m'appelle Mei et voici mon compagnon Saul.

Les doigts de Saul se sont imperceptiblement resserrés sur ceux de Mei.

– Bonjour. Euh, bienvenue à bord.

– Nous voulions vous remercier, capitaine, a dit Saul.

– De nous avoir secourus.

– Et d'accepter de nous emmener jusqu'à Mendela Prime, a ajouté Saul. Nous savons que ce n'était pas ce que vous aviez prévu.

– Nous nous sentons enfin en sécurité.

– Et libres.

– Nous avons enfin l'impression de rentrer chez nous même si nous n'avons jamais mis les pieds sur Mendela, sourit Mei.

Elle a échangé un regard si tendre et si intime avec son compagnon que je me suis sentie comme une voyeuse.

– Bon, j'espère que votre séjour sur le vaisseau sera le plus agréable possible.

Mei a acquiescé avec enthousiasme.

– Nous avons été assignés au labo d'astrophysique. C'est merveilleux parce que Saul et moi nous sommes rencontrés à l'Aeriatech sur Terre.

J'avais déjà entendu parler de l'Aeriatech. C'était une des plus grandes compagnies terriennes. Elle avait des filiales sur tous les continents. Je me suis demandé ce qui leur avait valu l'exil sur Callisto mais je me suis tue. Nathan m'avait appris qu'on ne posait pas cette question.

Saul a lâché la main de Mei pour saisir la mienne.

– Nous te devons la vie et le bonheur. Merci.

J'ai repris ma main.

– De rien.

Après un dernier sourire chaleureux, ils ont tourné les talons et sont partis de nouveau main dans la main. Leur joie était contagieuse. J'espérais qu'elle se répandrait dans tout le vaisseau. Et j'espérais également que les Mazones nous ficheraient la paix pendant que nous traverserions leur territoire.

Sur le pont principal, Nathan, Anjuli et Aidan s'occupaient ensemble du panneau de navigation. Pas tout à fait ensemble. Anjuli et Nathan discutaient, Aidan était toujours aussi silencieux. Il fallait que je lui parle. Il se mettait volontairement à l'écart et je voulais qu'il fasse un effort. Quand je me suis approchée, Nathan m'a souri. Sam et Hedda étaient au panneau tactique. La commandante Linedecker, assise à ma place, s'est levée en me voyant et s'est dirigée vers les panneaux de commandes internes. J'avais modifié les programmes afin que tout l'équipage y ait accès. Nous allions passer beaucoup de temps ensemble et le moins que je pouvais faire était leur montrer que je leur faisais confiance.

J'ai lu les rapports du journal de bord en observant discrètement Nathan et Anjuli. Je voulais encore discuter avec Nathan de sa vie, ses espoirs et ses rêves. Je sentais qu'il avait beaucoup à m'apprendre, mais je devais attendre l'occasion d'être seule avec lui. C'était un des dilemmes de la vie en communauté.

En attendant, j'aimais cette animation qui régnait à bord. Je faisais à nouveau partie d'une équipe et c'était bon.

26. NATHAN

Je me suis arrêté devant la porte du quartier médical. Il fallait vraiment que je parle au docteur Liana mais j'avais toujours détesté les médecins. D'ailleurs, d'une façon générale, je détestais demander de l'aide. Sauf que cette fois, je n'avais pas le choix. Il se passait un truc bizarre et il fallait que je sache ce que c'était pour avoir une chance de me soigner.

J'ai pris sur moi et je suis entré. Le docteur Liana était à son bureau en train de lire sur sa tablette. Elle n'avait qu'un patient. Dooly était allongée sur un lit, profondément endormie. Au-dessus d'elle, un écran affichait des données incompréhensibles pour moi.

Le docteur Liana a levé la tête.

– Nathan ? Qu'est-ce qui t'amène ?

– Je crois… je crois que je couve quelque chose, ai-je répondu avec réticence.

– Ah oui ?

Elle s'est levée.

– Voyons ça.

Je me suis assis sur un des lits, le cœur battant. De très mauvais souvenirs remontaient à la surface. Elle a posé une main fraîche sur mon front avant de prendre mon pouls à l'ancienne en glissant deux doigts au creux de mon poignet. Puis elle a sorti son scanner mobile de sa ceinture médicale.

– Qu'est-ce qui te fait penser que tu as quelque chose ? m'a-t-elle demandé.

Je n'avais aucune envie d'être là. La dernière fois que j'avais passé du temps dans un dispensaire, c'était pour me faire poser ma prothèse. Et les fois précédentes n'étaient guère plaisantes.

– Alors ? a-t-elle insisté.

– Eh bien, j'ai des suées sans raison et parfois je suis frigorifié. Je manque d'appétit et…

Non, c'était trop difficile.

– Laissez tomber. Ce n'est sûrement rien.

J'étais déjà debout mais le docteur Liana m'a repoussé sur le lit.

– Ne bouge pas pendant le scanner.

J'ai soupiré mais j'ai obéi.

– D'autres symptômes ? a-t-elle demandé.

Oui, mais aucun que je me sentais prêt à énoncer à voix haute.

– Non, je ne crois pas.

Le docteur Liana a plissé le nez en continuant à passer le scanner sur mon corps. Puis elle a secoué la tête.

– Non, je ne détecte rien du tout. Tu es même en parfaite santé.

– C'est ce que je disais à l'instant. Désolé de vous avoir fait perdre du temps.

J'ai une nouvelle fois essayé de descendre du lit et, une nouvelle fois, elle m'a repoussé.

– Pas si vite. Ce n'est pas parce que le scanner ne détecte rien qu'il n'y a pas de problème.

– Je croyais que les scanners étaient capables de déceler 99 % des maladies.

– Quand ressens-tu les symptômes que tu me décris ? Y a-t-il des moments particuliers du jour ou de la nuit ?

– Non, je ne crois pas.

– Quand tu pratiques une activité physique ?

J'ai secoué la tête.

– Après avoir mangé ? Ce pourrait être une allergie.

J'ai de nouveau secoué la tête.

– En présence de certaines personnes ?

Je me suis immobilisé.

– Pardon ?

– Ah ! s'est exclamée le docteur Liana avec satisfaction.

– Vous savez ce que c'est ?

– Oui, a-t-elle souri. D'après moi, soit tu commences ta ménopause – et je dirais qu'il y a peu de chances –, soit une personne sur ce vaisseau te fait beaucoup d'effet.

– Sérieux ? C'est ça votre explication ? Je pensais que vous étiez médecin, pas charlatan ! ai-je lâché d'un ton glacial.

M'ignorant, le docteur Liana a poursuivi, un grand sourire aux lèvres :

– Je ne pense pas qu'il s'agisse d'un des nôtres. Vous vous fréquentez depuis des années. Non, il n'y a que deux nouveaux individus dans ton environnement… Aidan et Olivia. Alors, lequel te fait autant d'effet ?

Elle semblait très contente de ses petites déductions. Je me suis levé, et cette fois, rien n'aurait pu me retenir.

– Merci pour votre temps, docteur.

Alors que je me dirigeais à grands pas vers la porte, elle a poursuivi :

– Ma prescription ? Eh bien, essaie de savoir si c'est Aidan ou Olivia et… prends le taureau par les cornes !

Quand je me suis retrouvé dans le couloir, son rire résonnait encore à mes oreilles.

27. VEE

Le lendemain matin, je me suis réveillée sereine. Plus sereine que je ne l'avais été depuis longtemps. Après ma douche, je me suis dirigée vers le pont principal, emplie d'un sentiment de plénitude. J'avais un nouveau but : apprendre à connaître mes nouveaux compagnons de voyage et faire de mon mieux pour les aider à atteindre Mendela Prime. Même si mon frère n'était pas d'accord, c'était la décision juste à prendre. Je m'inquiéterai pour l'après plus tard.

Je pouvais y arriver.

J'ai passé la moitié de mon quart à lire les profils des membres de l'équipage, mémorisant leurs noms, leurs visages et la tâche qui leur avait été assignée.

J'avais presque terminé quand l'alerte a retenti. J'ai sursauté. Je détestais ce bruit assourdissant qui n'annonçait jamais de bonnes nouvelles. Je me suis tournée vers Aidan.

– Les Mazones ?

– Non. Trois des réfugiés, Mei DuLac, Jaxon Ramsey et Saul Turner, sont dans la soute et ont déclenché le protocole d'évacuation.

L'image 3D de l'intérieur de la soute est apparue devant nous.

Qu'est-ce qu'ils fabriquaient ?

– Pourquoi ont-ils fait ça ? Ils en ont marre de la vie ou quoi ? Arrête tout, Aidan !

– Je ne peux pas, a répondu mon frère. Ils ont bloqué le système.

– On a combien de temps ?

– Une minute et trente-trois secondes.

Bon sang !

– Que se passe-t-il ? a demandé Catherine.

J'ai couru vers la porte.

– Trois de vos amis ont activé le protocole d'évacuation. Si on n'arrive pas à l'arrêter, ils vont être projetés dans l'espace. Aidan, reste ici et fais ce que tu peux.

J'étais dans le couloir, Nathan à mes côtés. Catherine, Sam et Anjuli nous avaient emboîté le pas. Dans l'ascenseur, j'ai presque crié :

– Soute en mode d'urgence.

Le mode d'urgence empêchait l'ascenseur de s'arrêter à d'autres étages. Il ne nous a fallu que quelques secondes pour atteindre le pont inférieur. Dès que la porte s'est ouverte, je me suis précipitée. Ils étaient là. Dans le sas. Ils frappaient de toutes leurs forces contre la paroi vitrée. L'écran au-dessus de la porte indiquait qu'il ne leur restait plus que vingt-cinq secondes. Le protocole d'évacuation n'était censé se mettre en route que lorsque le vaisseau était attaqué ou à ma demande expresse. L'alarme hurlait.

Mei, Saul et Jaxon se sont mis à flotter. L'unité gravitationnelle s'était coupée. Il me restait plusieurs mètres à parcourir avant d'atteindre le panneau de contrôle. Le bip bip du sas me vrillait les oreilles. Encore plus dissonant. Plus que dix pas. La porte donnant sur l'extérieur a commencé à s'ouvrir, révélant la noire immensité de l'espace.

– Aidan ! Bloque la commande de la porte ! Remets le nanochamp en place ! ai-je crié. Et fais taire cette fichue alarme.

La sirène s'est tue aussitôt, laissant toute la place aux bip bip aigus.

– Pourquoi avez-vous fait ça ? Pourquoi avez-vous activé la séquence d'évacuation ?

– On n'a rien fait ! a hurlé Mei en s'accrochant au rail métallique qui faisait le tour du sas.

– On est juste venus ici pour discuter ! a renchéri Jaxon.

– Et puis la porte s'est fermée.

– Et l'alarme s'est déclenchée.

– Qu'est-ce qui se passe ?

Ils parlaient tous en même temps, plus paniqués les uns que les autres. Je leur ai montré le bouton rouge près de la porte.

– Appuyez là-dessus ! C'est l'arrêt d'urgence.

– Je l'ai déjà fait, a lancé Jaxon en frappant violemment la paume contre le bouton à plusieurs reprises. Ça ne fait rien.

– Aide-nous ! s'est étranglée Mei.

– Fais quelque chose !

– Sors-nous de là.

Ils flottaient dans les airs, ne changeant de direction que quand ils entraient en collision. La porte continuait de s'ouvrir. Lentement mais inexorablement.

– Aidan ! Bordel ! Ne laisse pas tomber le nanochamp ! Referme la porte !

Le nanochamp était un champ magnétique. Un mur fait de pure énergie. Il s'activait en cas d'avarie sur la coque mais il ne durait pas plus de quelques minutes. Pour l'ordinateur de bord, cette demande d'évacuation était parfaitement standard. Dès que la porte serait entièrement ouverte, le nanochamp se dissoudrait. Jaxon m'implorait du regard. Mei crispait les doigts sur le rail métallique.

– Trouvez quelque chose, une corde, un filin, n'importe quoi et enroulez-le autour de votre taille pour vous attacher à la rambarde.

Mes doigts volaient au-dessus du panneau de contrôle. Je composais le code à toute vitesse. Rien. Encore. Et encore. Il faut que…

Trop tard.

Le nanochamp était tombé.

Et en moins d'une seconde, Jaxon, Mei et Saul ont été aspirés dans le néant.

Ils ont disparu comme s'ils n'avaient jamais existé.

28. NATHAN

À côté de moi, Anjuli est tombée à genoux, le visage enfoui dans ses mains. Quelqu'un me posait des questions que je ne comprenais pas. Je fixais le sas vide, hébété. Mes amis… Ils… n'étaient plus là. Le bip bip s'est brusquement arrêté, laissant place à un silence encore plus assourdissant. Lentement, la porte qui donnait sur l'extérieur a commencé à se refermer. Le système de ventilation a émis un léger sifflement ; le sas se remplissait de nouveau d'oxygène.

J'essayais de comprendre ce qui venait de se passer. J'avais vu mes compagnons mourir sur Callisto – à la mine, les accidents étaient fréquents, mais ça n'avait rien à voir. Durant l'attaque des Mazones sur Barros 5, nous étions tous terrifiés et nous étions prêts à tout pour survivre. C'est une forme d'espoir qui nous donnait la force de courir. Mais la terreur sur les visages de Jaxon, Saul et Mei quand la porte s'était ouverte était… indescriptible. Ils savaient qu'ils allaient mourir et ils n'y pouvaient rien. Je n'oublierai jamais le regard de Jaxon. Je n'avais rien fait. Je n'avais rien pu faire. Je me sentais impuissant, inutile.

– Aidan ! a crié Vee. C'était quoi, ça ? Aidan ! Réponds !

Une seconde s'est écoulée avant que la voix d'Aidan résonne dans la soute.

– Je ne sais pas, Vee. J'essaie de comprendre. On dirait que quelqu'un a piraté l'ordinateur de bord et a ordonné l'ouverture de la porte.

Vee se dirigeait vers l'ascenseur.

– D'où a été passée cette commande ?

– Depuis… on dirait que c'était depuis un des distributeurs du mess.

Quoi ? Qu'est-ce qu'il racontait ? C'était impossible. Les distributeurs recevaient des ordres verbaux et permettaient d'obtenir la nourriture ou les objets dont on avait besoin. Rien de plus. Comment quelqu'un aurait-il pu interférer avec les commandes centrales du vaisseau ?

J'ai rejoint Vee. Ma mère et Sam étaient juste derrière nous.

– Qui est dans le mess ? a demandé Vee.

– Douze réfugiés, a répondu Aidan. Dont les deux enfants, Jeanne et Khari.

– Personne n'est censé pouvoir ouvrir la porte extérieure en dehors de toi et moi ! s'est écriée Vee.

– Il faut croire qu'un des colons a trouvé le moyen de contourner mes protocoles d'accès au système, a répliqué Aidan.

– Comment ?

Je me posais évidemment la même question.

– Je dirais qu'il s'agit de technologie nanite programmable, a suggéré Aidan. Quelqu'un a introduit des nanorobots dans l'ordinateur de bord en passant par le module de service du distributeur.

Bordel de merde ! S'il avait raison, ça signifiait que les programmes étaient à présent tous infectés. La personne qui avait introduit les nanorobots pouvait contrôler l'ordinateur à sa guise.

– Qui ? Qui a fait ça ? a crié Vee, furieuse.

– Comment veux-tu que je le sache ? a reparti son frère. Dans tous les cas, c'est une personne assez douée pour découvrir une faille dans notre système.

– Est-ce que tout le monde peut entendre notre conversation ? s'est enquise Vee.

– Non. Il y a seulement un lien direct entre le ponton et la soute.

– Dans ce cas, pas un mot à qui que ce soit avant que j'arrive.

Ce que je venais d'entendre, je ne parvenais toujours pas à y croire. J'ai pris Vee par le bras.

– Quelqu'un a délibérément envoyé mes amis à une mort certaine ?

– Oui, a répondu Vee après un long silence.

Un frisson m'a parcouru.

– C'est un mensonge, a férocement affirmé ma mère. Je me porte personnellement garante de tous les individus qui sont à bord. Aucun d'entre eux n'aurait commis un tel geste.

– Ni mon frère ni moi n'en sommes responsables, a sèchement fait remarquer Vee.

– C'est ridicule ! s'est emportée ma mère. Pour quelle raison l'un d'entre nous aurait-il voulu tuer Mei, Jaxon et Saul ?

Vee n'a même pas tourné la tête vers elle.

– À vous de me le dire. Comme le dirait Sherlock Holmes, une fois qu'on a éliminé l'impossible, ce qui reste, si improbable que cela soit, doit être la vérité.

– Quoi ? De qui tu parles ? a balbutié ma mère.

– Sherlock Holmes, le grand détective, a répété Vee. Ce que je veux dire, c'est que quelqu'un à bord du vaisseau a saisi l'opportunité de se débarrasser de vos trois compagnons. Vous étiez vingt-deux à votre arrivée, vous êtes maintenant dix-neuf. Si on enlève les enfants, ça nous laisse dix-sept suspects.

– Je n'ai rien à voir avec ce qui vient de se passer, est intervenu Sam, et vos insinuations sont insupportables. Je connais et je vis avec tous ces gens depuis plusieurs mois au minimum et pour la plupart depuis plusieurs années. Aucun d'entre nous n'est capable d'un tel acte.

– C’est ce que vous dites, a rétorqué Vee, mais moi, je ne connais de vous que ce que vous avez bien voulu me raconter.

Elle avait posé le regard sur moi. Ma mère a secoué la tête.

– Nous avons eu notre compte de morts depuis notre exil sur Callisto. Largement.

– C’est ce que je pensais aussi avant de voir Mei, Saul et Jaxon se faire aspirer dans l’espace, a reniflé Vee.

– Ce que tu dis est monstrueux ! s’est écrié Sam. Comment peux-tu être sûre que ton frère n’est pas le coupable ?

Je me suis tourné vers lui.

– Vee nous aurait sauvé la vie au risque de la sienne, pour nous éliminer un par un après coup ? C’est absurde !

Sam m’a lancé un regard noir mais je n’avais pas l’intention de désarmer. Vee n’était pas plus responsable que moi de la mort de mes amis.

– La situation est grave, a repris Sam. Elle doit être gérée par un adulte. Vee, tu es trop jeune pour commander ce vaisseau, tu devrais laisser ta place à Catherine.

– Qu’est-ce que son âge vient faire là-dedans ! me suis-je révolté.

– Je préfère recevoir des ordres d’une personne que je respecte et en qui j’ai confiance, a répondu Sam.

– Ce qui n’est pas une question d’âge mais de compétence, et c’est tout ! ai-je rétorqué.

Vee m’a lancé un regard sans joie et rempli de doute. Tout le progrès que j’avais fait auprès d’elle me glissait entre les doigts. Après ce qui venait de se passer, elle n’était plus sûre de nous, ni de rien.

L’ascenseur s’est arrêté. Nous étions arrivés au pont principal.

29. VEE

Je suis directement allée m'asseoir au poste de commandement alors que je n'avais qu'une envie : m'enfermer dans mes quartiers et me rouler en boule sur mon lit. La Mort, ce visiteur indésirable, arpentait de nouveau les couloirs de mon vaisseau. J'ai fermé les yeux pour essayer de remettre de l'ordre dans mes pensées.

Réfléchis, Vee, réfléchis.

Que ferait maman ?

Elle essaierait de comprendre ce qui venait de se passer en restant logique et méthodique. Je devais prendre exemple sur elle. Maman et moi avions au moins une chose en commun : elle détestait autant que moi les mystères non résolus. J'ai rouvert les paupières. Les huit ou neuf personnes qui m'entouraient, sans compter mon frère, me fixaient et attendaient des réponses.

– Je voudrais que vous quittiez tous le pont principal, sauf mon frère, Nathan et la commandante Linedecker, ai-je demandé.

Ils ont échangé des coups d'œil mais ont obéi.

– La seule raison pour laquelle vous pouvez rester, ai-je repris quand nous avons été seuls, c'est que je ne vous crois pas coupables.

– Merci, a sèchement rétorqué la commandante.

– Ne me remerciez pas. Je pourrais être amenée à réviser cette opinion. Mais il me semble que si vous vouliez tuer quelqu'un, vous auriez le courage de regarder cette personne dans les yeux. Quant à toi, Nathan, je pense que tu ne serais capable d'éliminer un être humain que si toi ou quelqu'un qui t'est cher était en danger.

C'était dit et ils pouvaient bien le prendre comme ils voulaient. Je me suis tournée vers mon frère.

– Aidan, donne-moi toutes les infos que tu as pu collecter.

– J'essaie encore de comprendre comment quelqu'un a réussi à passer outre mes programmes de sécurité. (Mon frère a secoué la tête, la mine lugubre.) Quand Mme la commandante ici présente a tenté de s'emparer de notre vaisseau, j'ai mis en place un système qui empêche quiconque d'accéder à autre chose qu'aux besoins les plus stricts.

Catherine s'est raidie mais elle n'a pas commenté. En revanche, Nathan est intervenu :

– Tes programmes de sécurité ?

– Oui. Quand nous n'étions que tous les deux, ma sœur et moi nous sommes partagé les tâches. Je suis responsable de la sécurité du vaisseau, de tous les protocoles et de toutes les procédures. Je me fous que ça te pose un problème et je suis plutôt, disons, en colère qu'un d'entre vous se soit permis d'infecter mon ordinateur avec des nanorobots.

– Il y a un moyen de s'en débarrasser ? ai-je demandé à mon frère pour l'obliger à se reconcentrer sur notre problème.

– Il faudrait éteindre l'ordinateur de bord et le purger entièrement avant de le relancer. Ça prendrait au moins vingt-quatre heures. Sans compter que nous nous retrouverions au milieu de l'espace sans système de navigation, sans arme, sans contrôle gravitationnel. Si c'est le moment que les Mazones choisissent pour attaquer…

– OK, j'ai compris, l'ai-je interrompu.

– C'est pour ça qu'on ne reboote que durant les escales, a ajouté Aidan.

– Qu'est-ce qu'on peut faire d'autre ?

– Rien. On peut juste se préparer au prochain problème, sauf que je n'ai aucune idée de quelle partie du vaisseau les nanorobots affecteront ! C'est inadmissible que quelqu'un ait pu…

– Aidan, le point le plus important pour le moment est la mort de trois membres de l'équipage. Si on ne peut rien faire concernant l'ordinateur, il nous faut trouver le coupable.

– Vous enregistrez tout ce qui se passe dans le vaisseau sauf dans les quartiers de nuit, c'est bien ça ? a demandé la commandante.

– Oui ! me suis-je exclamée. Aidan, repasse-nous les images du mess dix minutes avant… l'incident.

Aidan a tapoté sur son clavier et les hologrammes sont apparus. Catherine s'est assise à côté de mon frère et nous avons regardé. La salle de réfectoire était bondée et tous ceux qui entraient se dirigeaient droit sur un des distributeurs pour se commander à manger. Des groupes restaient même à côté et se resservaient deux ou trois fois.

– Nous n'avions pas accès aux distributeurs sur Callisto, m'a expliqué Nathan à l'oreille. (Il avait dû remarquer mon étonnement devant ce comportement.)Des rations de survie étaient larguées par des avions automatisés à intervalles réguliers. Il arrivait que nous n'ayons rien à manger pendant deux jours. Dans ces cas-là, la livraison donnait toujours lieu à des bagarres. Ce sont ces mêmes bagarres que l'Autorité diffuse pour donner une image négative des drones. Rien de mieux que montrer aux gens ce qu'ils veulent voir. Les citoyens de la Terre considèrent les drones comme des animaux, donnons-leur les éléments qui prouvent qu'ils ont raison.

Je l'ai regardé. Les paupières plissées, il était concentré sur les hologrammes. Sa bouche formait une ligne étroite et coléreuse, mais il avait aussi l'air… blessé. J'ai dû me retenir pour ne pas le prendre dans mes bras.

– Aidan ? ai-je demandé quand l'enregistrement a été terminé.

– Attends, je vérifie où chacun se trouvait à l'heure précise où l'alarme s'est déclenchée. Voilà… si l'on exclut les enfants, nous avons six suspects.

– Je pense que nous pouvons effectivement considérer que les enfants sont innocents, ai-je approuvé.

Les bustes des six suspects sont apparus sur une autre grille holographique. Darren, Érica, Hedda qui travaillait presque exclusivement sur le pont principal depuis son arrivée, Mike avec qui j'avais discuté dans la serre hydroponique, le docteur Liana et un garçon que j'avais croisé mais dont je n'avais pas encore retenu le nom.

– On ne peut pas avoir un résultat plus précis ? a demandé la commandante.

Aidan a secoué la tête.

– Non, et de toute façon, si le coupable en savait assez pour déjouer mes barrières de sécurité, il a très bien pu retarder l'alarme afin de pouvoir quitter le mess avant la panique.

– Ce qui veut dire que ça peut être n'importe qui, ai-je lâché.

Nathan s'est redressé.

– C'est vrai mais seulement si c'est un geste prémédité. Dans ce cas, le coupable a dû demander à Mei, Jaxon et Saul d'aller dans le sas à une heure précise et sous un prétexte convaincant.

J'ai réfléchi quelques secondes.

– Oui, c'est ce qui a dû se passer. C'est la seule explication.

– Non, c'est impossible ! a affirmé la commandante avec force. Je refuse de croire qu'un membre de notre groupe soit capable d'une telle abomination. Pour quelle raison ?

Elle m'a défiée du regard comme si je devais trouver moi-même un mobile au meurtrier. Je n'avais évidemment pas de réponse à cette question. Il me semblait que, pour le moment, il valait mieux que je garde mes réflexions pour moi. J'ai soupiré.

– Ce ne sont que des spéculations. Peut-être qu'il y a une autre explication qui ne nous est pas encore apparue.

– C'est absurde, m'a contredit Aidan. Notre ordinateur est infesté de nanorobots qui n'étaient pas là avant qu'on les ramasse.

Il a donné un coup de menton vers la commandante sans la regarder.

– La personne qui les a mis là peut maintenant prendre le contrôle du vaisseau quand ça lui chante. La mort de ces trois réfugiés était forcément délibérée.

– Oui, merci de ton analyse, Aidan.

Mon frère n'était décidément pas le roi de la subtilité.

– La question reste posée, a repris Nathan. Dans quel but quelqu'un aurait-il fait ça ?

J'avais le sentiment d'oublier un détail important mais tout se mélangeait dans ma tête. C'était un vrai feu d'artifice. J'avais besoin de sommeil pour mettre de l'ordre dans mes pensées. Je ne cessais de me répéter que quelqu'un, à bord de ce vaisseau, *mon* vaisseau, était un meurtrier. Je ne voulais pas y croire mais l'évidence était comme une gifle. La commandante s'est levée.

– Vee, je vais parler à l'équipage et voir ce que je peux en tirer. J'aimerais organiser un rassemblement demain afin d'honorer les disparus. Ça ne te pose pas de problème ?

Sa question était purement rhétorique. Enfin, elle avait au moins fait l'effort de la poser.

– Vous pouvez vous réunir dans le mess ou dans la soute. C'est là que vous aurez le plus de place.

– Très bien, l'office de commémoration se tiendra donc au mess demain à quinze heures.

– Vous acceptez que je me joigne à vous ?

La commandante m'a examinée quelques secondes.

– Bien sûr, tu es la bienvenue.

Je me demandais si ses compagnons seraient d'accord avec elle, mais après tout, elle les connaissait mieux que moi. J'allais avoir besoin de son aide pour découvrir ce qui s'était passé aujourd'hui. J'ai soudain eu une idée.

– Commandante, la plupart des quartiers de nuit se trouvent sur le pont intermédiaire. Aidan et moi dormons l'un en face de l'autre sur le pont supérieur, tout près du pont principal. Si vous et Nathan voulez rester avec les autres, pas de souci, mais si vous le désirez, il reste deux cabines disponibles près des nôtres.

Elle a acquiescé.

– Merci de ta proposition. Je pense en effet que ce serait mieux. Je souhaite rester près du pont principal.

– Nath ? ai-je demandé en me tournant vers lui.

Il a acquiescé sans un mot.

– OK. Aidan, tu peux leur assigner la S-07 et la S-08 ? Vous serez près du laboratoire d'astrophysique, ai-je précisé à l'intention de Catherine.

– C'est fait, a annoncé Aidan.

La commandante m'a adressé un bref sourire avant de sortir. Au même moment, Anjuli est entrée. Elle avait pleuré. Beaucoup. La dernière fois que je l'avais vue, c'était dans la soute. Bon sang, je l'avais oubliée là-bas ! Mais au moins, elle pouvait donner libre cours à son chagrin alors que je devais masquer mes émotions.

– Il faut que je m'occupe l'esprit, a-t-elle murmuré. Est-ce que je peux rester ? S'il vous plaît ?

J'ai désigné le siège devant le panneau de navigation que Catherine venait juste de quitter.

– Je peux te montrer une des manœuvres de fuite que j'ai programmées, lui a proposé Aidan.

Anjuli a opiné, reconnaissante.

– Oui, merci.

– Tu devrais aller te reposer, Vee, m'a lancé mon frère.

– Pas tout de suite, ai-je soupiré. Il faut que je comprenne…

– Ton quart est fini, a-t-il insisté. Va te reposer. Tu ne peux pas réfléchir quand tu es fatiguée. On se débrouillera sans toi.

– Aidan a raison, a renchéri Nathan en se levant. La journée a été longue pour chacun d'entre nous. Tu devrais aller dormir.

Dormir ? Avec tout ce qui venait de se passer ? Pourtant ma fatigue n'était pas seulement physique. J'étais également épuisée mentalement.

– Je ne suis pas sûre de pouvoir fermer l'œil, mais je vais essayer, ai-je promis en me levant.

Je me suis dirigée vers la porte, Nathan sur mes talons. Nous avons croisé Hedda et Sam qui retournaient à leur poste. Sam m'a défiée du regard comme si je m'apprêtais une nouvelle fois à lui demander de partir. La porte s'est refermée derrière nous.

Dans le couloir, devant ma cabine, Nathan a soufflé :

– Vee ?

– Oui ?

– Je… Tu…

Il s'est interrompu.

– Non, laisse tomber, a-t-il repris. Ce n'est pas important.

– Tu es sûr ? J'ai l'impression que tu as quelque chose sur le cœur.

– Ce n'est pas le bon moment. Bonne nuit.

– Bonne nuit.

J'ai appliqué ma paume sur le pad de reconnaissance. La porte de ma chambre s'est ouverte. Mon cœur cognait contre mes côtes. Alors que je m'apprêtais à entrer, je me suis retournée vers Nathan. Il était toujours dans le couloir et il me regardait.

– À demain matin, ai-je débité avant de me précipiter dans ma cabine.

Alors que ma porte se refermait, je l'ai entendu marmonner un juron.

30. NATHAN

Qu'est-ce qui me prenait ? Je me tenais devant la porte en verre opaque de la cabine de Vee comme un crétin énamouré. Il fallait que je me reprenne. J'avais besoin d'être un peu seul. Il y avait une salle de sport sur le pont intermédiaire mais elle ne serait probablement pas vide.

Le laboratoire d'astrophysique peut-être ?

Mei et Saul étaient les seuls assignés à ce laboratoire et ils... n'étaient plus là. Je n'oublierai jamais leurs visages au moment où ils avaient été aspirés dans l'espace. J'avais besoin d'un endroit calme pour m'isoler et ne plus penser à tout ça.

Je ne m'étais pas trompé, il n'y avait personne dans le labo. J'en étais en même temps heureux et déçu. Tout autour de la pièce avaient été installés des stations de travail et des équipements. Rien au centre. J'ai trouvé ça étrange avant de comprendre que c'était la place destinée aux cartes 3D. Et si je les allumais ? Mais comment ?

– Euh... Aidan, peux-tu afficher une carte des étoiles ?

– Laquelle ?

La voix d'Aidan semblait venir de nulle part et de partout en même temps. Je n'ai pas pu m'empêcher de sursauter. Bien sûr, c'était l'ordinateur, mais j'avais du mal à m'y faire.

– Le système solaire de la Terre, s'il te plaît.

La carte est apparue aussitôt autour de moi. Elle n'était évidemment pas à l'échelle. Elle montrait seulement les positions relatives des planètes les unes par rapport aux autres. C'était tout de même super impressionnant.

La Terre.

Cet endroit que j'aurais dû considérer comme mon foyer. Et pourtant… Il y avait aussi Jupiter et ses lunes, dont Callisto. J'en ai presque eu la nausée. Rien dans l'univers ne pourrait m'obliger à y retourner. J'ai tendu le bras et écarté Callisto. Quand j'ai récupéré ma main, Callisto a repris sa place. On ne s'en débarrassait pas aussi facilement. J'ai avancé d'un pas et j'ai pris la Terre dans mes paumes ; j'ai pressé pour l'écraser. L'image a disparu pour se reformer presque aussitôt. J'ai serré les dents. Toute ma haine était concentrée sur cette planète bleue et ses habitants. Il fallait que je tourne la page, mais ce n'était pas mon fort de lâcher prise.

– Aidan, une autre carte, s'il te plaît.

– Laquelle ?

– De la galaxie la plus éloignée de la Terre qui ait jamais été cartographiée.

La pièce s'est instantanément remplie de planètes, d'étoiles, de nébuleuses et d'astéroïdes. L'énergie statique me soulevait légèrement les cheveux. Les soleils et les planètes tournaient autour de moi. Je me suis laissé envahir. C'était une des plus belles choses que j'avais jamais vues. Je n'avais pas vraiment réalisé avant cet instant combien tout ça m'avait manqué : être sur un vaisseau, boire et manger quand j'en avais envie, profiter du confort et d'une sécurité relative. Vee nous apportait tout ce dont nous avions besoin. Vee nous emmenait jusqu'à Mendela Prime. J'aurais dû me sentir euphorique.

Mais ce n'était pas le cas.

Je me sentais… vide.

La mort de mes amis ne faisait que renforcer cette sensation. Il me manquait toujours quelque chose.

J'avais déjà éprouvé ce manque sur Callisto mais j'avais pensé alors que c'était le manque de ma vie d'avant. Je l'avais également éprouvé sur le transporteur alors qu'il était censé nous amener vers la liberté, ainsi que sur Barros 5 pendant que nous reconstruisions nos vies. Je l'éprouvais toujours à bord de l'*Aidan*.

Ma vie serait-elle toujours ainsi ? Une lutte pour survivre, pour pouvoir continuer d'avancer, un pas après l'autre ? Comment remplir ce vide ? Étais-je destiné à toujours ressentir cette envie insatiable sans jamais savoir avec quoi remplir ce vide ?

À moins que… j'avais peut-être déjà les réponses à mes questions. Il se pouvait qu'elles me fassent tout simplement peur.

Vee.

Quand j'étais avec elle, je me sentais… chez moi. Je la connaissais depuis peu mais c'était comme si nous avions grandi ensemble. Quand nous étions séparés, je n'arrivais pas à la sortir de ma tête. Je me couchais en pensant à elle et quand je me réveillais, elle était encore avec moi. C'était pathétique. J'étais un drone, pas elle, fin de l'histoire. Elle avait décidé de nous aider, ce qui ne signifiait en rien qu'elle était prête à avoir une relation avec un garçon comme moi. Je portais mon statut social comme une chemise en haillons, mais je le portais fièrement. Je n'étais pas du côté des vainqueurs, non, mais j'étais de celui des justes. J'en étais convaincu.

J'ai serré les poings. J'avais l'impression d'être sur le point d'exploser. J'ai ôté ma veste et je l'ai jetée à l'autre bout de la pièce. Ma chemise a suivi. Puis mes boots. Je voulais me reconnecter à mon corps. Après ce à quoi j'avais assisté, j'avais besoin de me reconnecter d'une façon ou d'une autre à la vie. Je me suis concentré sur la position des astres autour de moi.

Ferme les yeux.

Respire.

Contrôle.

J'ai levé la jambe doucement. Le genou d'abord plié contre ma poitrine, puis le pied tendu au-dessus de ma tête, touchant une planète. Je suis resté parfaitement immobile pendant quelques secondes et j'ai laissé les hologrammes tourner autour de moi. J'ai ramené ma jambe avant de l'étendre à nouveau dans une autre direction, vers une autre étoile.

Les yeux toujours fermés, je me suis concentré sur les katas de mon entraînement d'art martial.

Tout était question de contrôle.

Ce contrôle qui m'échappait de plus en plus souvent.

31. VEE

Je n'ai pas réussi à rester plus de quelques minutes seule dans ma chambre. J'avais envie de me cogner la tête contre les murs. Habituellement, dans ces moments-là, j'allais à la salle de sport et je courais quelques kilomètres ou je passais ma combinaison holographique pour une séance de fitness jusqu'à ce que je sois trop fatiguée pour tenir debout.

Mais une vérification rapide de l'ordinateur de bord m'a confirmé ce que je redoutais : il y avait déjà six personnes à la salle de sport. Hors de question que je me défoule en public. Il y avait du monde partout, même dans la soute. Mike était, sans surprise, dans la serre hydroponique. Qu'est-ce qu'il pouvait y faire au beau milieu de la nuit ? Est-ce qu'il y avait installé son lit ? Je n'avais aucune envie d'aller vérifier. Je me suis rhabillée et je suis sortie dans le couloir.

Et après ?

Le laboratoire d'astrophysique.

J'avais des cartes à annoter, ce qui me demandait beaucoup de concentration. Ça me permettrait peut-être d'oublier les récents événements pendant une heure ou deux. J'aimais me perdre au milieu des étoiles. Je me sentais alors en paix avec moi-même. En ouvrant la porte, je me suis tout de suite rendu compte que je n'étais pas seule. Nathan était au centre d'une carte du système stellaire de Tau en train d'exécuter un kata que, malgré mes études approfondies de toutes sortes d'arts martiaux, je n'avais jamais vu auparavant. Je savais que je devais respecter son intimité et tourner les talons, mais c'était comme si mes pieds étaient enracinés dans le sol. Il se mouvait d'une façon incroyablement gracieuse et précise en même temps. Chaque coup de pied, torsion du poignet ou mouvement du bras, parfaitement contrôlé, se terminait sur un contact avec une planète. Il avait les yeux fermés, pourtant il ne ratait jamais sa cible. Avait-il mémorisé la position des astres ?

Bon sang !

Il est devenu peu à peu plus rapide sans jamais perdre de sa concentration. Ses bras fendaient l'air, ses paumes poussaient vers l'avant ; il s'est mis en équilibre sur un seul bras, atteignant de l'autre une lune, pendant que ses pieds touchaient deux étoiles jumelles qui se trouvaient au-dessus de sa tête quelques secondes plus tôt. Puis il s'est retrouvé accroupi, le souffle à peine plus rapide. Il a ouvert les yeux et son regard s'est aussitôt posé sur moi. Je n'avais pas bougé d'un pouce, pourtant, contrairement à lui, j'avais peine à respirer.

J'ai ouvert la bouche et je l'ai refermée. Je ne savais pas quoi dire. Nathan s'est lentement redressé et a tendu la main.

Va-t'en.

Mais mes jambes ne voulaient toujours pas m'obéir. Au lieu de ça, elles m'ont amenée vers lui. J'ai pris sa main. Qu'est-ce qui m'arrivait ? Il m'a doucement soulevé le menton ; j'avais la poitrine dans un étau. Une seconde plus tard, nous étions en train de nous embrasser au cœur de l'univers, au milieu des étoiles. Nos lèvres se sont d'abord effleurées ; nous avions les yeux ouverts. Et puis nous avons clos les paupières.

Nos doigts se sont entrelacés et la bouche de Nathan s'est faite plus avide, plus exigeante. Une chaleur intense s'est emparée de mon corps et mon cœur s'est mis à battre à toute vitesse. La bouche de Nathan a forcé la mienne à s'entrouvrir, ses mains parcouraient mes hanches, ma taille, ma poitrine, mes épaules, y traçant un chemin de frisson. Mes mains essayaient d'imiter les siennes. Ce contact après tant d'années de sevrage me tournait la tête, m'empêchait de penser et de réfléchir. Je n'étais plus que sensations et c'était bon.

Nous avons continué de nous embrasser et de nous toucher pendant plusieurs minutes. Quand Nathan m'a enlevé ma chemise, je réalisais à peine ce qu'il faisait. Je n'avais qu'une envie : sentir sa peau nue contre la mienne. Je me consumais, la chaleur qui m'irradiait était plus puissante que celle de la salle des machines des vaisseaux mazones. Nathan embrassait à présent le lobe de mon oreille, le creux de mon cou, il me mordillait. Un gémissement m'a échappé. Les paumes de Nathan sur mon corps me faisaient presque mal. Il est remonté vers ma bouche. Le plaisir était presque insoutenable. Je voulais qu'il ne s'arrête jamais. Je voulais...

Quoi ? Non !!! Non !!!

– Nathan, attends, arrête ! Arrête !

Je me suis écartée de lui. À contrecœur, Nathan a cessé de m'embrasser. Nous étions essoufflés comme si nous avions retenu notre respiration sous l'eau pendant trop longtemps.

– Qu'est-ce qu'il y a ? a-t-il murmuré.

– Ça... ça va trop vite. J'en ai envie mais on avance à la vitesse de la lumière...

Il a acquiescé un peu tristement.

C'était de la pure folie ! Qu'est-ce qui m'était passé par la tête ? Rien ! C'était bien ça le problème. J'avais laissé mes émotions m'échapper, ce qui ne m'arrivait absolument jamais.

– J'ai besoin d'un peu de temps pour me calmer et reprendre le contrôle, a dit Nathan, en particulier d'une certaine zone de mon anatomie.

– Quoi ? Oh !

J'ai rougi.

– Elle est gênée ! m'a-t-il taquinée.

– Comment tu le sais ? ai-je rétorqué, un peu vexée.

– Tu ne sais pas cacher ce que tu ressens.

Il avait raison. Et ce que je ressentais à cet instant précis me terrifiait.

– Je suis désolée de t'avoir demandé d'arrêter, mais…

– Chut, tu n'as pas besoin de t'excuser, m'a-t-il interrompue en effleurant mes lèvres avec les siennes. La partie de mon anatomie dont je parlais à l'instant n'en est peut-être pas tout à fait convaincue, mais il n'y a pas de problème.

– Si ! ai-je protesté. Je te désire, Nathan. J'ai envie de… J'en ai vraiment envie !

– Olivia, tais-toi. S'il te plaît. Tu ne m'aides pas, là.

– Ah oui ?

Il a grimacé. Notre étreinte avait été… hallucinante. Oui, c'était exactement le terme. C'est ce que les acteurs disaient dans les films. J'avais entendu ce mot des dizaines de fois, mais avant ce soir, je ne l'avais jamais vraiment ressenti. Je ne savais toujours pas pourquoi j'avais demandé à Nathan d'arrêter. Nous étions si proches et je mourais d'envie que nous le soyons plus encore. Alors ? Les Mazones pouvaient nous rattraper à tout moment et nous réduire en miettes. Une météorite pouvait heurter le vaisseau et détruire tout le système de survie. Je pouvais même m'étouffer avec une cuillerée de chili.

– Vee, arrête de me regarder comme ça.

– Comme quoi ?

– Comme si tu voulais que nous terminions ce que nous avons commencé.

– C'est le cas.

– J'ai un peu de mal à te suivre, là.

– Je suis désolée, ai-je répété. Vraiment. C'est juste que… je suis un peu perdue.

– Pareil.

– On devrait peut-être changer de sujet, ai-je suggéré.

– D'accord, mais avant, remets ta chemise.

Mortifiée, je me suis baissée pour ramasser mon vêtement.

– Attends, c'est quoi ça ?

Nathan désignait mon collier. C'était un pendentif monté sur une chaîne en platine. Un V et un éclair inscrits dans un ovale..

– C'était à mon père. Il le portait quand il est mort. Il m'avait toujours dit qu'il me l'offrirait pour mon dix-huitième anniversaire. (J'aurais été heureuse d'attendre jusque-là qu'il ait pu me le donner en main propre.) C'est tout ce qui me reste de lui, ai-je poursuivi.

Quand j'ai levé les yeux vers Nathan, son air grave m'a surprise.

– Comment s'appelait ton père ?

– Daniel Sindall. Pourquoi ?

– Je ne connais pas ce nom.

– En quoi ça t'étonne ?

– Parce que ce symbole est le signe secret de la Résistance callistéenne.

J'ai secoué la tête.

– Non, pas du tout. Mon père l'a dessiné lui-même. C'est lui qui me l'a dit.

– Vee, a insisté Nathan, je t'assure que c'est le signe de la Résistance et seuls ceux qui en font partie le connaissent.

Il a tendu le bras et là, sur son bras, sous le biceps, il avait le même V tatoué. J'ai passé le doigt sur les lignes formées par l'encre sur sa peau. Je n'en croyais pas mes yeux.

– Je ne comprends pas, ai-je murmuré.

– Ta mère connaissait l'existence de ce collier ? m'a demandé Nathan.

– Je ne sais pas. J'ai toujours pensé que oui. Je croyais que le V représentait la première lettre de son nom, Vida, et du mien, Vee. Mon père était un membre de la Résistance ?

– On dirait, oui, a acquiescé Nathan.

– Mais il n'était pas un drone.

– Tous les membres de la Résistance ne sont pas des drones. Certains membres des élites estiment que le sort réservé aux drones est injuste.

J'ai pris mon pendentif entre mes mains pour l'observer. J'aimais ce bijou parce qu'il me venait de mon père. Je ne savais rien d'autre. Une nouvelle fois, je me sentais honteuse de mon ignorance.

– Vee ?

– Oui ?

– Tu peux remettre ta chemise, s'il te plaît ?

J'ai levé la tête vers Nathan.

– Je ne suis pas une machine, tu sais.

J'ai obtempéré, les joues brûlantes.

– Et voilà qu'elle est encore toute gênée !

– Tais-toi.

Nathan s'est assis par terre et m'a tendu la main pour que j'en fasse autant.

– Tu veux que je te prenne dans mes bras ? m'a-t-il demandé.

J'ai acquiescé. Il s'est allongé et je me suis étendue auprès de lui. J'ai posé la tête sur son épaule, trouvant immédiatement ma place. Il m'a enlacée. Nous sommes restés un long moment dans cette position sans prononcer un mot. Mon cœur reprenait peu à peu son rythme normal. Du moins aussi normal qu'il pouvait l'être en présence de Nathan. Plus j'y pensais, plus je me demandais ce qui m'arrivait. Je m'étais presque jetée dans ses bras alors que je le connaissais à peine. En très peu de temps, il avait provoqué chez moi des réactions dont je me pensais incapable. Et je trouvais ça flippant.

– Où se trouve cette galaxie ? a-t-il demandé en tendant le doigt vers les étoiles qui flottaient au-dessus de nos têtes.

– Dans le quadrant de Tau, ai-je répondu. À la vitesse maximale et en utilisant pas moins de sept trous de ver, nous mettrions vingt ans pour l'atteindre.

– J'aime à quoi elle ressemble.

– D'ici, oui, mais je ne suis pas sûre qu'elle soit aussi accueillante qu'elle en a l'air.

– En tout cas ici, a souri Nathan, c'est nous qui en sommes les maîtres.

– Peut-être que c'est ce que fait Dieu, ai-je réfléchi à voix haute. Si ça se trouve, il s'assoit simplement au milieu des étoiles et regarde.

– Tu crois en Dieu ?

– Les bons jours… et les mauvais.

Du revers de la main, j'ai éloigné une galaxie en forme de spirale alors que j'avais voulu la rapprocher. Les étoiles me fuyaient. Je l'ai laissée reprendre sa place et j'ai étendu la paume en dessous. C'était… magique. J'ai soupiré.

– Quel dommage que ce ne soit pas réel.

– C'est bien assez réel pour moi, a chuchoté Nathan. Ce moment est parfaitement réel.

Il avait raison. C'était si agréable d'être là, avec lui, dans un petit coin d'univers qui n'appartenait qu'à nous. Il m'a caressé le bras et s'est mis à rire. J'ai haussé les sourcils.

– Qu'est-ce qu'il y a de drôle ?

– Je me disais juste que la vie est étrange. Il y a quelques jours, sur Barros 5, j'étais persuadé que j'allais mourir. Et me voilà, allongé près de toi à regarder les étoiles.

– Il y a quelques jours, je me demandais si j'arriverais sur Terre ou si je mourrais d'ennui avant. Et puis, il y a eu cet instant dans la salle des machines du vaisseau mazone où j'ai perdu l'équilibre. J'ai cru que ma dernière heure était venue.

Oui, la vie était étrange.

Nathan m'a embrassé le front.

– Nous étions destinés à nous rencontrer. C'est l'univers lui-même qui l'avait décidé.

Je suis restée quelques secondes silencieuse, sonnée par son affirmation, et puis j'ai éclaté de rire.

– Tu dis vraiment n'importe quoi !

Je pensais qu'il allait rire lui aussi mais au lieu de ça, il a dit :

– La première fois que je t'ai vue… c'était comme… comme si je t'avais attendue toute ma vie. Je sais que ça fait super ringard, mais c'est la pure vérité. Tu n'as pas ressenti la même chose ?

Je n'étais surtout pas du tout prête à l'admettre.

– Nathan, je…

Il a repris son bras et s'est tourné vers moi.

– Ce n'est pas grave, Vee. Ça m'est égal d'être plus loin que toi dans mes sentiments. Je vais me contenter d'attendre que tu me rattrapes.

– Tu as l'air convaincu que c'est inévitable, ai-je souri.

– Tu es bien allongée à côté de moi, non ?

Je ne pouvais pas le contredire, mais il y avait un détail que j'avais besoin d'éclaircir.

– Quand tu parlais d'inviter ma sœur imaginaire à dîner, tu parlais de moi ?

Il a secoué la tête et levé les yeux au ciel.

– Bien sûr que oui, Vee. Je… t'apprécie *beaucoup*, Vee. Vraiment beaucoup. Mes amis n'arrêtent pas de me taquiner à ce sujet. Tu es la seule à ne pas l'avoir remarqué.

J'ai haussé les épaules.

– La prochaine fois, tu n'auras qu'à dire que tu veux dîner avec moi. Ce sera plus simple.

– Message reçu. Alors, ça te dirait ? Qu'on sorte vraiment ensemble, je veux dire.

J'ai nerveusement mordillé ma lèvre inférieure en essayant de trouver les bons mots pour lui répondre. Il ne m'en a pas laissé le temps.

– Je vais encore trop vite, c'est ça ?

J'ai posé la main sur son torse toujours nu.

– Moi aussi, je t'ai embrassé, lui ai-je rappelé. Parce que moi aussi, je t'apprécie vraiment beaucoup. Ce n'est pas que je ne veux pas être avec toi… C'est juste que… j'ai été seule pendant si longtemps… Je ne sais pas si ce que je ressens pour toi est sincère ou si c'est juste de la gratitude.

– Oh… je vois. Je comprends.

Il a attendu un moment avant de chuchoter :

– Tu as peur ?

– Je suis terrifiée.

Je ne m'attendais pas alors à ce qu'il murmure :

– Moi aussi.

32. NATHAN

Je n'aurais peut-être pas dû lui avouer que j'avais peur moi aussi. Et si elle me méprisait pour ça ? Mais ce que j'ai lu dans ses yeux n'avait rien à voir avec la condescendance. C'était de la surprise. Elle était tellement mignonne quand elle me regardait comme ça, les yeux écarquillés. On aurait dit qu'elle s'attendait à ce que j'aie toutes les réponses. C'était loin d'être le cas. J'avais passé tant d'années sur Callisto, privé de livres, de films, de musique. Le peu de culture à laquelle nous avions accès devait être dûment validé par l'Autorité. Je ne voulais pas que Vee me prenne pour un ignorant.

– Toi aussi, tu as peur ? Vraiment ?

J'ai acquiescé.

– Tu vois, a-t-elle repris, ma tête me dit quelque chose et mon ventre le contraire.

– Que te dit ta tête ?

– Que ce que je ressens n'est qu'une poussée hormonale, mêlée au plaisir d'avoir de la compagnie, un truc de ce genre, a-t-elle souri, un peu mal à l'aise.

– Et ton ventre ?

– Que je devrais ordonner à mon cerveau de la fermer et suivre mon instinct. Mais ça vient peut-être tout simplement du poulet jollof que j'ai mangé ce soir.

J'ai souri à mon tour.

– Quelque chose me dit que tu es une pragmatique, toi.

– Pas tant que ça en ce moment, a-t-elle riposté avec une petite grimace. Je n'arrive toujours pas à croire que je suis allongée au milieu du laboratoire d'astrophysique. C'est complètement dingue, en fait…

Je l'ai interrompue en posant mes lèvres sur les siennes. Je ne voulais pas qu'elle ait de doute à notre sujet. Elle embrassait très bien pour quelqu'un avec aussi peu d'expérience. Quand nous nous sommes séparés de nouveau, elle m'a dévisagé avec un drôle d'air.

– Qu'est-ce qu'il y a ? lui ai-je demandé.

– Rien.

Elle a reposé la tête sur mon épaule.

– Dis-moi, Vee, ai-je insisté.

– D'accord.

Elle s'est redressée et m'a embrassé la joue.

– Voilà, et puis…

Elle m'a embrassé le sourcil.

– Ça aussi, et… beaucoup de ça.

Elle m'a embrassé sur la bouche avant de reprendre sa place.

Nous sommes restés un moment sans bouger. J'étais tellement bien. Mais je savais que nous ne pourrions pas profiter de ces instants encore très longtemps. Tôt ou tard, le monde réel viendrait frapper à la porte.

Mais pas tout de suite. Non, pas tout de suite.

– Tu n'es pas en avance sur moi, a murmuré Vee. Je suis juste à côté de toi, peut-être même un peu devant. Le truc, c'est que… ce n'est pas là que je suis censée me trouver.

Nous nous sommes regardés dans les yeux. Je la désirais tellement fort. Mais je voulais qu'elle me désire, elle aussi. Qu'elle me fasse confiance, qu'elle sente qu'elle pouvait tout partager avec moi.

– Olivia, ai-je demandé, raconte-moi quelque chose sur toi que personne d'autre ne sait.

33. VEE

J'ai penché la tête sur le côté. Ce qu'il demandait, ce n'était pas grand-chose, c'était… tout.

Quelque chose que personne ne sait.

– Parfois, je pleure dans mon sommeil et je me réveille les joues baignées de larmes.

J'ai baissé les yeux, incapable de le regarder en face. Mon aveu était pathétique. J'étais pathétique.

Silence.

– À mon tour, a-t-il finalement murmuré. D'autres le savent, mais je ne l'ai jamais dit à personne : parfois, je me réveille en pleurs.

J'ai levé la tête et je l'ai regardé. Il ne plaisantait pas. Il ne se moquait pas de moi. Il était on ne peut plus sérieux.

– Est-ce que tu m'aimes moins pour ça ? m'a-t-il demandé d'une voix douce.

J'avais la gorge si serrée que j'étais incapable de parler. Je me suis blottie contre lui. Mon cœur saignait. J'ai pris une profonde inspiration.

– Nathan, rien de ce que tu as vécu ou éprouvé dans le passé ne pourrait faire que je t'aime moins. Rien de ce que tu me diras ne me fera changer d'avis sur toi.

Il a lentement hoché la tête.

– Tu me crois ? ai-je insisté.

– Oui.

Nos visages se touchaient presque. Mon regard plongé dans le sien ne vacillait pas. Je voulais qu'il comprenne que je pensais chaque mot que je prononçais.

– Vee, tu penses vraiment que…

– Oui.

Ses yeux verts étaient si sombres. Je voulais qu'il m'entende et qu'il sente au plus profond de lui à quel point j'étais sincère. Il a esquissé un sourire triste. Les souvenirs le dévoraient. Je me suis approchée et j'ai mordillé sa lèvre inférieure. Je voulais le faire revenir à moi. Il avait l'air si perdu. Il n'était plus seul. J'étais aussi perdue que lui. J'ai légèrement reculé. Entendait-il mon cœur battre dans ma poitrine ? Le bruit était assourdissant. Nathan a pris ma main et l'a posée sur sa poitrine. J'ai écarquillé les yeux. Son cœur battait au même rythme que le mien.

Nous nous sommes de nouveau embrassés. J'ai fermé les yeux et j'ai passé la main sur son torse. J'avais besoin de le toucher. C'était bon. J'avais pensé que je ne toucherais plus personne avant d'arriver sur Terre. Nathan me serrait tellement fort qu'on n'aurait pu passer un fil entre nous. C'était comme s'il essayait de me faire entrer en lui pour que nous ne fassions plus qu'un.

C'était bon.

C'était bien plus que ça.

C'était délicieux.

Il y a seulement un an ou deux, l'idée de la langue de quelqu'un dans ma bouche m'aurait donné envie de vomir. Et voilà que j'étais allongée à côté de Nathan en train de l'embrasser passionnément et de le caresser. Sa peau était brûlante.

Je passais mes doigts sur son épaule, son omoplate, sa colonne vertébrale. J'aimais la sensation de sa peau et de ses muscles sous mes doigts. Le contact physique m'avait tellement manqué – ces dernières années, j'aurais donné n'importe quoi pour une poignée de main, un câlin, un baiser.

Était-ce un besoin humain vital, ou étais-je anormale à force d'avoir vécu trop longtemps seule avec mon frère ?

Les mains de Nathan sont passées sous mon T-shirt. Une de ses paumes posée sur mon ventre, l'autre sur mon dos. Elles sont restées immobiles un moment avant de reprendre leurs caresses qui m'embrasaient et me coupaient le souffle. Il est remonté jusqu'à mes seins, son pouce a joué avec mon téton et un éclair m'a traversée. Il m'a de nouveau aidée à enlever ma chemise avant de dégrafer mon soutien-gorge. J'ai enroulé mes bras autour de son cou. Nous étions torse nu, peau contre peau. Je ne voulais plus rien entre nous, ni vêtements, ni doutes, ni inhibition d'aucune sorte.

Nathan s'est écarté de moi pour déboutonner mon pantalon. Il a glissé ses doigts vers mes hanches et l'a fait descendre. Je le regardais, si peu sûre de moi. J'ai soulevé les fesses pour l'aider. Tous ces gestes m'étaient tellement étrangers. Je me mettais littéralement à nu pour lui. Mes émotions débordaient comme une rivière en crue. Notre respiration à tous les deux s'était accélérée.

C'était son tour à présent, mais il n'a pas attendu que je le déshabille. Il a enlevé son pantalon en moins d'une seconde. Je le fixais dans les yeux parce que je n'osais pas regarder plus bas.

Nous étions nus.

Nathan m'a contemplée et c'était comme s'il me touchait. Je n'ai pu m'empêcher de remonter les genoux et de couvrir mes seins avec mes bras. Doucement, Nathan les a écartés. Est-ce que la climatisation de cette pièce était en panne ? J'avais trop chaud et je manquais d'oxygène.

– Tu es si belle, a-t-il murmuré. Tu n'as aucun défaut.

Ses mains ont alors suivi le chemin de ses yeux. Mon front, mes paupières, mes lèvres, mon cou, mes seins, mon ventre et mon sexe. Chaque fois que je bougeais pour lui rendre la pareille, il retenait ma main. J'ai fini par le laisser faire. Ses lèvres ont rejoint ses mains. Quand elles ont atteint mon nombril, j'ai cru qu'il s'arrêterait là, mais non, il a continué de descendre. Je me suis dressée sur un coude. Il n'allait quand même pas…

Ooooh !

J'ai essayé de le repousser mais il s'est emparé de mes poignets. Un gémissement m'a échappé et je n'ai pu faire autrement que m'allonger. Rien de ce que j'avais vu ou lu ne m'avait préparée à ça. Une série de chocs résonnait dans mon corps à chaque mouvement de sa langue.

C'était si intense, presque trop. Mon corps se tordait de plaisir et soudain j'ai eu l'impression que j'allais m'évanouir. Quand Nathan s'est arrêté pour remonter vers moi, j'étais comme une poupée de chiffon. J'avais oublié comment respirer. Il m'a embrassé la bouche, le front, les paupières, le menton, les joues. Il m'a souri et j'ai retrouvé la mémoire. Mes poumons se sont emplis d'air d'un seul coup.

– Nathan, laisse-moi…

Les mains sur sa poitrine, je l'ai poussé. Il s'est écarté, l'air inquiet. Je lui ai souri pour le rassurer et je l'ai obligé à s'allonger sur le dos tout en l'embrassant dans le cou. Ma bouche a commencé à explorer son torse. Je voulais le goûter moi aussi, la réciprocité était une bonne chose.

– Non, a murmuré Nathan en prenant mon visage dans ses mains. La prochaine fois.

– Il va y avoir une prochaine fois ? ai-je souri.

Je n'avais pas été sûre de ça. Le regard de Nathan s'est durci.

– Je ne cherche pas une relation sans lendemain, Vee. J'en ai eu suffisamment sur Callisto. Si c'est ce que tu veux, tu n'es pas avec la bonne personne.

J'ai cligné des yeux. Il ne m'avait pas comprise. Je me suis assise et j'ai pris son visage dans mes mains.

– Ce que je veux ? C'est toi ! C'est toi que je veux.

J'ai rougi en prononçant ces mots mais je ne les aurais pas repris pour tout l'or du monde. Le visage de Nathan s'est détendu.

Il m'a de nouveau prise dans ses bras, s'est allongé sur moi et s'est remis à m'embrasser. Il a enfoui le visage dans le creux de mon cou et s'est introduit en moi. Il était doux et laissait le temps à mon corps de s'habituer à cette nouvelle sensation. Peu à peu, la douleur du début s'est estompée et mes hanches ont bougé au rythme des siennes. C'était lent et tendre. Je me fondais en lui. Avant cet instant, l'amour n'avait été pour moi qu'un concept, une idée, un sujet de film, de livre ou de chanson. C'était maintenant un émoi concret, tangible qui me transportait autant qu'il m'effrayait. Oui, qui m'effrayait. Il aurait été tellement facile de se laisser totalement engloutir dans le plaisir.

Nathan s'est redressé pour me regarder.

– Tu es à moi, a-t-il murmuré.

– Seulement si tu es à moi.

– Pour toujours.

– Pour toujours, ai-je répété.

Notre cadence s'est accélérée et toutes mes craintes se sont évanouies. Ici et maintenant étaient les seules réalités. Nathan était le seul être qui comptait.

Nous nous sommes rhabillés en silence, le sourire aux lèvres. En enfilant mes boots, j'ai réalisé que nous avions eu de la chance que personne n'entre dans le laboratoire pendant que… nous étions si occupés. Peut-être que quelqu'un était venu, d'ailleurs, et que nous ne l'avions pas remarqué. J'ai senti mon visage s'enflammer à cette pensée.

– J'espère que tu ne regrettes pas, a soufflé Nathan.

– Non.

Et c'était vrai.

– Tant mieux. Tu as toujours peur ?

J'ai réfléchi.

– Oui, mais pour des raisons totalement différentes.

Il m'a dévisagée intensément. Son seul regard me donnait envie de faire n'importe quoi pour lui. C'était ce que je venais de prouver.

– Tu veux faire un truc encore plus flippant ? m'a-t-il proposé.

– Quoi ?

Il s'est levé et m'a tendu la main.

– Promets-moi de te laisser faire.

Intriguée, j'ai acquiescé.

Mon cerveau me murmurait que je devais être complètement folle pour me remettre totalement entre les mains d'un garçon que je connaissais à peine mais tout ce que je faisais avec Nathan semblait si naturel. C'était comme si j'avais activé le système antigravitationnel. Je m'élevais dans les airs. C'était excitant et effrayant à la fois. J'avais bien l'intention de profiter de chaque seconde.

34. NATHAN

Rien de tel que de regarder la mort en face pour mettre notre vie en perspective. Sur Callisto, je m'étais juré que si je parvenais à m'échapper, je n'hésiterais pas à saisir chaque opportunité qui croiserait mon chemin, que je n'aurais jamais peur de la vie ou de l'amour. Que je les célébrerais tous les deux à chaque seconde.

Mais je dois reconnaître que je n'avais pas vu venir ce qui venait de se passer.

Vee continuait de me jeter des coups d'œil interrogatifs pendant que j'enfilais ma veste. Je me suis dirigé vers la porte.

Je devais être devenu fou. Elle ne serait jamais d'accord mais tant pis, ça valait quand même le coup d'essayer. J'avais moi-même du mal à croire que je m'apprêtais vraiment à faire ça !

Mais si Vee acceptait, alors nos vies ne seraient plus jamais pareilles.

35. VEE

– Ça va, Vee ? m'a demandé mon frère.

– Oui, ai-je répondu en bâillant. Pourquoi ?

– Ça fait la huitième fois que tu bâilles en dix minutes.

– N'importe quoi. Tu exagères.

– Tu sais que je n'exagère jamais.

– Et de toute façon, pourquoi tu comptes mes bâillements ? me suis-je agacée.

C'est vrai quoi ! Est-ce que je ne pouvais pas bâiller en paix ? Je n'avais rien fait de mal mais je me suis sentie rougir. Érica, perchée sur le bord du panneau de contrôle d'Aidan, m'observait à la dérobée.

– Quoi ?

Heureusement pour moi, Catherine, Anjuli et tous les autres sur le pont principal se fichaient bien de mes bâillements. Il fallait que je me reprenne. Nous traversions le territoire mazone et nous étions toujours en danger. Je devais rester vigilante.

Concentre-toi, Vee. Concentre-toi.

Nathan a choisi cet instant pour faire irruption. En bâillant.

– Bonjour Nathan, l'a salué Aidan.

J'ai presque regretté d'avoir demandé en privé à mon frère de se montrer plus amical avec l'équipage.

– On dirait que Vee n'est pas la seule à ne pas avoir beaucoup dormi, a fait remarquer Érica.

C'était quoi son problème ? J'avais les joues en feu.

– Est-ce que les niveaux d'oxygène seraient trop bas, Nathan ? a demandé mon frère. Ça expliquerait pourquoi ma sœur et toi n'arrêtez pas de bâiller. Je devrais peut-être…

– Aidan, l'ai-je interrompu, où sont les autres ?

– Le docteur Sheen et Rafael sont dans le quartier médical, Alex dans le laboratoire de sciences avec Max, Dooly et les deux enfants dans la soute, Mike dans la serre, Ian, Maria, Harrison et Corbyn dans la salle des machines…

– Ça va, ça va, je ne te demandais pas une liste exhaustive de tous les membres de l'équipage.

Aidan a froncé les sourcils.

– Ben si, justement.

Ce qu'il pouvait être énervant parfois.

– Je voulais juste… Laisse tomber.

Nathan m'a adressé un clin d'œil. J'ai étouffé un éclat de rire dans ma main que j'ai posée sur ma bouche comme si je réfléchissais à un truc très profond. Nathan s'est approché et s'est accroupi près de moi.

– Ça va ? m'a-t-il demandé d'une voix douce.

– Oui. Je suis juste un peu fatiguée. Je n'ai pas beaucoup dormi la nuit dernière.

Nous nous sommes souri, et à cet instant, nous étions seuls sur le pont principal. Sauf que quand j'ai levé les yeux, je me suis rendu compte qu'Érica nous observait. Elle a ouvert la bouche ; j'ai secoué la tête. Une étincelle de satisfaction dans le regard, elle a refermé la bouche. Un seul geste et j'avais confirmé ses soupçons.

Bon sang !

Je ne savais plus comment me comporter avec les gens. J'étais un livre ouvert. Érica a repris sa conversation avec Aidan. Elle n'allait quand même pas en parler à mon frère ! Oh, et tant pis ! Qu'est-ce que ça pouvait faire ? Ce que Nathan et moi faisions de notre temps libre ne regardait que nous.

– Merci pour le cadeau, a soufflé Nathan.

– Tu le portes ?

– Tu rigoles. Non seulement je le porte, mais je ne l'enlèverai jamais.

Il a nonchalamment déboutonné le haut de sa chemise. Sur son T-shirt noir reposait le pendentif de mon père.

– Fais attention. Le fermoir est un peu fragile, l'ai-je prévenu.

Il a acquiescé.

– Ne le perds pas. Il m'est très précieux. C'est pour ça que je te l'ai donné.

– Ne t'inquiète pas.

– Vee, m'a interpellée Catherine en se tournant vers moi. Je me suis repassé tous les enregistrements du vaisseau depuis que nous sommes montés à bord. Tu es toujours convaincue de ne pas t'être trompée à propos de l'accident d'hier soir ?

Je me suis forcée à la regarder droit dans les yeux pour ne pas être tentée de vérifier qui avait tendu l'oreille.

– Oui, je le suis. Les données que j'ai analysées confirment mon hypothèse.

La commandante a acquiescé et s'est reconcentrée sur son écran. Bon, il fallait que je me sorte la tête des nuages et que je me remette au travail. Trois personnes étaient mortes. Je devais découvrir pourquoi et qui les avait tuées.

Nathan s'est redressé.

– On ne m'a rien donné à faire aujourd'hui, a-t-il déclaré. Y a-t-il quelque chose dont vous aimeriez que je m'occupe, capitaine ?

J'ai de nouveau regardé sa mère et soudain j'ai réalisé. C'est à moi qu'il s'adressait. Il a serré les lèvres pour s'empêcher d'éclater de rire. J'ai failli lui répondre par un coup de pied dans le tibia, au lieu de ça, je lui ai demandé :

– Dans quel domaine es-tu le meilleur ?

– Il paraît que je suis assez doué de mes mains, a-t-il répondu avec un sourire malicieux.

– Euh, si tu pouvais aider à réparer le vaisseau d'atterrissage, ce serait super. Je n'ai pas réussi à le démarrer et je suis certaine que tes camarades sauraient apprécier tes talents.

Il s'est penché vers moi pour me murmurer à l'oreille :

– J'aime quand mes talents sont appréciés.

Comment pouvait-il me faire ça ?

– Nathan, tiens-toi bien, ai-je chuchoté.

– Ce n'est pas ce que tu disais hier soir, a-t-il répliqué.

Je l'ai fusillé du regard mais avant que j'aie le temps d'ajouter un autre mot, il s'est dirigé vers la porte. Et je savais qu'il savait que je le regardais.

Waouh. J'étais dans le pétrin jusqu'au cou.

Concentre-toi, Vee.

Malgré tout ce qui se passait autour de moi, c'était comme si, à l'intérieur de mon corps, il y avait un petit endroit paisible où je pouvais me reposer.

J'étais amoureuse.

Et j'aimais ça.

36. NATHAN

J'étais presque en retard pour la cérémonie. En entrant dans le mess, j'ai aussitôt cherché Vee des yeux. Je le faisais machinalement à chaque fois que j'entrais quelque part. C'était comme si je n'arrivais pas à me détendre complètement tant que je ne savais pas où elle était et si elle allait bien. Quand je suis allé me placer auprès d'elle, ma mère m'a jeté un regard désapprobateur pour me reprocher mon retard. J'ai discrètement acquiescé en guise d'excuse. Puis je me suis tourné vers Vee. Elle portait son uniforme mais sous sa veste, j'apercevais son T-shirt mauve. Le contraste entre la couleur du tissu et le noir de sa peau me donnait envie de la prendre dans mes bras. De lui faire l'amour. Mes pensées étaient très inappropriées pour une cérémonie de deuil, mais si l'idée de la mort ne vous faisait pas apprécier la vie, alors elle ne servait à rien. Les mains dans le dos, j'ai attendu que ma mère prenne la parole. Vee avait courbé la tête. J'ai regardé autour de moi. Tous les membres de l'équipage étaient présents, sauf Aidan. Il fallait que quelqu'un reste sur le pont principal au cas où les Mazones nous attaqueraient par surprise. La grande salle n'était pas totalement silencieuse. Beaucoup pleuraient ou essayaient de réprimer leurs sanglots.

Darren n'était pas le seul à avoir perdu toute sa famille sur Barros 5. La belle-mère de Maria avait trouvé la mort ; Dooly et Rafael avaient laissé des proches. Parvenir à fuir Callisto pour être finalement séparés de ceux que l'on aimait était particulièrement cruel. Érica se trémoussait comme si elle avait envie de partir. Tous les siens étaient morts sur Callisto et elle n'avait sans doute plus envie d'y penser. Il y avait Max aussi. Il avait toujours été seul dans la vie mais c'était le type le plus optimiste que je connaissais. Je ne l'avais jamais entendu dire du mal de qui que ce soit.

Pour l'équipage, la mort de Mei, Saul et Jaxon n'était qu'un tragique accident. Ma mère avait estimé, en accord sur ce point avec Vee, qu'il était préférable de ne pas révéler la vérité pour le moment. Il n'en résulterait qu'une ambiance de peur et de suspicion. Je comprenais leur point de vue.

Nous n'avions pas souvent eu le temps de nous retrouver pour partager notre chagrin. Si sombres que fussent les circonstances, c'était peut-être pour nous le début d'une nouvelle vie, avec de nouvelles façons de fonctionner.

Peut-être aussi que je me trompais complètement.

– Nous sommes tous réunis ce jour pour rendre hommage à tous ceux que nous aimions et qui sont morts sur Callisto, le *Galiléo*, Barros 5 et à bord de ce vaisseau, a commencé ma mère. Chacun d'entre nous a connu le chagrin du deuil, mais nous devons poursuivre notre route, aller de l'avant et utiliser notre peine pour nous unifier plus encore et devenir plus forts.

Silence.

Vee irradiait la tristesse. Elle a placé ses mains sur sa poitrine avant de les laisser retomber sur le côté. On aurait pu croire qu'elle s'apprêtait à tousser ou qu'elle surjouait le drame mais moi, je savais qu'elle avait machinalement cherché le contact avec le pendentif que son père lui avait offert et qui était à présent autour de mon cou. Il m'a fallu un grand effort pour ne pas lui prendre la main.

– Nous avons perdu des êtres chers, a continué ma mère, mais regardez autour de vous. Vous vous tenez près d'un ami et nous sommes une famille. Nous arriverons à Mendela Prime, où une vie meilleure nous attend. La meilleure façon de dépasser notre peur de la mort et de vivre est d'atteindre notre but. Et nous y arriverons.

Je ne pouvais qu'espérer qu'elle avait raison, mais en regardant autour de moi, la seule question qui me venait était : combien d'entre nous poseront le pied sur Mendela Prime ? Quelque chose me disait que les problèmes n'étaient pas tous derrière nous.

37. VEE

Dans les jours qui ont suivi, de plus en plus de gens se sont mis à me jeter des regards entendus. Au départ, je me disais que mon imagination me jouait des tours mais les sourires et les murmures sur mon passage étaient bien réels. Même si Nathan me répétait qu'Érica ne savait rien, elle devait avoir partagé ses soupçons.

Deux fois, Nathan et moi avons failli être surpris en train de nous embrasser. Dans l'ascenseur et dans la soute où j'étais venue m'enquérir auprès de lui des avancées de l'enquête. Ian et Harrison examinaient les moteurs d'un des vaisseaux de secours et Nathan était dedans et leur donnait des informations. Je suis entrée à mon tour dans le vaisseau pour dire à Nathan que justement on devrait sans doute se montrer plus prudents mais il m'a répondu en m'embrassant passionnément. Ian, ne comprenant pas le silence soudain de Nathan, a décidé de venir voir ce qui se passait. On l'a échappé belle.

Mes relations avec la commandante évoluaient vers un respect mutuel. Je lui demandais souvent son avis sur des sujets concernant l'équipage. Pour être honnête, c'était un soulagement de pouvoir partager la responsabilité inhérente à ma fonction à bord. J'avais donné aux membres de l'équipage tous les accès nécessaires pour qu'ils puissent travailler sereinement et efficacement. J'avais gardé pour moi le code de commande qui me permettait entre autres de terminer la session de n'importe quel ordinateur de bord.

J'étais devenue amie avec Anjuli. Son enthousiasme était extraordinaire. Si elle avait pu, elle aurait dormi sur le pont principal. Elle demandait à Aidan de lui enseigner tous les aspects du pilotage et à moi de partager avec elle toutes mes connaissances sur le vaisseau. J'étais ravie d'accéder à ses demandes. D'autant qu'elle était très vive d'esprit et comprenait vite.

En réalité, je m'entendais bien avec presque tout le monde sauf Darren. Et Érica. Ses regards appuyés dans ma direction et son petit jeu avec mon frère me tapaient sur les nerfs.

L'atmosphère à bord se détendait et se réchauffait doucement. J'en étais heureuse évidemment, cependant je ne pouvais m'empêcher de penser que ça ressemblait terriblement au calme avant la tempête.

J'espérais juste que je m'inquiétais pour rien.

Bien sûr, je n'avais pas oublié ce qui était arrivé à Saul, Mei et Jaxon, mais notre enquête était au point mort.

Je n'avais pas eu de réelle discussion avec mon frère depuis plusieurs jours et j'ai décidé d'aller frapper à sa porte une petite demi-heure avant le début de mon quart. En réalité, je n'ai pas frappé. Je me suis contentée d'ouvrir et d'entrer. Il était assis à son bureau et s'est immédiatement tourné vers moi.

– Salut Aidan, ça va ? ai-je souri.

Il m'a répondu par un regard étrange, presque dur. Mon sourire s'est évanoui.

– Un problème ?

– Ça fait un moment que je ne t'ai pas vue.

– Oui, j'ai été… occupée à faire connaissance avec l'équipage.

– Tout l'équipage ou un seul membre ?

Je me suis sentie rougir.

– Qu'est-ce que tu veux dire ?

– Nathan et toi passez beaucoup de temps ensemble.

– C'est vrai. Il me parle de ses amis et m'apprend… des trucs.

– Des trucs ?

– Sur Callisto et la manière dont ils ont tous survécu là-bas.

Mon ton était devenu plus sec. Je n'étais pas venue pour parler de ça avec mon frère. Il était temps de tuer ce sujet dans l'œuf.

– Aidan, je voulais savoir où en était l'enquête sur le drame du sas.

J'ai d'abord cru qu'il ne me répondrait pas mais, après une brève inspiration, il a pris la peine de m'expliquer :

– J'ai analysé toutes les connexions disponibles et je les ai croisées avec l'heure à laquelle l'ordinateur a été infecté.

– Et ?

Il a haussé les épaules.

– N'importe qui aurait pu le faire.

J'ai plissé les paupières.

– Avec toute ta matière grise, c'est tout ce que tu as trouvé ?

– Et toi alors, tes conclusions ? m'a-t-il défiée.

Silence.

– Les mêmes que les tiennes, ai-je fini par avouer. Celui qui a infecté l'ordinateur a été assez malin pour le faire d'un point auquel tout le monde a accès. Mais je ne crois pas à une conspiration. Je pense que c'est l'acte d'une personne seule.

– Si on veut le démasquer, on n'a plus qu'à attendre qu'il frappe de nouveau.

– Et s'il ne bouge plus ?

– Dans ce cas, il s'en tirera sans être puni pour le meurtre de trois personnes.

– Et s'il recommence ?

– Alors d'autres personnes mourront, a soupiré mon frère.

38. NATHAN

Le vaisseau était en mode nuit et j'étais sur le pont principal au lieu de la soute où j'aurais dû me trouver. Je n'aimais pas être séparé de Vee trop longtemps. Toutes les deux heures à peu près, je m'inventais une excuse pour la retrouver. Cette fois, j'avais prétexté que je voulais parler avec ma mère, mais au sourire amusé de Vee, je devinais qu'elle n'était pas dupe.

J'étais accro à cette fille. C'était la triste vérité.

J'aimais l'idée de prendre plus de temps pour apprendre à nous connaître. En ce qui me concernait, une vie ne suffirait pas.

Je me retrouvais donc à poser à ma mère une question stupide qui aurait pu attendre. Je ne parlais même pas à Vee. Il me suffisait de la voir quelques minutes.

Anjuli était assise à la place d'Aidan, au poste de pilotage. Darren était au contrôle des armes et Sam et Hedda au panneau tactique.

Heureusement, ma mère n'avait pas reparlé de prendre les commandes du vaisseau de Vee. Il m'arrivait d'entendre des membres de l'équipage murmurer que dix-huit ans, c'était trop jeune pour de telles responsabilités, mais ma mère soutenait toujours Vee qui savait manifestement ce qu'elle faisait. Du coup, les murmures restaient murmurés. Du moins en ma présence.

Le jour qui suivit la cérémonie, ma mère a suggéré à Vee de mettre en place des simulations tactiques. Vee n'a réfléchi que quelques secondes avant d'accepter.

– Veux-tu t'en occuper ? a demandé ma mère. Ou désires-tu que je le fasse ?

– Allez-y, mais je viendrai voir.

Dans la semaine, elles ont passé du temps ensemble à évoquer différents scénarios et à tester les systèmes d'alarme pour vérifier les réactions de l'équipage. Les premières fois, ce n'était pas brillant mais ça s'est amélioré peu à peu.

J'étais fier de Vee. Elle n'avait pas peur de se salir les mains et elle mangeait à la même table que nous. Contrairement à la plupart des commandants et capitaines que j'avais pu croiser avant Callisto, elle n'était ni froide ni distante. Elle ne donnait jamais l'impression qu'elle s'estimait meilleure que les autres.

Aidan, c'était autre chose. Après avoir passé plusieurs jours à notre table en silence, il avait décidé de se mêler à nos conversations. Le problème, c'était que la plupart de ses commentaires étaient totalement à côté de la plaque ou carrément inappropriés. Il n'était pas naturel. Et je l'ai surpris en train de m'observer à plusieurs reprises. De me scruter, même. À chaque fois que je lui souriais dans le but de me montrer amical, il se contentait de continuer de me fixer. Bon, après tout, c'était son problème. Mais ça avait un peu tendance à me porter sur les nerfs.

Nous étions toujours en alerte orange et Vee avait décidé de la maintenir tant que nous serions en territoire mazone. Personne ne devait complètement se détendre avant que nous ayons atteint le trou de ver qui nous sortirait de là.

Plus que quelques jours.

Et si la chance était avec nous pour changer ?

– Nathan, quand tu auras fini de regarder Vee comme si elle avait deux têtes, m'a lancé ma mère, tu daigneras peut-être me dire ce que tu veux ?

Bon sang. Je devais être plus vigilant !

– Je venais te proposer de dîner avec moi au mess, un de ces soirs, ai-je lâché.

Pas très convaincant, ce prétexte.

– Et il fallait que tu me demandes ça là, tout de suite ? Ça ne pouvait pas attendre ?

Derrière moi, Vee s'est éclairci la gorge mais quand j'ai regardé par-dessus mon épaule, elle était studieusement penchée sur un des écrans qu'elle contrôlait grâce à un bracelet connecté. Il lui suffisait de l'effleurer pour afficher l'information dont elle avait besoin. Elle avait de très jolis poignets. Des mains très fines aussi. Et…

– Nathan ! Je suis là, m'a appelé ma mère. Je croyais que tu voulais me parler à moi. C'est étrange, le nombre de fois où tu viens jusqu'ici pour des détails insignifiants. Je commence à me demander…

L'alarme s'est mise à hurler. Sauvé par le gong. Sauf que la sirène ne retentissait pas pour rien. Les lumières rouges du pont central clignotaient.

– Aidan ! a appelé Vee. Viens et éteins l'alarme !

Un harnais métallique s'est abaissé sur le siège de Vee, lui appuyant sur les épaules et se fixant avec un cliquetis autour de sa taille.

– Que se passe-t-il ? a demandé ma mère en s'attachant à son siège.

– On a de la compagnie, a répondu Vee.

Les Mazones étaient de retour.

J'ai foncé à la station de réglage et je me suis attaché à mon tour. Aidan est arrivé en courant. Anjuli, le teint pâle, s'est levée pour lui laisser la place.

– Je… je ne… a-t-elle balbutié de façon incompréhensible.

Aidan a étudié ses écrans pendant un moment avant d'annoncer :

– Une patrouille mazone se dirige vers nous à grande vitesse.

– Comment nous ont-ils repérés ? a ragé Vee. Nous brouillons toujours notre signal, non ?

– Non, a répondu Aidan.

– Je suis désolée, a soufflé Anjuli, horrifiée.

– Anjuli a envoyé un signal aux Mazones depuis mon poste, a dit Aidan. On est mal.

39. VEE

J'avais dû mal entendre.

– Quoi ?

– Anjuli a envoyé un signal aux Mazones, a répété Aidan.

Pourquoi avait-elle fait une chose pareille ? Je mourais d'envie de la frapper mais j'avais plus urgent à faire.

– Est-ce qu'on peut de nouveau brouiller notre signal ? ai-je demandé à mon frère.

– Pas cette fois, petite sœur. Ils savent quoi chercher maintenant. Et puis, ils se rapprochent trop vite.

– Dans combien de temps seront-ils sur nous ?

– Une quinzaine de minutes.

– Le système stellaire le plus proche ?

– À une journée d'ici.

– Un seul vaisseau mazone ?

– Pour le moment, oui.

– Un de ceux que nous avons déjà rencontrés ?

– Je ne peux pas le savoir à cette distance. Mais ça ne fait pas de différence : s'il fait feu, on sera tous morts, a soupiré mon frère. Qu'est-ce qui t'a pris, Anjuli ? Tu voulais notre peau ?

Tout le monde s'est tourné vers elle. Elle pleurait.

– Je… je voulais écouter leur conversation, a-t-elle sangloté. Je voulais savoir s'il y avait d'autres Mazones entre nous et le trou de ver. Je voulais seulement aider. Dis-leur, Aidan.

– On s'occupera de ça plus tard, ai-je décidé.

Les accusations et les explications allaient devoir attendre.

– Vee, le radar indique trois autres croiseurs de combat à dix-huit heures d'ici. Ils viennent dans notre direction, a ajouté Aidan.

– Quand la patrouille sera sur nous, je peux essayer une rafale d'électrons déphasés, a suggéré Darren.

– Ça ne marcherait que si on atteignait leur moteur, ai-je rétorqué. Les vaisseaux mazones sont équipés de boucliers très efficaces. On ne ferait que les chatouiller.

– Nathan, viens ici, a ordonné la commandante. On a besoin de toi au poste de pilotage.

– Ah oui ? a grimacé Aidan.

– Mon fils est capable de piloter n'importe quel vaisseau terrien. Et il a étudié les plans de tous les vaisseaux aliens connus, a énoncé Catherine. Il n'était pas seulement le meilleur pilote de mon équipage, il connaît aussi les moindres rivets et boulons des vaisseaux auxquels il s'est intéressé.

Nathan m'avait dit que sa mère n'avait aucune idée de l'étendue de son savoir. Il s'était apparemment trompé. Il s'est levé et s'est assis entre Aidan et sa mère. Anjuli est allée prendre sa place devant le poste de réglage.

– Ne touche à rien, Anjuli ! lui ai-je crié. Tu as bien compris ?

Elle a acquiescé. Je me suis tournée vers Nathan. Si le pire devait arriver, je voulais le regarder une dernière fois avant…

Non, ne pense pas ça, Vee. Tu as trop de choses à vivre encore. Trouve une solution pour sortir tout le monde de là. Réfléchis, réfléchis !

Nathan m'a regardée sans un mot avant de se reconcentrer sur l'écran devant lui. Mon expression était-elle aussi résignée et triste que la sienne ? Nous pensions avoir du temps pour apprendre à nous connaître, du temps pour explorer l'univers ensemble.

Je me suis plongée dans la lecture de mes écrans, essayant de trouver des issues, des routes vers le système stellaire le plus proche. Nous pourrions nous cacher derrière une lune ou utiliser la gravité d'un soleil pour échapper aux tirs mazones. Mais comme l'avait dit Aidan, le système stellaire le plus proche se trouvait à une journée de distance. Et les Mazones n'étaient qu'à quelques minutes.

40. NATHAN

– Ça ne sert à rien, Vee, a lancé Hedda depuis le panneau tactique. On ne peut pas les semer. Ils sont trop rapides. Notre seule chance est de nous rendre.

– C'est ça ton plan ingénieux ! s'est exclamée Vee. Tu sais ce que font les Mazones à leurs prisonniers humains ? Ils s'en servent comme cobayes pour des expériences et ils les torturent en s'assurant de les garder en vie le plus longtemps possible. C'est ce que tu veux ?

– La reddition n'est pas une option, Hedda, a renchéri ma mère. Si on en arrive à la confrontation, on se battra.

– Aidan, a repris Vee, la capacité moyenne des moteurs ?

– Traverser l'atmosphère de Barros 5 les a fatigués. Ils ne fonctionnent qu'à 72 %.

– Laisse-moi prendre les commandes, Vee, a demandé ma mère. Nous serons des adversaires à la hauteur.

– Et si on tentait d'abord un truc un peu moins suicidaire ? a rétorqué Vee.

– Quoi ?

Silence. Puis Vee s'est tournée vers son frère.

– Aidan, à combien est-on de la tempête d'ions de Zandari ?

Nous l'avons tous fixée, les yeux écarquillés d'horreur.

– Tu veux te planquer dans une tempête d'ions ? s'est écriée ma mère. Tu n'es pas sérieuse, là ? Tu sais ce qui nous arrivera si on reste coincés dedans ?

J'ai brièvement fermé les yeux. Même si elle avait raison, ma mère ne s'y prenait vraiment pas bien.

– Aidan, à combien est-on de la tempête d'ions de Zandari ? a répété Vee en l'ignorant.

Aidan dévisageait sa sœur, les sourcils froncés.

– Le temps d'y aller, les Mazones nous auront rattrapés et réduits en miettes.

– Sauf si on est assez habiles pour leur échapper le temps d'atteindre la tempête. Nathan et toi allez devoir vous assurer qu'on ne se retrouve pas dans leur viseur.

Bien sûr, rien de plus facile ! Vee débloquait, ou quoi ?

Une tempête d'ions. Savait-elle vraiment ce qu'elle faisait ? En un rien de temps, les ions videraient les batteries des moteurs du vaisseau. Les batteries de secours ne dureraient pas plus d'une demi-journée. Je ne me serais pas risqué à remettre les décisions de Vee en question devant les autres, mais il me semblait qu'elle ne faisait que prolonger notre agonie.

– Aidan, a-t-elle demandé, tu peux nous amener jusqu'à la tempête ?

– Je vais essayer, mais la probabilité de succès est d'environ… 0 %.

– Je me fiche des probabilités. C'est notre seule chance.

– C'est de la folie ! a protesté Darren. Tu ignores manifestement l'effet des ions sur les batteries…

– Au contraire, je le connais parfaitement, l'a interrompu Vee. C'est même la partie essentielle de mon plan.

Darren a secoué la tête.

– De nous envoyer vers la mort ?

– Le premier objectif des Mazones est notre destruction et ils sont prêts à nous suivre en enfer pour l'atteindre.

– Raison de plus pour les affronter, s'est exclamé Darren. Donne les commandes à quelqu'un qui sait ce qu'il fait !

– Je n'ai pas le temps de me disputer avec toi ! l'a rembarré Vee, exaspérée. On va faire à ma façon. Si ça ne te plaît pas, tu sais où est la sortie.

– Tu nous condamnes à une mort lente et douloureuse ! s'est écrié Sam. Je ne souhaiterais pas ça à mon pire ennemi.

– On devrait se rendre ! a répété Hedda.

J'avais envie de les frapper pour qu'ils se taisent. Vee, elle, devait avoir envie de les découper en morceaux.

– Fermez-la ! Vee est le capitaine de ce vaisseau, point final !

– Reste en dehors de ça, Nathan, m'a sermonné ma mère comme si j'avais cinq ans. Olivia, j'ai vérifié le carnet de bord. Tu n'as jamais eu à combattre un croiseur ennemi. Moi oui. Fais-moi confiance et laisse-moi prendre les commandes.

– Ça y est ? Vous avez terminé ? a soupiré Vee.

– Nous devons tout faire pour assurer notre survie, a repris Darren. Si ça signifie te prendre le vaisseau de force, nous ne nous gênerons pas.

– Non, Darren, l'a contredit ma mère, on ne fera rien de ce genre. Olivia, tu dois comprendre qu'il serait logique que tu t'en remettes à moi.

– Non. Si je le fais, nous allons tous mourir. Commandante, c'est moi qui vous demande de me faire confiance.

Ma mère et Vee se sont défiées du regard. Autour d'elles, tout le monde s'était tu.

– Très bien, a fini par accepter ma mère. J'espère que tu sais ce que tu fais.

– Catherine ! Tu ne peux pas laisser faire une chose pareille ! a paniqué Darren. Tu ne peux pas mettre nos vies entre les mains de cette gamine !

Il était debout, les poings serrés.

– Ce n'est pas parce que je suis plus jeune que vous que je suis une gamine ! a violemment riposté Vee. Et je commence à en avoir plus qu'assez de votre attitude condescendante.

– Comme si j'en avais quelque chose à foutre, a sifflé Darren.

– Darren ! est intervenue ma mère. Assieds-toi. Je crois que je commence à entrevoir ce que Vee a en tête.

Voilà qui me rassurait parce que moi, pas du tout.

– Aidan, a ordonné Vee, direction la tempête d'ions de Zandari. Vitesse maximale.

Ses doigts volaient sur le clavier holographique du tableau de bord pendant qu'elle calculait et recalculait ses estimations.

– Nous y serons dans douze minutes et dix-huit secondes, a annoncé Aidan, mais à ce moment-là, les Mazones seront tellement proches de nous qu'on pourra leur faire coucou.

– Tant qu'ils n'arrivent pas à nous atteindre et qu'ils nous suivent dans la tempête… a lâché Vee d'un ton incroyablement calme.

Aidan a froncé les sourcils.

– Je ne comprends toujours pas… Oh !

Un sourire est né sur ses lèvres.

– Je vois.

– Quoi ?

– Pour les simples mortels trop bêtes pour comprendre, ce serait possible d'avoir une explication ? ai-je grondé, exaspéré.

– Une fois dans la tempête, les batteries des moteurs du vaisseau mazone vont se vider aussi vite que les nôtres, m'a répondu ma mère. Comme Hedda l'a fait remarquer, ils sont plus rapides et plus armés que nous. Vee essaie seulement de rendre le combat plus égal. Notre vaisseau est beaucoup plus petit, ce que Vee espère faire jouer en notre faveur.

Vee s'est tournée vers moi.

– Nathan, dès que nous serons entrés dans la tempête, je veux que tu nous fasses faire exactement un demi-tour complet. Si mes calculs sont justes et si tu pilotes aussi bien que tu le dis, notre force d'inertie devrait suffire à nous sortir de la tempête en moins d'une heure.

– Tu ne penses pas que les Mazones vont utiliser la même technique ?

Aidan a haussé les épaules.

– Ils n'y penseront peut-être pas. Et si c'est le cas, dès que nous serons sortis de la tempête, il ne nous faudra pas plus de quinze minutes pour recharger nos batteries et dégager. Les Mazones, eux, auront besoin de quatre-vingt-neuf minutes, ce qui nous laisse largement le temps de leur fausser compagnie.

– Et si on ne tourne pas le vaisseau à temps, si Nathan calcule mal son coup ? a demandé Darren, toujours pas convaincu.

– Nous nous enfoncerons de plus en plus profondément dans la tempête d'ions sans aucun appareil de navigation en état de marche, nos batteries de secours finiront par s'arrêter et nous mourrons, a nonchalamment résumé Aidan.

– La tempête de Zandari est le cimetière des vaisseaux de ce quadrant, a ajouté Vee. Je n'ai pas l'intention de nous ajouter à la liste de ses victimes. Nathan, tu te sens à la hauteur de ce que je t'ai demandé ?

– Oui, capitaine. Pas de problème, je réussirai la manœuvre, ai-je répondu avec plus d'assurance que je n'en éprouvais réellement.

Vee a hoché la tête.

– Nos vies sont entre tes mains.

Elle s'est tournée vers son frère.

– Aidan, largue une balise de localisation quand nous entrerons dans la tempête et pendant que Nathan nous fera tourner sur cent quatre-vingts degrés, je veux que tu nous droppes à trois kilomètres, coordonnées zéro moins trois point deux, zéro, compris ?

– Qu'il nous droppe ? a répété ma mère d'une voix inquiète.

– Qu'il nous fasse descendre si vous préférez, a expliqué Vee. Aidan sait de quoi je parle.

– Et pourquoi tu lui demandes ça ?

– Comme ça, on ne sera pas là où les Mazones s'attendent à nous trouver. C'est juste au cas où ils décident de tenter de deviner notre position pour nous balancer un missile qui nous fera exploser avant que leurs batteries soient complètement déchargées.

Darren s'était rassis. Il avait toujours la mine renfrognée. Ma mère ayant décidé de suivre le plan de Vee, il n'avait pas d'autre choix que de lui obéir. Vee, elle, était penchée sur un écran, très concentrée. Elle avait trop de choses à faire pour s'occuper de moi mais il me suffisait de la regarder. Elle a allumé les micros qui permettaient de diffuser une annonce dans tout le vaisseau.

– Votre attention, s'il vous plaît. Nous allons entrer dans une tempête d'ions et nous avons un patrouilleur mazone à nos trousses. Vous êtes priés de n'utiliser aucun appareil électronique qui pourrait laisser une trace électromagnétique détectable par nos ennemis, y compris les distributeurs de nourriture. Cette consigne est valable jusqu'à ce que nous ayons rechargé les moteurs.

Plus personne sur le pont ne parlait. Je gardais les yeux rivés sur mon écran afin d'être prêt le moment venu. J'avais utilisé nombre de simulateurs différents et étudié le fonctionnement de tous les vaisseaux terriens existants ; je connaissais les commandes de pilotage mieux que ma poche. Malgré tout, je pouvais commettre une erreur ; dans ce cas, elle serait fatale. Je mourais d'envie de regarder Vee une nouvelle fois, lui murmurer que je l'aimais, mais je savais que je devais rester parfaitement concentré.

Le silence qui régnait dans la salle de commande était palpable. Vivant. Nous n'étions pas encore entrés dans la tempête mais chacun semblait retenir son souffle. Anjuli est allée s'asseoir près de Darren qui l'a complètement ignorée. D'ailleurs tout le monde l'ignorait. Quand... enfin, si on s'en sortait, j'aurais deux ou trois questions à lui poser. Du genre : « C'était quoi, ce bordel ? »Et : « T'es complètement cinglée, ou quoi ? »

La tempête de Zandari était maintenant visible. C'était un des spectacles les plus impressionnants qu'il m'ait été donné de voir. Impressionnant et mortel. La tempête ressemblait à une entité gazeuse verte, mauve et rouge qui s'étendait sur plusieurs milliers de kilomètres et ne cessait de changer de forme. Certains disaient qu'une étoile se trouvait en son centre, créant un puits de gravité, mais personne n'était jamais ressorti d'une tempête d'ions pour le confirmer. Une alarme a retenti, qu'Aidan a aussitôt coupée.

– Préparez-vous ! a-t-il lancé. On y est dans un, deux... trois !

J'ai réglé mes instruments sur cent quatre-vingts degrés pendant qu'Aidan faisait sa part du boulot. La tempête faussait déjà toutes les données. Je recevais des échos de signaux, des lectures fantômes, mais je les avais déjà compensés et j'ai laissé le vaisseau tourner tout seul sur les trente degrés restants en espérant que je ne m'étais pas trompé.

Dans une heure, j'aurais ma réponse.

41. VEE

Une heure et dix-sept minutes s'étaient écoulées et nous étions toujours dans la tempête. Si Aidan et Nathan avaient fait leur boulot correctement, ça ne nous prendrait pas trop de temps pour en sortir. J'ai levé la tête vers le dôme transparent au-dessus de nos têtes. Des éclairs d'énergie d'un blanc éblouissant illuminaient la brume rougeâtre qui nous entourait.

Un coup d'œil par-dessus mon épaule m'a révélé que personne ne se regardait. Chacun était concentré sur l'écran devant lui. La tension nous enveloppait comme un linceul. La capacité du moteur était à zéro et on dérivait. Impossible de dire si c'était en direction du centre de la tempête ou au contraire vers l'extérieur, mais j'avais confiance en Nathan. Sa connaissance de ce vaisseau et de ses capacités étaient aussi grandes que les miennes ou celles d'Aidan.

Malgré tout, au cas où, je devais prévoir un plan B. Et peut-être même un plan C. Sauf qu'aucun plan dans l'univers ne pouvait nous permettre d'échapper à l'attraction d'une tempête d'ions.

– Catherine, tu n'aurais jamais dû faire confiance à cette fille, a maugréé Darren. Ton jugement depuis Barros 5 s'est clairement altéré.

– Ça suffit, Darren, l'a rembarré la commandante.

Mais il n'écoutait pas.

– Sam, tu es d'accord avec moi, n'est-ce pas ? Ces deux femmes finiront par nous faire tuer. Si ce n'est pas déjà fait.

Ignorant la misogynie affichée de Darren, je me suis tournée vers Sam, curieuse d'entendre sa réponse. Sam a croisé mon regard avant de poser les yeux sur Darren.

– Darren, ferme-la !

Avec un regard assassin, Darren a au moins suivi son conseil. C'était toujours ça de gagné.

– Aidan, ai-je demandé à mon frère, si on tirait avec une de nos armes à plasma pour nous donner de l'élan, de combien diminueraient nos réserves de batteries ?

– Quatre-vingt-deux pour cent. Sans compter que nous n'avons aucun moyen de savoir si nous allons dans la bonne direction. Un tir au plasma pourrait nous envoyer plus profondément à l'intérieur de la tempête. Et ça donnerait notre position aux Mazones, ils ne peuvent peut-être pas nous bombarder mais ils peuvent nous rentrer dedans, ce qui aurait quasiment le même effet.

– D'accord, et combien de temps avant que la balise se mette en marche ?

– Quarante-trois minutes.

– La balise de localisation… a commencé Catherine, une pointe d'admiration dans la voix, c'est ton plan B, c'est ça ?

– Oui. Si on n'est toujours pas sortis de la tempête dans quarante-trois minutes, ses signaux sonores nous donneront au moins une indication sur la direction à prendre. Le problème, c'est que les Mazones l'entendront aussi, ce qui leur donnera un point à viser. Mais je ne pense pas que nous en aurons besoin.

J'ai adressé un sourire rassurant à Nathan qui me fixait. Il m'a tourné le dos. Mon sourire s'est évanoui. Était-il en colère contre moi parce que j'avais prévu un éventuel échec de sa manœuvre ? Pensait-il que ça signifiait que je ne lui faisais pas confiance ? Rien ne pouvait être plus loin de la vérité. J'aurais aimé le lui dire mais ce n'était ni le lieu ni le moment.

Tout ce que nous pouvions faire était attendre.

42. NATHAN

Nous étions dans la tempête depuis quatre-vingt-dix minutes maintenant. Je m'étais planté. J'avais tout fait échouer. Je ne cessais de refaire mes calculs et je ne voyais toujours pas où j'avais bien pu commettre une erreur mais il n'y avait pas d'autre explication.

– C'est ta faute, Catherine. Voilà ce qui arrive quand on s'en remet à quelqu'un qui a encore du lait qui lui coule du nez !

Darren était de nouveau en mode agression.

– Grâce à Vee et ses idées stupides, nous voilà coincés à se demander quand est-ce qu'on va manquer d'oxygène.

– Merci de ton soutien, Darren, a lâché ma mère.

Je me suis tourné vers lui.

– Pourquoi est-ce que tu t'en prends à Vee ? C'est moi qui ai foiré la manœuvre !

– Tu ne faisais que suivre ses ordres ! Je n'arrive pas à comprendre pourquoi vous l'écoutez comme si elle avait la moindre idée de ce dont elle parle. Si on se sort de cette merde, il est hors de question que j'accepte de lui obéir.

– Aidan ? a demandé Vee derrière moi.

– À cinq, a répondu Aidan.

Qu'est-ce qu'ils fabriquaient ?

– Cinq, quatre, trois, deux, un !

On a soudain émergé de la tempête d'ions et, autour de nous, aucun vaisseau mazone n'était en vue.

– Qu'est-ce que… ? a balbutié Darren.

– La capacité du moteur a augmenté de 200 % par seconde juste avant que nous entrions dans la tempête, ce qui nous a projetés plus loin que prévu, a expliqué Vee. C'est pour ça que nous avons mis plus de temps à sortir. Les calculs de Nathan étaient parfaits, presque à la seconde près.

Vee m'a souri.

– Sans lui, on serait encore en train de dériver.

– Pourquoi tu nous as pas prévenus plus tôt ? a enragé Darren.

Vee l'a regardé. Elle ne souriait pas.

– Tu ne m'as pas posé la question. Et nous ne sommes pas encore tout à fait en sécurité. Alors ce serait bien que tu te taises jusqu'à ce qu'on fasse repartir le moteur.

Darren lui a lancé un regard noir mais n'a rien osé rajouter.

Cependant, je connaissais cette expression sur son visage. Ce n'était pas terminé.

– Aidan, est-ce qu'on a assez d'énergie pour désactiver la balise ?

Aidan a acquiescé.

– C'est déjà fait.

Vee s'est rapprochée de lui et de ma mère. Ils ont discuté un moment sur le meilleur moyen de semer les autres vaisseaux mazones qui nous suivaient toujours. Brouiller notre signal radar à intervalles réguliers ne serait sans doute plus suffisant.

Anjuli n'avait pas bougé. Je me demandais ce qui lui était passé par la tête pour qu'elle nous mette dans cette situation. Vee allait lui remonter les bretelles, et pas qu'un peu.

43. VEE

Les moteurs étaient repartis depuis quinze minutes et il n'y avait toujours aucun vaisseau mazone en vue. Nous n'étions pas encore totalement sortis d'affaire, mais notre situation était toujours meilleure que deux heures plus tôt. Je me suis détendue quelques minutes. Pas plus, parce que je devais m'atteler à une tâche qui ne m'enchantait pas. Mais comme on dit, ce qui est fait n'est plus à faire. Je me suis levée.

– Anjuli, je voudrais te parler.

Elle avait l'air terrorisée.

– Anjuli, je t'aime bien, ai-je commencé, vraiment, mais je ne veux plus de toi sur le pont principal. La commandante Linedecker t'assignera un nouveau poste.

Anjuli a entrouvert la bouche, incapable de dire quoi que ce soit. Je me détestais de faire ça. Mais je n'avais pas le choix.

– Vee, s'il te plaît, je suis désolée. Je voulais seulement aider, a tenté Anjuli d'une voix suppliante.

– Je ne doute pas de tes intentions, mais ta négligence a mis nos vies en danger.

J'essayais de la virer le plus en douceur possible. C'était peut-être encore pire.

– Que les membres de l'équipage soient deux ou deux cents, ils doivent fonctionner comme une équipe. Sinon, ça ne marche pas. Autrement dit, si tu as une idée qui comporte un risque, tu dois d'abord t'adresser à moi ou à la commandante Linedecker. Tu ne peux pas prendre des initiatives comme ça dans ton coin.

– Je comprends et je te promets que ça ne se reproduira plus...

Dans d'autres circonstances, je lui aurais sans doute accordé une deuxième chance, mais nous avions frôlé la mort. De très près.

– Je suis désolée, Anjuli, mais tu dois quitter le poste de commandement. Ça vaut aussi pour toi, Darren. Les remarques constructives sont toujours les bienvenues mais tu passes ton temps à remettre mon autorité en question. Alors que nous étions en danger, tu m'as obligée à perdre un temps précieux pour répondre à tes récriminations. Je suis certaine que la commandante n'aura aucun mal à te trouver un autre poste jusqu'à notre arrivée sur Mendela Prime.

Darren s'est levé lentement. Son visage était écarlate.

– Je n'ai pas à entendre ça d'une morveuse dans ton genre. À qui crois-tu t'adresser ?

Reste calme, Vee, reste calme.

– Selon l'article TOTV1957-sigma-80, section C-4 du code des vaisseaux terriens, je suis le capitaine à bord. C'est enregistré dans l'ordinateur central et le message a été passé via un rapport subspatial. Si je t'ordonne de quitter le poste de commandement, tu dois obtempérer !

Je n'avais pas prévu de citer le code mais ce crétin m'avait tapé sur les nerfs plus que de raison. Je ne voulais plus le voir. Sauf que je n'avais pas prévu non plus sa réaction. Il s'est jeté sur moi. Avant qu'il m'atteigne, il y a eu un choc et deux corps ont roulé à terre à mes pieds. Qu'est-ce qui... il m'a fallu deux secondes pour comprendre que Nathan avait intercepté Darren.

L'instant d'après, ils s'étaient relevés et Nathan se plaçait devant moi pour me protéger d'une autre attaque. J'ai fait un pas de côté pour ne pas quitter Darren des yeux une seconde.

– Darren ! Ça suffit ! a tonné la commandante.

Mais il n'a pas tourné la tête. Il gardait les yeux fixés sur moi comme un fauve sur sa proie.

– Je te préviens, Darren, si tu poses un doigt sur ma femme, je te brise en deux.

J'ai eu le souffle coupé. Sur le pont principal, tout le monde s'est pétrifié. On aurait entendu une mouche voler.

– Ta *femme* ? a répété Darren.

– Oui, ma femme, a confirmé Nathan. Recule, maintenant.

– Ta femme ? a encore dit Darren.

– Nous nous sommes mariés très officiellement. Ça a même été consigné dans le carnet de bord. Le docteur Sheen et Mike étaient nos témoins. Tu n'as pas intérêt à t'approcher d'elle.

Je n'avais jamais vu Nathan si en colère. Il n'avait pas élevé la voix. C'était inutile. Son ton était suffisamment menaçant. Son regard intense n'avait rien à envier à celui de Méduse.

– Ça va, Nathan.

J'ai posé une main apaisante sur son épaule. Il était si tendu qu'on l'aurait cru fait de pierre. Darren a lentement desserré les poings.

– Nathan, a soufflé Catherine, tu t'es marié sans me le dire ?

La commandante avait laissé place à la mère.

– Tu aurais essayé de me dissuader, a rétorqué Nathan sans quitter Darren des yeux.

– Bien sûr que j'aurais essayé de te dissuader, s'est emportée Catherine. Vous vous connaissez depuis cinq minutes ! Qu'est-ce qui vous est passé par la tête ?

– Je suis tombé amoureux de Vee à la seconde où j'ai posé les yeux sur elle, a répondu Nathan. C'est comme ça. Il n'y a pas à discuter.

J'ai soupiré. On avait décidé de garder le secret tant que nous ne serions pas sortis du territoire mazone. Nathan m'a adressé un bref regard d'excuse avant de reporter son attention sur Darren. Il ne lui faisait pas plus confiance que moi. C'était le genre d'homme auquel il valait mieux ne pas tourner le dos.

– Il me semble que Vee t'a donné un ordre direct, a lâché Nathan.

– Catherine, tu ne vas quand même pas les laisser me traiter comme ça.

La commandante a hoché la tête.

– Vee a parfaitement le droit de te mettre le nez dans ton caca, Darren. C'est son vaisseau et elle en est le capitaine. De plus, je n'ai aucune intention de lui demander de tolérer une attitude que je trouve moi-même inacceptable. Je suggère que tu lui obéisses et que tu ailles te rendre utile dans la salle des machines.

Après un dernier regard venimeux, Darren a tourné les talons.

– Vee, m'a conseillé Nathan d'une voix douce, ne t'approche jamais de ce type hors de ma présence, d'accord ?

J'ai essayé de réprimer un sourire. En vain. Il s'inquiétait pour moi. C'était tellement... je ne sais pas... adorable, réconfortant que quelqu'un s'occupe de moi alors que je devais m'occuper de tout le monde à bord.

– Ce n'est pas drôle ! a-t-il lancé.

J'ai pincé les lèvres.

– Non, tu as raison, ce n'est pas drôle.

À la loyale, je pensais être capable de me défendre contre Darren, mais il était tout sauf loyal. Il était capable de m'attaquer par-derrière et de m'étrangler en moins de temps qu'il n'en faut pour le dire.

Je devais rester sur mes gardes. Avec ce type, si je commettais la moindre erreur, elle pourrait bien m'être fatale.

44. NATHAN

Vee commençait tout juste à se rendre compte du danger que représentait Darren. Il était costaud et s'énervait vite. Maintenant que ma mère avait affiché clairement son soutien à Vee, il ne serait que plus hostile. Je ne me suis autorisé à me détendre qu'après son départ. J'avais envie de prendre Vee dans mes bras et de la serrer contre moi, mais je savais qu'elle n'apprécierait pas une telle démonstration devant tout le monde. D'ailleurs, elle allait probablement me découper en morceaux. Notre union était censée rester secrète encore un moment.

– C'est vrai ? Tu t'es vraiment mariée avec Nathan ?

La voix d'Aidan était étrangement monocorde. En revanche, ses yeux brillaient intensément.

– Oui, c'est vrai, a opiné Vee.

– Je n'ai pas trouvé cette information sur l'ordinateur de bord.

– Je l'ai consignée dans mon carnet personnel.

Pourquoi Aidan vérifiait-il les activités de sa sœur sur l'ordinateur de bord ? C'était étrange mais Vee n'avait pas l'air étonnée ou choquée. Il y avait un lien entre Vee et son frère, un secret dont tous les autres étaient exclus. À la manière dont ma mère les dévisageait, je savais que je n'étais pas le seul à le penser. Aidan n'était pas seulement en colère, il était furieux. Il parlait d'un ton prudemment neutre mais on sentait derrière cette retenue une rage à deux doigts d'exploser.

– Tu ne voulais pas que je le sache ? a-t-il demandé à sa sœur.

– Non, a protesté Vee. C'était… c'est une décision que nous avons prise sur le moment.

– Pourquoi ? Pourquoi tu as fait ça ?

Vee a regardé autour d'elle, puis elle a posé les yeux sur moi.

– Parce que je le voulais, Aidan.

Il a penché la tête sur le côté. C'était comme si j'étais invisible pour lui.

– Tu le regrettes ?

– Quoi ? (Vee m'a adressé un sourire complice et tendre.) Non, pas le moins du monde.

– Ça viendra, a conclu Aidan en se retournant vers son écran de contrôle.

C'était définitif.

Il était hors de question que je laisse cette conversation se terminer comme ça.

– Eh…

J'avais fait un pas en avant, mais Vee m'a retenu par le bras. Elle a secoué la tête.

– Ne t'inquiète pas, a-t-elle murmuré, il finira par se faire à l'idée.

– Le plus vite possible, j'espère, ai-je craché en retournant m'asseoir à ma place, juste à côté de lui.

Il ne me regardait toujours pas. Très bien, s'il voulait se comporter comme s'il avait cinq ans, c'était son problème. J'ai jeté un coup d'œil vers ma mère. Elle me scrutait. Je lui ai souri mais elle a détourné la tête. Je comprenais qu'elle soit blessée. C'était sans doute également le cas d'Aidan. J'avais promis à

Vee de respecter son souhait d'attendre avant de révéler notre union, mais Darren m'avait provoqué. Il s'était jeté sur ma femme !

Ma femme.

Je ne me lasserais jamais de penser et de prononcer ces deux mots. Combien de fois me les étais-je répétés depuis ce fameux soir. Parfois, j'avais envie de me pincer pour m'assurer que je n'étais pas en train de rêver. Et si je me réveillais sur Callisto ? J'étais encore étonné que Vee ait suivi son instinct et ait accepté ma demande en mariage alors que nous avions passé si peu de temps ensemble. Je pense que, comme moi, elle savait. Une heure après l'avoir rencontrée, je ne voulais qu'une chose : la connaître mieux. Après une journée, j'avais compris que je désirais passer ma vie auprès d'elle. Sur Callisto, j'avais appris que l'existence est courte et que je ne devais jamais laisser la peur prendre des décisions à ma place. Même si je savais Vee parfaitement capable de prendre soin d'elle-même, je me sentais responsable d'elle et de son bien-être. Et pour la première fois de ma vie, je me sentais vulnérable.

Si quelque chose lui arrivait…

Je comprenais pourquoi l'Autorité nous autorisait à fonder une famille sur Callisto et même nous y encourageait. L'amour nous rend plus faciles à contrôler et à manipuler. Si j'avais rencontré Vee là-bas, je n'aurais peut-être pas été si prompt à lui demander de s'unir à moi. À l'époque, je me suis souvent juré que jamais je ne m'attacherais à qui que ce soit, justement pour ne pas être vulnérable. Comment s'éprendre d'une personne qui pouvait vous être enlevée à tout moment, ou être brutalisée sans qu'on ait la possibilité de la défendre ? Oui, l'amour vous rend faible et je m'étais juré de ne jamais tomber dans ce piège. Pourtant, aujourd'hui, à des années-lumière de Callisto, Vee était la personne qui comptait le plus pour moi. Et si quelque chose devait lui arriver…

Ou pire. Si elle se réveillait un matin et se disait qu'elle avait commis une erreur. Non, ça ne pouvait pas arriver. Il ne fallait pas que je pense à ça.

Elle m'avait choisi. Moi. Il était hors de question que je gâche le temps que nous avions à construire des scénarios terrifiants. Ce chemin ne me mènerait qu'à l'obsession et à la folie. Je devais prendre chaque jour comme il venait et profiter de chaque seconde que nous passerions ensemble. Je ne laisserai pas ma mère ou le frère de Vee, ou n'importe qui d'autre, me faire regretter mes actes.

Nous étions en route pour Mendela Prime et nous avions la vie devant nous.

Notre long quart était terminé mais ma mère a demandé à avoir une discussion avec Vee avant que nous rejoignions nos quartiers. Son regard m'a informé que ce n'était pas la peine que je traîne. Je les ai laissées seules. Trente minutes plus tard, Vee m'a rejoint dans sa chambre qui était maintenant la nôtre. Au moins maintenant, je n'étais plus obligé d'y entrer en vérifiant que le couloir était dégagé.

– Qu'est-ce qu'elle voulait ? lui ai-je demandé sans préambule.

– Discuter de procédures tactiques et aussi de la manœuvrabilité du vaisseau.

Après un silence, elle a ajouté :

– Et aussi me parler de toi et moi.

– Ah oui ?

Je n'étais pas surpris évidemment mais furieux. Je me suis levé pour aller lui dire ma façon de penser ; Vee m'a retenu.

– Calme-toi, Nathan. Tout va bien. Nous avons eu une conversation claire et nous avons dissipé les malentendus.

– Qu'est-ce qu'elle t'a dit ?

– Tout va bien, je t'assure.

Vee a lâché mon bras et est allée s'asseoir sur le lit. Elle semblait abattue. Alors qu'elle ôtait ses boots, je me suis rendu compte de sa fatigue. La journée avait été longue et éprouvante pour chacun d'entre nous.

Je me suis dirigé vers le distributeur et j'ai commandé un minestrone. C'était la soupe préférée de Vee. Je me suis assis à côté d'elle et je lui ai tendu le bol. Elle l'a refusé d'un geste de la main.

– Je n'ai pas faim.

– Mange. Je suis sûr que tu n'as rien avalé de la journée, ai-je insisté.

– Nath.

– Vee.

Elle m'a regardé. Une esquisse de sourire est apparue sur ses lèvres.

– Tu vas rester là, ton bol à la main, jusqu'à ce que j'obéisse ?

– C'est ça.

Son sourire s'est élargi. Elle a pris le bol et l'a porté à ses lèvres. Je suis resté à côté d'elle jusqu'à ce qu'elle ait terminé.

– Tu es content ? m'a-t-elle demandé en me rendant le récipient.

– Presque, ai-je répondu en me levant pour remettre le bol dans le distributeur.

Ce que j'avais à lui dire n'allait sûrement pas lui être agréable, mais tant pis.

– Vee, tu n'as plus à diriger ce vaisseau toute seule. Tu as un équipage maintenant et nous ne sommes pas tous comme

Darren. Tu dois apprendre à déléguer si tu ne veux pas t'effondrer.

Elle a esquissé un sourire.

– Je sais. Je me dis exactement la même chose. C'est juste que…

– Quoi ? Dis-moi.

Je me suis assis à côté d'elle.

– J'ai passé tant de temps à m'occuper seule de ce vaisseau. J'étais habituée à vérifier chaque écran, chaque instrument, à déambuler sur les ponts pendant des heures, à m'occuper de toutes les manières possibles pour oublier combien je me sentais seule.

– Tu avais Aidan.

Elle a baissé les yeux.

– Oui, mais il a toujours vécu la situation beaucoup mieux que moi.

– Tu devrais te reposer un peu, maintenant, et laisser ma mère s'acquitter à ta place des tâches quotidiennes. Elle y est habituée et elle est plutôt douée pour ça.

– Tu penses que je devrais lui donner le code de commande ?

Nous nous sommes regardés. Vee était aussi immobile que pouvait l'être son frère.

– C'est une possibilité, ai-je opiné.

– Tu penses que je ne suis pas un bon capitaine ?

– Ce n'est pas ce que j'ai dit. Ce n'est pas ce que je pense, ai-je protesté.

– Mais tu estimes quand même que je devrais donner le code à ta mère.

J'ai soupiré.

– Soyons clairs, je veux seulement te soulager d'un peu de poids. Je veux te voir sourire plus souvent, j'aimerais que tu sois moins fatiguée, moins stressée. Oui, c'est égoïste de ma part. Je veux tout simplement passer plus de temps avec toi et pas seulement sur le pont principal. Je veux passer plus de temps seul avec ma femme.

Vee a souri. J'adorais son sourire. Il partait de ses orteils et, quand il atteignait son visage, il l'éclairait avec la lumière d'une étoile qui venait de naître.

– Si tu veux que je donne le code de commande à ta mère, je le ferai, a-t-elle dit en détournant les yeux.

J'ai pris son menton dans ma main et je l'ai embrassée sur la bouche.

– Ne le fais pas pour moi, Vee. Si tu le fais, il faut que ce soit pour toi et que tu en sois sûre à 100 %. D'accord ?

– D'accord.

Ses yeux ont parcouru la pièce.

– Je suppose que tu peux emménager complètement avec moi, maintenant. Enfin, si tu en as envie…

– Bien sûr que j'en ai envie. J'apporterai le reste de mes affaires demain. Ça ne t'ennuie pas de dormir près du mur ? ai-je ajouté en désignant le lit.

– Non, a-t-elle répondu.

Puis elle a froncé les sourcils.

– Qu'est-ce qu'il y a, Nathan ?

Oups, apparemment mon expression en avait révélé plus que je ne l'aurais souhaité.

– Nathan ?

J'ai haussé les épaules.

– C'est juste que je n'ai pas envie de dormir près de la cloison, c'est tout.

Vee a secoué la tête.

– Pourquoi ?

Elle n'avait pas été dupe une seconde.

– Nathan ?

Silence.

– Nathan ?

– Bon, d'accord, je n'aime pas me sentir enfermé ! Voilà, c'est tout ! Tu es contente, maintenant ? ai-je crié.

Vee a tressailli comme si j'avais levé la main sur elle.

Bon sang ! J'étais tellement nul ! Elle s'est levée. Je lui ai pris la main et je l'ai de nouveau attirée vers moi.

– Pardon Vee, je ne voulais pas te hurler dessus. C'est juste que… je ne peux pas dormir près d'un mur, je me sens… piégé.

Elle était probablement en train de se demander à quel homme elle avait accepté de s'unir. Un homme incapable de dormir près d'un mur sans avoir une crise de panique.

– Dans ce cas, a-t-elle prononcé d'une voix douce, nous nous complétons parfaitement. Dans tes bras, entre toi et le mur, je me sentirais totalement protégée pour la première fois depuis trois ans.

Elle m'a de nouveau souri, et sur son visage, il n'y avait pas une once de reproche ou de déception. J'ai porté sa main à mes lèvres et j'ai embrassé sa paume. Son sourire s'est élargi.

– Un jour, mon père m'a dit que dans la vie le plus important était de faire ce qui nous paraît juste et bon. Quand je lui ai demandé ce que ça signifiait précisément, il m'a répondu que c'était différent pour chaque personne mais que je le saurais quand ce serait nécessaire. Je crois que… je crois qu'être avec toi est ce qui est juste et bon pour moi.

Ces mots simples m'auraient fait fuir, il y a peu de temps. À présent, je les accueillais. Ils me liaient plus profondément encore à Vee. Pourtant, je ne pouvais m'empêcher de penser que plus nous montions haut, plus nous tomberions bas.

– Et… et si… si ça ne marchait pas entre nous ? n'ai-je pu m'empêcher de murmurer.

Elle s’est serrée contre moi.

– Dans ce cas, je te retrouverai dans notre prochaine vie.

– Je ne veux pas attendre une prochaine vie. Faisons en sorte que ça marche dans celle-ci.

– D’accord.

Nous avons échangé un sourire.

– Et maintenant, a-t-elle lancé, les yeux pétillants, on va parler toute la nuit, ou tu vas te décider à me faire l’amour ?

– Tu es fatiguée.

– Ça ira, si on y va doucement.

– Un défi ? me suis-je exclamé. J’adore ça !

– Je savais que ça te plairait !

Et nous nous sommes embrassés jusqu’à nous perdre l’un dans l’autre.

45. VEE

Je me suis réveillée avant Nathan. Il était face à moi, profondément endormi. Paisible. J'ai souri. Je n'étais pas encore habituée à me réveiller à ses côtés. J'ai tendu le cou pour regarder l'heure sur le panneau au-dessus de nos têtes. J'avais un message du docteur Liana. J'ai essayé de passer au-dessus de Nathan sans le réveiller mais je n'avais rien d'une ninja. J'étais au-dessus de lui quand ses mains ont jailli de sous les draps et m'ont attrapée par la taille.

– Pardon Nathan, ai-je ri. J'essayais de ne pas te déranger.

Il a levé les yeux vers l'horloge.

– Pourquoi tu te lèves si tôt ? m'a-t-il demandé d'une voix endormie. On a encore une heure avant le début de notre quart.

– Le docteur Liana m'a envoyé un message.

– Et si tu le lisais plus tard ?

Il a fermé les yeux, glissé sa main dans mes cheveux et essayé de m'embrasser. J'ai profité de l'occasion pour rouler sur lui et me lever.

– Et si je le lisais maintenant au cas où ce serait important ?

– Bordel ! Est-ce que le docteur et tous les autres sur ce vaisseau ne peuvent pas te foutre la paix de temps en temps ? a-t-il grommelé.

Pendant qu'il débitait une série de jurons, j'ai lu le message du docteur. Elle voulait que nous nous retrouvions dans le mess avant le début de mon quart. Je me suis tournée vers Nathan qui continuait sa litanie de gros mots.

– Tu comptes vraiment embrasser ta femme avec la même bouche qui te sert à proférer toutes ces insanités ? l'ai-je taquiné.

– Oui, à chaque fois que j'en aurai l'occasion. C'est même exactement ce que j'essayais de faire quand elle est sortie du lit pour lire un fichu message.

– Tu es trop vieux pour bouder, Nathan.

– Alors reviens te coucher.

– Non, je ne peux pas. Je dois retrouver le docteur Liana.

– J'ai envie de toi, a-t-il gémi.

– Je vois ça, ai-je répliqué en regardant une certaine partie de son anatomie, mais ça devra attendre plus tard.

Après ma douche, je me suis dirigée vers le mess. Le docteur Liana était assise à une table un peu à l'écart. Elle avait une cuillère remplie de nourriture dans une main et sa tablette dans une autre. Elle semblait complètement absorbée par sa lecture. Sa nourriture est tombée de sa cuillère dans son assiette sans qu'elle s'en rende compte.

– Nihao doc, vous vouliez me voir ?

Je me suis assise face à elle.

– Oui, capitaine, je voulais vous parler.

– Appelez-moi Vee, s'il vous plaît.

– Pourquoi ? Ça vous met mal à l'aise que je vous appelle capitaine ?

J'ai rougi. Après un bref coup d'œil autour de moi, j'ai expliqué à voix basse :

– Ça me donne parfois l'impression d'être une petite fille qui a enfilé les chaussures trop grandes de sa mère.

Je ne l'aurais jamais avoué à qui que ce soit d'autre, pas même à Nathan. Je voulais qu'il me voie comme une femme sûre d'elle-même et totalement à sa place aux commandes du vaisseau.

– Tu veux un conseil ? m'a soufflé le docteur Liana. Bourre les chaussures de ta mère avec tout ce qui te tombe sous la main pour qu'elles soient à ta taille. D'après ce que j'ai vu, tu ne devrais pas avoir besoin de beaucoup de rembourrage. Tu devrais te ménager un peu, Vee, et ne pas être aussi exigeante avec toi-même.

Nous avons échangé un regard. Elle avait raison et je le savais.

– Merci, doc.

– Ah, comme j'aimerais être de nouveau jeune, a-t-elle soupiré. Enfin, peut-être pas, finalement.

J'ai ri.

– Pourquoi vouliez-vous me voir ? lui ai-je demandé.

– J'aimerais ta permission pour lire les rapports médicaux de ces dernières années.

Mon sourire s'est évanoui et mon cœur s'est mis à cogner dans ma poitrine.

– Pourquoi ?

– Je voudrais essayer d'en apprendre davantage sur le virus qui a décimé le premier équipage.

– Mon père et d'autres ont étudié ce virus, ai-je lâché. Ils n'ont trouvé aucun moyen de l'éradiquer.

– Loin de moi l'idée de suggérer que ton père n'a pas fait de l'excellent travail, s'est hâtée de préciser le docteur Sheen, j'aimerais seulement en savoir plus. Avec ta permission, évidemment.

J'avais beau chercher, je ne trouvais aucune raison de lui refuser l'accès aux rapports de recherche.

– D'accord, ai-je fini par accepter. Mais seulement les dossiers médicaux des membres de l'équipage, rien d'autre.

– C'est tout ce dont j'ai besoin. Merci.

– Je m'en occupe dès que je suis à mon poste.

J'allais devoir être prudente. Il était hors de question que je lui donne accès à tous les dossiers médicaux. Alors que je me levais, elle m'a demandé :

– Ai-je raison de penser que tu n'as eu aucune liaison avec la Terre depuis trois ans ?

Je me suis rassise et j'ai secoué la tête.

– À cette distance, je peux envoyer des infos mais pas en recevoir. Les six premiers mois, j'envoyais des rapports mensuels via subspace, après j'ai arrêté.

– Pourquoi ?

– J'écrivais toujours la même chose : l'équipage est toujours mort, mon frère et moi sommes toujours seuls. J'ai toujours hâte de retrouver mes grands-parents. C'était une perte de temps. Je recommencerai quand nous ne serons plus qu'à six mois de la Terre.

– Tes grands-parents te manquent beaucoup, n'est-ce pas ?

– Oui. Ils sont la seule famille qui me reste. Mon seul lien avec mon passé. J'ai hâte de leur présenter Nathan. Ce sera comme si le passé, le présent et le futur se rencontraient.

Je me suis interrompue et j'ai grimacé.

– Je dis vraiment n'importe quoi.

– Non, pas du tout. Nous avons tous envie d'avoir un endroit où aller. Un foyer. Quelqu'un avec qui partager nos émotions, joyeuses ou tristes.

À son ton, je devinais qu'elle n'avait pas besoin d'un dictionnaire pour savoir ce que le mot solitude voulait dire.

– Vous avez de la famille sur Terre ? lui ai-je demandé d'une voix douce.

– Un… un fils.
– Quel âge a-t-il ?
– Vingt-trois ans, il étudie pour devenir médecin.
– Oh, ai-je souri, telle mère, tel fils.
– Oui, quelque chose comme ça, a-t-elle acquiescé sans me rendre mon sourire. Quand tu repartiras de Mendela Prime, je resterai à bord. Je veux rentrer sur Terre.
– Pour votre fils ?
– Oui. Mais dis-moi, comment se passe ta vie de femme mariée ?
– C'est épuisant !
J'avais répondu sans réfléchir. Le docteur Sheen a haussé un sourcil et mes joues se sont empourprées. J'ai vite ajouté :
– Je veux dire… j'ai été seule pendant si longtemps, et soudain, je me retrouve à partager ma chambre, ma douche, mon temps, ma vie. Nathan et moi essayons de passer au moins une heure par jour à discuter. De tout : le passé, le présent, l'avenir, nos espoirs, nos rêves. On a même réussi à regarder quelques-uns de mes films préférés. J'adore ça. C'est épuisant, mais c'est génial.
– Tu as dit à Nathan que tu étais fatiguée ?
J'ai secoué la tête.
– Je ne veux pas qu'il croie que je n'aime pas être avec lui. Rien ne pourrait être plus loin de la vérité. C'est juste que… les gens sont fatigants.
– Oui, je comprends. Est-ce que Nathan te parle souvent de Callisto ?
– Non, presque pas. Et comme je sais qu'il déteste évoquer cette période de sa vie, je n'insiste pas trop. Il m'avait déjà raconté pas mal de choses avant… avant notre mariage. J'espère qu'avec le temps, il se montrera plus ouvert. On parle

plus souvent du vaisseau que sa mère commandait et de ses souvenirs de la Terre.

Le docteur a acquiescé.

– Tu as raison de ne pas le brusquer. Laisse-le se confier à toi à son rythme. J'aime beaucoup Nathan et, crois-moi, il a traversé beaucoup d'épreuves. Je l'ai soigné plus d'une fois sur Callisto. Je ne sais pas s'il te l'a dit, mais c'est moi qui lui ai posé sa prothèse quand il a perdu sa jambe.

Je l'ignorais.

– Le fait qu'il t'ait parlé de notre vie sur cette fichue planète minière est la preuve qu'il tient énormément à toi. Et qu'il te fait confiance.

– Vous pourriez… me raconter, vous.

– Non, a refusé le docteur, secret médical.

– Je ne parle pas de sa santé, mais de sa vie. Pour apprendre à le connaître mieux.

– C'est à lui de choisir ce qu'il partagera avec toi et quand.

– J'aurai au moins essayé, ai-je soupiré. Mais je comprends. Je n'insiste pas. Pour l'instant en tout cas.

– Merci.

Je me suis appuyée au dossier de ma chaise. Je savais quand j'avais perdu une bataille. Mais la guerre n'était pas finie. Le doc allait apprendre que je pouvais être très tenace quand je le voulais.

– J'aurai essayé… ai-je soupiré. Vous n'avez pas au moins un conseil à me donner ?

Le docteur Sheen m'a observée. Elle a réfléchi un moment avant de hocher la tête.

– Voilà ce que je peux te dire : il arrive que Nathan soit un peu perdu et il lui faut du temps pour se retrouver dans le dédale de ses pensées. Mon conseil est donc… montre-toi patiente avec lui.

C'était un conseil que je me sentais capable de suivre.

– Ne vous inquiétez pas, docteur. Je serai le filet de sécurité de Nathan. Je ne le laisserai pas tomber.

– C'est à lui que tu dois le dire, pas à moi, a souri le docteur Sheen.

46. NATHAN

J'ai décidé d'aller à la salle de sport avant le début de mon quart. J'avais besoin de me dépenser pour compenser mes frustrations matinales. Sur le trajet, je n'ai pas tardé à me rendre compte que la nouvelle de mon union avec Vee s'était répandue. La plupart de ceux que j'ai croisés m'ont présenté leurs félicitations. Un certain nombre d'autres se sont contentés de m'adresser des regards ironiques et des sourires entendus. S'ils n'avaient rien de mieux à faire… Je n'étais pas le premier d'entre nous à se marier et je ne serais probablement pas le dernier.

La salle de sport était bondée et j'ai vite regretté d'y être entré. À peine avais-je franchi la porte que les remarques déplacées ont commencé.

– C'est la solution que tu as trouvée pour monter en grade, Linedecker, m'a lancé Harrison.

Connard. Je l'ai ignoré.

Tous les regards étaient tournés vers moi. Je me suis nonchalamment dirigé vers le premier appareil que je voulais utiliser : le sac de frappe programmable.

– Il se croit supérieur à nous autres drones maintenant qu'il couche avec le capitaine, a ricané Maria.

Des éclats de rire ont salué son commentaire, suivis d'autres piques désobligeantes.

– Je ne pensais pas que vous aviez quoi que ce soit en commun, a lâché Ian. Une élite intellectuelle et un drone ! De quoi vous discutez quand vous êtes tous les deux ? À moins que vous ne soyez trop occupés pour parler.

Je lui ai lancé un regard noir et j'ai dû me retenir pour ne pas me jeter sur lui.

– Et il se passera quoi quand elle retournera sur Terre ? a demandé Maria. Elle se retrouvera avec ses amis élites et elle oubliera Nathan instantanément.

Reste calme, Nathan, surtout reste calme.

– C'est sûr ! a approuvé Harrison. Eh, Nathan, tu ferais bien d'en profiter un maximum. N'empêche, je me demande vraiment comment tu as réussi à la convaincre de t'épouser.

– Peut-être qu'il l'a hypnotisée, a suggéré Maria.

– Ouais, mais pas avec ses yeux, s'est esclaffé Harrison. Plutôt avec une autre partie de son anatomie. Eh, Nathan, on dirait que je t'ai appris deux trois trucs. Tu as raison, il faut toujours prendre exemple sur le maître.

Il a salué comme s'il venait d'être applaudi.

J'ai frappé le sac plus fort.

– Et dis-nous, elle est comment au plumard ? a demandé Corbyn. Elle doit savoir s'y prendre avec tous les films qu'elle regarde.

– Ça me gênerait pas d'y goûter, a renchéri Harrison. Elle a une paire de nichons qui défie la gravité.

– Alors, Nath, t'es d'accord pour partager ? a insisté Corbyn.

J'ai fait volte-face.

– Le prochain connard qui ouvre sa bouche finira sa journée au quartier médical.

Ils ont vu que je ne plaisantais pas et ont tous trouvé autre chose à faire. Ian s'est avancé vers moi et m'a murmuré :

– Je suis désolé, fiston.

Puis il est retourné à son appareil. Mais ses excuses n'ont pas suffi à apaiser mon humeur. J'ai continué de cogner dans le sac comme un forcené. Mon dernier coup de pied l'a décroché du plafond. J'étais en nage. Quand je me suis retourné, j'ai surpris quatre paires d'yeux fixés sur moi. Leurs propriétaires se sont vite reconcentrés sur leur occupation respective. J'ai ramassé le sac et je l'ai déposé dans un coin de la salle avant de sortir.

Je ne pouvais m'en prendre qu'à moi-même. C'était moi qui avais balancé la vérité sur Vee et moi. J'aurais dû fermer ma grande bouche. N'empêche que s'ils continuaient à me chercher, ils allaient finir par me trouver.

47. VEE

Quand Nathan est entré dans le poste de commandement, j'ai tout de suite vu que quelque chose n'allait pas. Il s'est assis à sa place devant le panneau de navigation sans m'adresser un sourire. Un instant, j'ai cru qu'il était en colère contre moi parce que j'avais refusé de rester au lit avec lui, mais j'ai rapidement balayé cette hypothèse. Alors que lui était-il arrivé ?

Après m'être assurée que tout le monde était trop occupé pour faire attention à nous, je me suis approchée de lui.

– Je peux te parler en privé ? lui ai-je demandé à voix basse.

Il m'a dévisagée une seconde avant de se lever et m'a suivie jusque dans le couloir.

– Tu vas bien ? me suis-je inquiétée dès que la porte s'est refermée derrière nous.

– Oui, a-t-il répondu d'un ton sec. Et maintenant, si vous voulez bien m'excuser, j'ai du travail, capitaine.

Waouh !

– Qu'est-ce qui t'arrive ?

– Je ne vois pas de quoi vous voulez parler, capitaine.

Il y avait un tel venin contenu dans ce simple mot.

– Nath, ai-je insisté, dis-moi ce qui ne va pas.

– Tout va très bien, a-t-il affirmé en détachant chaque syllabe. On m'a seulement rappelé que vous êtes une élite et moi un drone, capitaine.

Il commençait à sérieusement m'agacer.

– Ça suffit maintenant, Nathan, je ne sais pas avec qui tu as eu une discussion qui t'a mis d'aussi mauvaise humeur, mais il est temps de te reprendre et, cette fois, c'est vraiment un ordre de ton capitaine.

S'il n'avait pas encore compris que je me fichais éperdument de son statut social, il ne le comprendrait jamais. Le menton dressé, je suis passée devant lui pour rejoindre la porte mais il m'a rattrapée par le bras. Je lui ai fait face.

– Pardon Vee, a-t-il murmuré, je me suis comporté comme un idiot.

– Oh que oui ! ai-je confirmé, furieuse.

– Tu veux bien me pardonner quand même ? a-t-il demandé avec un sourire contrit.

Il m'a fallu un moment pour me calmer et réussir à lui rendre son sourire.

– Oui, tu es pardonné.

Il m'a embrassée et son sourire s'est un peu élargi.

– Dans ce cas, je devrais aller travailler et cesser d'être un crétin, capitaine.

Sur ces mots, il est retourné sur le pont principal pendant que je secouais la tête.

48. NATHAN

Quand je suis retourné dans nos quartiers à la fin de mon quart, j'ai été accueilli par le désordre. La veste, le pantalon et les boots de Vee étaient par terre en compagnie d'un certain nombre de ses T-shirts. Je me suis déshabillé et j'ai accroché mes vêtements dans la penderie. En caleçon, je me suis assis sur le lit et j'ai pris ma tablette sur la table de chevet.

Vee est sortie de la salle de bains, uniquement vêtue d'un T-shirt sans manches orange. J'ai failli faire une attaque. Quand elle m'a vu, son visage s'est éclairé.

– Oh, nihao, Nath, je ne t'ai pas entendu entrer.

– Vee, je t'adore, mais tu es super bordélique.

Surprise, elle a regardé la chambre.

– Oh, désolée, j'avais l'intention de ranger avant que tu rentres.

Elle a commencé à ramasser ses affaires ; j'avais toujours ma tablette sur mes genoux et elle pensait peut-être que j'étais retourné à ma lecture, mais je n'avais plus d'yeux que pour elle. Quand elle s'est penchée, mon corps n'a pas manqué de réagir.

– Vee, j'ai envie de…

– Quoi ?

Elle ne me regardait pas, tout occupée à poser ses boots sur l'étagère. Soudain inexplicablement, des souvenirs de Callisto me sont revenus en mémoire. Parfois, je parvenais à les repousser. Parfois, c'était impossible.

– Vee, j'ai envie de toi.

Elle m'a regardé. J'ai posé ma tablette.

– Oh, a-t-elle murmuré, je vois.

Elle a penché la tête sur le côté en souriant. Elle ressemblait à son frère en cet instant mais je n'avais aucune envie de penser à lui. Elle s'est avancée vers moi et m'a poussé en arrière avant de se mettre sur moi. Mon cœur martelait ma poitrine mais d'une façon désagréable. Quand elle s'est penchée pour m'embrasser, je l'ai prise dans mes bras pour échanger nos positions respectives. J'ai posé ma bouche sur la sienne jusqu'à ce que nous n'arrivions plus à respirer.

– Waouh, qu'est-ce qui t'a excité comme ça ? a-t-elle murmuré.

– Ton T-shirt. Il me fait toujours cet effet.

– Je ne vais plus jamais l'enlever, alors.

– Toi non, mais moi je vais te l'enlever.

Elle a essayé de s'asseoir mais je l'en ai empêché. Elle a posé les mains sur ma poitrine en me repoussant. Je n'ai pas bougé d'un pouce.

– Je ne pourrais pas être dessus pour changer ? a-t-elle ri.

Je me suis pétrifié. En moi, c'était comme des portes qui se fermaient. Le sourire de Vee s'est évanoui.

– Oh, Nath, je suis désolée. Je n'ai pas réfléchi.

Elle me regardait, catastrophée comme si c'était elle la fautive.

– Vee, ce n'est pas toi, je....

Elle a posé son index sur mes lèvres.

– Je comprends. Vraiment. Je t'interdis de t'excuser.

Je me suis assis et j'ai pris ma tête dans mes mains, dans l'espoir de mettre fin au cyclone qui se levait dans mon crâne. Il fallait que je sorte d'ici. Je ne voulais pas que Vee me voie comme ça. Je me suis levé.

– Où est-ce que j'ai foutu mon pantalon ? ai-je grogné.

Toujours sur le lit, Vee m'a enlacé par derrière. Elle m'a embrassé l'épaule, puis la nuque avant d'y appuyer le front.

– Merci Nathan, a-t-elle murmuré.

Je me suis mordu la lèvre. En me retournant vers elle, je lui ai demandé :

– De quoi ?

– D'avoir partagé tes souvenirs avec moi, de m'avoir accordé ta confiance.

– Tu me remercies de t'avoir montré que je suis cassé à l'intérieur ?

L'amertume perçait dans ma voix. Vee a pris mon visage dans ses mains et sa bouche a effleuré la mienne.

– À chaque fois que tu te sentiras cassé, je te prendrai dans mes bras et je te serrerai contre moi.

J'ai enfoui mon visage dans son cou et je suis resté dans cette position jusqu'à ce que mon corps cesse de trembler.

Vee était allongée sur le côté, la tête sur mon épaule, une jambe sur ma jambe et une main caressant doucement ma poitrine ; tout en la serrant contre moi, j'éprouvais la douceur de sa peau. Je ne pouvais m'arrêter de la toucher. C'étaient les moments que je préférais, ceux que nous partagions sans qu'aucun mot soit nécessaire entre nous. Mais j'étais inquiet. Bientôt, nous allions quitter le territoire mazone. Que se passerait-il quand nous aurions atteint notre destination ? Les commentaires de Maria et Harrison à la salle de sport résonnaient dans ma tête.

– Vee, me suis-je décidé, que se passera-t-il quand nous serons sur Mendela Prime ?

Elle a levé la tête.

– Comment ça ?

– Je ne peux pas retourner sur la Terre. Je suis un fugitif. Je ne peux pas prendre le risque d'être capturé par l'Autorité. Je préférerais mourir que de retourner sur Callisto.

Nous nous sommes regardés un long moment.

– Je comprends, a-t-elle fini par soupirer. C'est juste que… le docteur Liana veut retourner sur Terre.

Je n'étais pas étonné. Le docteur Sheen avait détesté Callisto autant que moi. Elle s'était tenue à l'écart de la plupart des autres drones, se contentant de faire son travail. Elle avait sans doute des amis et de la famille qui ne lui avaient pas tourné le dos sur Terre. Il était logique qu'elle veuille les retrouver.

– Nath, je me suis engagée à la ramener, ainsi que tous ceux qui le voudraient.

– Je sais.

– Mais j'ai attendu toute ma vie de te rencontrer, a-t-elle soupiré. Je ne peux pas imaginer un jour sans toi.

– Alors, on va faire comment ?

– Peut-être qu'on pourrait voyager ensemble jusqu'aux limites extérieures du système solaire, a suggéré Vee. Je déposerais ensuite le docteur Liana dans une station avant de te retrouver. Et ensuite, on repartirait sur Mendela Prime.

J'ai secoué la tête.

– Même la limite externe du système solaire serait dangereuse pour moi. Les spatioports regorgent de bandits et de chasseurs de primes prêts à vendre leur propre mère à l'Autorité pour quelques crédits. Et puis, tu penses vraiment que tu serais autorisée à te balader aux abords de la Terre et à repartir comme ça ?

– Non, tu as raison, a reconnu Vee.

Elle a reposé la tête sur mon épaule.

– Alors ? a-t-elle soufflé.

Mais ni elle ni moi n'avions la réponse à cette question.

49. VEE

Assise sur le lit d'Aidan, j'attendais qu'il prenne la parole. Après tout, c'est lui qui m'avait demandé de venir. Pourtant, il me fixait sans un mot comme si j'étais un objet étrange brusquement apparu devant lui.

– C'est quand tu veux, Aidan, ai-je soupiré. J'ai des trucs plus intéressants à faire que de rester à te regarder me regarder.

– Vee, est-ce que tu as confiance en Anjuli ?

– Quoi ? De quoi tu parles ?

Mon frère a haussé les épaules.

– Est-ce que tu penses qu'on peut avoir confiance en elle ?

– Je ne sais pas. J'étais désolée d'avoir à la punir. Elle est intelligente et elle apprend vite. Elle a seulement des difficultés à se rendre compte des éventuelles conséquences de ses actes.

Aidan a grimacé.

– Je ne te parle pas de ses compétences. Je veux savoir si tu penses qu'on peut lui faire confiance.

– Oui, je crois que oui. Je ne la connais pas très bien.

– Tu ne la connais pas aussi bien que tu connais Nathan.

Eh bien, ça ne lui aura pas pris longtemps.

– Si tu m'as fait venir ici pour me reprocher mes choix, je préfère m'en aller.

Je me suis levée.

– Non. Je suis désolé. C'est juste qu'Érica m'a dit des choses…

– Quoi ?

Il s'est mordu l'intérieur de la joue.

– Non, rien, laisse tomber. De toute façon, j'ai promis à Érica de ne rien répéter. C'est juste que tu es ma sœur et que c'est mon boulot de veiller sur toi.

Je voyais qu'il était en proie au doute, et à présent j'étais intriguée.

– Est-ce qu'Érica a dit des choses sur moi ?

– Non, bien sûr que non. Tu crois que je l'aurais laissée te critiquer ?

– De qui a-t-elle dit du mal, alors ?

– Laisse tomber, Vee, a-t-il répété. Je n'aurais rien dû te dire. De toute façon, ton histoire avec Nathan ne me regarde pas. J'ai seulement peur que tu ne sois… blessée.

– Pourquoi serais-je blessée ? Et qu'est-ce que Nathan vient faire là-dedans ? Je croyais que nous parlions d'Érica et d'Anjuli.

Mon frère a baissé les yeux.

– Aidan ! Qu'est-ce que t'a dit Érica ?

– Je suis sûr que c'est terminé, maintenant.

– Quoi ?

– Nathan et Anjuli.

J'étais stupéfaite.

– Qu'est-ce que tu dis ?

– Laisse tomber, a répété mon frère pour la troisième fois.

– Il se passe quelque chose entre Nathan et Anjuli ? Non. Ils sont juste amis.

– Si tu le dis.

J'ai pris une grande inspiration.

– Ce n'est pas digne de toi, Aidan, de considérer une rumeur comme un fait réel.

– Je sais que tu as été trop occupée pour t'en rendre compte mais Érica et moi avons passé pas mal de temps ensemble. Elle m'a aidé à faire la connaissance des autres réfugiés et après ce qu'elle m'a raconté sur Nathan, j'ai du mal à lui faire confiance.

– Je ne vais pas rester là à t'écouter balancer des horreurs sur le garçon que j'aime, ai-je déclaré d'un ton glacial. Et si Nathan est si affreux, pourquoi ne me l'as-tu pas dit plus tôt ?

– Je ne pouvais pas deviner que tu allais te marier avec lui en secret !

La colère d'Aidan m'a prise au dépourvu.

– Je suis ton frère, a-t-il continué, et tu ne m'en as même pas parlé. Après tout ce que nous avons traversé ensemble ces trois dernières années, tu n'as pas envisagé de m'informer de tes projets.

– Je te l'ai déjà dit, nous avons pris notre décision sur le moment, sans vraiment y réfléchir.

Je voyais qu'il était blessé et ce n'était pas ce que j'avais voulu.

– Je suis ton frère.

Nous nous sommes regardés dans les yeux.

– Tu as raison, je suis désolée, ai-je déclaré au bout d'un moment. Si je me remarie, je te promets que je t'inviterai.

Ma petite blague a fait un bide. Je n'avais jamais vu Aidan avec une telle expression sur le visage.

– Je suis désolée, Aidan. Vraiment. Pardonne-moi.

Il a lentement acquiescé sans me regarder dans les yeux.

– Sois prudente, Vee. D'accord ?

– Prudente ?

– Oui, sois prudente.

50. NATHAN

Le lendemain matin, après une douche rapide, j'étais prêt à prendre mon service. J'étais passé par le laboratoire de sciences et je remontais le couloir quand j'ai entendu des pas précipités derrière moi.

– Nathan ! Nathan, attends-moi !

Je me suis retourné. Anjuli. Mon estomac s'est noué. Je savais déjà ce qui allait suivre. J'ai levé une main pour qu'elle m'écoute.

– Anjuli, si tu es venue pour te plaindre de Vee, tu ne t'adresses pas à la bonne personne. Je sais qu'elle t'a virée du poste de commandement et j'en suis désolé pour toi, mais à sa place, ma mère aurait fait la même chose et tu le sais.

– Nathan, je suis consciente d'avoir fait une bêtise, mais il faut que je retourne au poste de commandement. Je n'ai rien à faire dans la salle des machines !

Elle ne comprenait pas. Sa « bêtise », comme elle disait, avait failli nous coûter la vie à tous.

– Qu'est-ce que tu crois que je peux faire ? ai-je rétorqué.

– C'est vrai que Vee et toi vous êtes mariés ?

– Oui, mais…

– Génial !

Ses yeux se sont éclairés.

– Demande-lui de me réintégrer.

J'ai secoué la tête.

– Anjuli ! Tu as bu du Prop ou quoi ? Je ne peux pas dire à Vee ce qu'elle a à faire !

–Tu es son mari, non ?

– Et ?

– Elle t'écoutera. Si tu as réussi à la convaincre de t'épouser alors que vous venez juste de vous rencontrer, tu peux la persuader de me reprendre. Explique-lui que je sais que j'ai merdé et que je ne recommencerai jamais. S'il te plaît.

– Écoute, Anjuli, je vais être clair. En ce qui concerne Vee et moi, je lui ai seulement demandé de suivre son instinct. Ça n'a rien à voir avec le fait d'interférer avec ses décisions professionnelles en remettant son jugement en question.

Anjuli devait être tombée sur la tête si elle pensait que j'étais prêt à mettre en danger ma relation avec Vee pour elle ou qui que ce soit d'autre.

– Donne-moi une seconde chance, Nathan, a-t-elle néanmoins insisté. Essaye au moins. Tu me dois bien ça.

On y était.

Le silence est devenu palpable.

– Je suis désolée de jouer cette carte, a repris Anjuli au bout d'un moment, mais c'est vrai et je suis désespérée.

C'était vrai. Je lui devais beaucoup. Quand j'étais arrivé sur Callisto, j'étais ignorant et fragile. Anjuli m'avait pris sous son aile, elle m'avait expliqué comment survivre dans un tel endroit, désigné les gardes et les superviseurs que je devais éviter comme la peste et ceux qui étaient à peu près humains. Elle m'avait aussi sauvé la vie en me retrouvant dans le tunnel alors que je venais de me couper la jambe. Sans elle, je ne serais pas là. Et nous le savions tous les deux.

– D'accord, ai-je soupiré. Je vais parler à Vee, mais je ne te garantis pas le résultat.

Elle s'est jetée dans mes bras. J'ai dû la soutenir par la taille pour l'empêcher de tomber. Elle m'a embrassé avant de reposer les pieds au sol.

– Je savais que je pouvais compter sur toi.

– Tu as entendu, Anjuli ? Je ne te garantis rien.

– Oui, oui. On sera quittes après ça.

Elle rayonnait.

Elle s'est dirigée vers l'ascenseur presque en sautillant. Elle semblait persuadée que je réussirais à la faire réintégrer sur le pont principal. Mes épaules se sont affaissées. J'aurais vraiment préféré rester en dehors de cette histoire.

J'ai retrouvé Vee devant la porte du poste de commandement.

– Salut, Nath, m'a-t-elle accueilli.

J'aimais l'entendre prononcer mon prénom. J'aimais tout chez elle. Je me suis assuré que nous étions seuls avant de me pencher pour l'embrasser. Mais elle a tourné la tête et ma bouche a atterri sur sa joue.

Qu'est-ce que… ?

– Un problème ? ai-je demandé.

Son visage s'est lentement détendu et elle a souri.

– Non, c'est juste que je ne veux pas que l'équipage nous voie nous embrasser pendant nos heures de travail.

– J'ai d'abord vérifié qu'il n'y avait personne, l'ai-je rassurée. Et puis, tu es quand même ma femme.

– C'est déjà assez difficile d'être prise au sérieux en tant que capitaine à cause de mon âge, a reparti Vee. Je ne veux pas leur donner l'occasion de me remettre encore plus en question.

– Olivia, tu nous as sauvé la vie. Deux fois. Si après ça, quelqu'un décide de ne pas te faire confiance à cause d'un baiser, tu pourras lui dire d'aller se faire…

– D’accord, m’a-t-elle interrompu. Tu te calmes maintenant ?

– Ou mieux, ai-je poursuivi, tu n’as qu’à me les envoyer, ceux qui se plaignent.

Vee a souri et a posé la main sur ma joue.

– Mon héros.

Elle a laissé retomber sa main avant d’ajouter :

– C’est Anjuli que j’ai vue dans le couloir avec toi ?

– Oui, elle me disait combien elle était désolée de t’avoir déçue.

– Elle n’avait pas l’air vraiment désolée.

– Elle l’est pourtant. Elle me demandait ce qu’elle devait faire pour te prouver qu’elle ne referait jamais une telle erreur.

– Qu’est-ce que tu lui as répondu ?

– Que c’est toi le capitaine de ce vaisseau.

– Alors pourquoi était-elle aussi contente ?

Oh, bon sang. Vee avait dû voir Anjuli me sauter dans les bras. J’ai soupiré.

– Ne lui dis pas que je t’en ai parlé mais elle m’a demandé d’intercéder en sa faveur auprès de toi.

– Et ?

– Je lui ai promis d’essayer. C’est pour ça qu’elle était tellement contente.

Silence.

– Je vois, a lâché Vee après un moment. Et tu vas le faire ?

– Quoi ?

– Essayer de me faire changer d’avis.

– Ça me permettrait de tester mon pouvoir de persuasion.

– Tu as déjà prouvé que tu pouvais être très persuasif, a répliqué Vee d’une voix étrange.

– Vee, ça va ? me suis-je inquiété. Tu as l’air… fâchée.

– Ça va. J’ai seulement un peu mal à la tête. Je vais au quartier médical. J’espère que le docteur Liana aura quelque chose pour moi.

–Tu veux que je vienne avec toi ?

– Non merci. Et puis, ton quart vient juste de commencer. À plus tard.

Elle a tourné les talons et s'est éloignée. J'aurais presque pu croire qu'elle avait hâte de mettre de la distance entre nous.

51. VEE

Tu te comportes comme une imbécile, me suis-je sermonnée. *Nathan et Anjuli sont amis, ni plus ni moins.*

Après tout, ils se connaissent depuis longtemps et, sur Callisto, il valait sûrement mieux avoir des amis proches pour survivre. Je devais me reprendre. Je ne pouvais pas réagir comme ça à chaque fois que Nathan parlait à Anjuli. Ou la serrait dans ses bras. Il était avec moi. À la fin de ses quarts, il venait me retrouver, moi. C'était le plus important.

Je suis entrée dans le dispensaire.

– Nihao, doc.

– Bonjour Vee. À moins que tu ne préfères que je t'appelle « Ô capitaine, mon capitaine » et que je m'incline pour te saluer.

– Vous aimez me taquiner, hein ? ai-je grommelé. Et « capitaine, mon capitaine », est-ce que ce n'est pas le titre d'un poème que lit Robin Williams dans ce vieux film du XXe siècle, *Le Cercle des poètes disparus* ?

Le docteur Liana m'a dévisagée. Elle ne comprenait pas la référence. Une nouvelle fois, je venais de parler d'un film que j'étais la seule à avoir vu. J'ai haussé les épaules en rougissant.

– Ce n'est pas grave.

– Oui, effectivement, c'est le poème lu par Robin Williams dans ce film. Il a été écrit par un poète terrien américain. Walt Whitman.

– Il parlait de la mort d'Abraham Lincoln, ai-je ajouté.

Nous avons échangé un sourire complice.

– C'est très agréable de pouvoir enfin partager avec quelqu'un qui ne s'intéresse pas qu'aux moteurs, aux écrous et aux armes, a lancé le docteur Liana.

– Ces sujets m'intéressent aussi, ai-je reconnu, et pour répondre à votre première question, Vee fera l'affaire et on parlera de révérence un autre jour.

J'ai regardé autour de moi. Le docteur Liana avait déplacé les médipods tout autour de la pièce et configuré les panneaux de contrôle au-dessus de chaque lit. C'était beaucoup plus ergonomique.

– Beau travail, l'ai-je félicitée.

J'étais sincèrement impressionnée.

– Merci. J'espère que ces changements ne te posent pas de problèmes ?

Surprise par la question, j'ai secoué la tête.

– Bien sûr que non. Vous êtes en charge du quartier médical.

– Je n'étais pas certaine que tu le verrais de cet œil.

– Pourquoi ?

Le docteur Liana a souri, satisfaite que je ne désire pas empiéter sur son domaine.

– Alors que puis-je pour toi ? m'a-t-elle demandé.

– J'ai très mal à la tête depuis ce matin.

– Assieds-toi sur le lit, que je te scanne.

– Doc, ai-je soupiré, je n'ai pas besoin d'un check-up complet pour un simple mal de tête.

– Laisse-moi en juger. De toute façon, tous les officiers doivent subir un check-up complet au minimum tous les six mois. C'est le règlement.

– Je me fiche du règlement, ai-je marmonné.

Le docteur Liana a souri.

– Je suis bien d'accord. Il n'empêche que j'ai mis en place un planning de rendez-vous afin que tout l'équipage passe ce check-up. Pour certains, ce sera la première fois. Sur Callisto, les seuls médicaments à disposition étaient ceux qui permettaient aux drones de travailler même s'ils étaient mal en point.

Je me suis assise sur le lit en soupirant.

– Plus j'en apprends sur Callisto, plus je réalise à quel point l'Autorité nous laisse dans l'ignorance la plus totale de vos conditions de vie. Je sais que je suis loin de la Terre depuis longtemps mais ignorer à ce point ce qui se passe dans mon propre système solaire me fait honte.

Le docteur Liana a posé la main sur mon épaule.

– J'ai ressenti exactement la même chose quand j'ai été exilée sur Callisto. Je ne savais rien de la vie des drones. Et je n'avais jamais cherché à en savoir plus.

– Pourquoi avez-vous été exilée ? Je pensais que vous étiez seulement un des médecins en charge de la colonie.

Le docteur Liana a baissé les yeux.

– J'étais un des trois médecins chargés des drones mais c'est parce que j'y avais été condamnée. Aucune personne saine d'esprit ne se porterait volontaire pour travailler dans un tel endroit.

Elle n'avait pas répondu à ma question, j'ai pourtant décidé de ne pas insister. Ça ne me regardait pas et si elle n'avait pas envie d'en parler, je devais respecter son choix.

– Est-ce que vous pourriez juste me donner quelque chose contre le mal de tête pour aujourd'hui ? Je reviendrai plus tard pour le check-up.

– Non, non, non. Quelque chose me dit que si je te laisse partir, je ne suis pas près de te revoir.

Elle n'avait pas tort. Je me suis donc résignée. Mon père faisait la même chose. Si je venais le voir pour une simple coupure ou quelle égratignure, il lançait immédiatement toute une batterie de tests. Ça devait être un truc de médecin. J'ai regardé le docteur. La tristesse que j'avais décelée dans ses yeux bleus la dernière fois était toujours là. Peut-être même plus prononcée. Pendant qu'elle passait le scanner sur tout mon corps, je lui ai demandé :

– Où êtes-vous née ?

– Sur la Terre, comme toi, a-t-elle répondu.

– C'est là que vous avez rencontré votre mari ?

– Comment sais-tu que j'ai été mariée ?

J'ai haussé les épaules.

– Quand Nath et moi sommes venus vous demander d'être notre témoin, vous n'avez pas cessé de nous répéter que le mariage n'était pas toujours un lit de roses et que nous allions devoir le prendre au sérieux. Vous aviez l'air de savoir de quoi vous parliez.

– Tu ne t'es pas trompée.

– Alors, où avez-vous rencontré votre mari ?

– Il était chef ingénieur sur le premier vaisseau où j'exerçais. Il m'a suffi d'un regard pour comprendre que j'avais trouvé mon âme sœur.

Elle regardait par-dessus mon épaule, perdue dans un souvenir heureux.

– C'était un homme étonnant, férocement loyal, aimant et le meilleur ingénieur sous les ordres de l'Autorité. Il avait presque tout appris tout seul. (Elle a soupiré et a de nouveau posé les yeux sur moi.) Mais c'était il y a très longtemps.

Elle a lu les résultats du scan sur l'écran.

– Alors ? Quel est le verdict ? Je vais vivre ?

– Nathan ne permettrait pas qu'il en soit autrement. Ce garçon est tellement amoureux de toi.

– Je ressens la même chose pour lui. Parfois, je me demande…

Je me suis interrompue.

– Que te demandes-tu ? a insisté le docteur.

– Je me demande ce que je ferais s'il cessait de m'aimer.

– Ça n'arrivera pas.

J'ai haussé les épaules, feignant une certaine indifférence.

– Merci encore d'avoir accepté d'être notre témoin.

– De rien. Et cesse de me remercier. Pour tout dire, Catherine était un peu fâchée après moi. Elle me l'a fait savoir sans prendre de pincettes.

– Oh, je suis désolée.

– Ce n'est pas grave. Ça fait du bien à Catherine de se rendre compte de temps en temps qu'elle ne peut pas tout contrôler. En particulier son fils.

– Vous ne faites pas partie de ceux qui pensent que je devrais lui laisser le commandement du vaisseau ?

Le docteur m'a adressé un regard horrifié.

– Tu ne sais pas diriger ce vaisseau ?

– Bien sûr que si ! me suis-je exclamée, agacée.

– Et tu en es le capitaine légitime ?

– Oui.

– Alors je ne comprends pas ta question.

Vu comme ça, c'était si simple. Peut-être que je me posais trop de questions. Qu'est-ce que ça pouvait me faire que quelques colons manquent de confiance en moi ? J'allais leur montrer par mes actes que mon âge n'avait rien à voir avec mon expérience et mes compétences. Et s'ils continuaient de ne pas m'accepter ? C'était leur problème. Pas le mien.

Et puis, il y avait Nathan.

J'aurais sans doute préféré qu'il ne révèle pas notre union, comme ça, devant tout le monde, mais après tout, c'était peut-être un mal pour un bien. Ça prouvait à tous ceux qui en doutaient que j'étais de leur côté et que je ne les trahirais pas. Ou peut-être que ça ne faisait aucune différence.

Oui, décidément, je me préoccupais beaucoup trop de ce que les autres pensaient de moi.

– Alors, Olivia, que penses-tu de la vie de femme mariée ?

– Pour l'instant, ça va.

Le docteur Liana a froncé les sourcils.

– Un problème entre vous ?

– Non. Rien d'important en tout cas.

– Hmm. Et votre relation sexuelle ?

– Doc !

– Quoi, je suis ton médecin. Alors ?

– Tout se passe bien de ce côté, ai-je soupiré.

Je n'ai pu réprimer un sourire en me remémorant un ou deux souvenirs.

– Oh, s'est écriée le docteur Liana, tu as des pensées coquines.

Je suis devenue écarlate et le docteur a éclaté de rire.

– Je te taquine, Vee. C'est extraordinaire de voir un jeune couple qui n'a pas peur de la vie. Je vous ai posé beaucoup de questions avant d'accepter d'être votre témoin, mais j'espère que tu en comprends les raisons. Je devais m'assurer que Nathan et toi saviez à quoi vous vous engagiez.

– Notre décision a été rapide, c'est vrai, mais elle n'était pas due à des raisons frivoles, ai-je déclaré. Je... Il... compte beaucoup pour moi.

– Mes patients aussi comptent beaucoup pour moi, a souri le docteur avec malice.

– Ce n'est pas pareil, ai-je grommelé.

– C'est bien ce que je pensais.

Mes joues me brûlaient encore. Pourquoi n'avais-je pas tout simplement dit que j'aimais Nathan. C'était pourtant la pure vérité. J'étais tombée brutalement et follement amoureuse de lui et je n'en revenais toujours pas.

– Nathan et moi… nous… nous nous comprenons, ai-je essayé d'expliquer.

– Je m'en suis rendu compte dès que je vous ai vus ensemble, a acquiescé le docteur Liana. Vous me faites penser au couple que nous formions, mon mari et moi. C'est pour ça que j'ai accepté d'être votre témoin.

– Vous l'avez dit à la commandante Linedecker ?

– Tu rigoles ? a riposté le docteur. Je n'ai pas pu en placer une. Quand elle est dans cet état, il vaut mieux la laisser passer ses nerfs une bonne fois pour toutes.

J'ai ri. J'aimais beaucoup le docteur Liana. Elle était franche et directe. Je me sentais en confiance avec elle.

– Que pensez-vous d'Anjuli ? n'ai-je pas pu m'empêcher de lui demander.

– Anjuli ? Elle a des clavicules intéressantes.

– Ce n'était pas exactement ce que je voulais savoir.

– Est-ce qu'elle…

Je me suis interrompue.

– Non, rien.

Le docteur Liana m'a adressé un regard curieux mais n'a pas insisté.

– Ton scan est terminé. Tu es en pleine forme.

– Je vous l'avais dit. Je peux avoir quelque chose pour mon mal de tête, maintenant ?

Elle a sorti une petite fiole en plastique qu'elle a débouchée sous mon nez.

– Respire.

J'ai obéi et pris une grande inspiration. Une odeur intense de menthe m'a saisi les narines et s'est introduite jusque dans ma gorge. J'ai toussé. Une seconde plus tard, mon mal de tête avait presque complètement disparu.

– Génial ! Merci ! (Je suis descendue du lit.) Pourquoi est-ce que l'antidouleur que j'ai pris ce matin ne m'a fait aucun effet ?

– Ton mal de tête était dû à la tension. Est-ce que tu te sens stressée en ce moment ?

– Pas plus que d'habitude. Et en général ça passe avec un cachet. En tout cas, merci.

– De rien, Vee. Et...

– Oui ?

– Vas-y doucement. Prends soin de toi. Si quelque chose te tracasse, ne le garde pas pour toi.

– Compris, doc.

Je me dirigeais déjà vers la porte.

– Tu peux venir me parler, a-t-elle poursuivi. Je suis là pour toi. Et le secret médical te garantit ma discrétion. C'est déjà ce que j'ai dit à Catherine quand elle m'a reprochée de ne pas l'avoir prévenue pour Nathan.

– D'accord. Je peux vous demander quelque chose ?

– C'est une question ?

Je n'ai pas compris tout de suite ce qu'elle voulait dire. Elle reprenait ma façon de parler. Mon père faisait ça, lui aussi.

– Puis-je vous demander quelque chose ? ai-je corrigé.

Elle a souri.

– C'est la première fois que quelqu'un comprend quand je dis ça. Bravo. Quelle est ta question ?

– Vous m'avez dit que vous vouliez retourner sur Terre, mais est-ce que l'Autorité ne vous renverra pas sur Callisto ?

– Non. J'ai fini mon temps. Tout ce que je veux maintenant, c'est rentrer chez moi.

52. NATHAN

J'avais passé une journée particulièrement pourrie. Mon quart en compagnie de ma mère avait été épuisant. Elle m'avait fait vérifier et analyser presque toutes les données du vaisseau. Je n'avais pas pu poser mes fesses plus de quinze minutes d'affilée. Et pour couronner le tout, Anjuli m'avait coincé au moins cinq fois pour me demander si elle était réintégrée.

J'avais fini par l'envoyer balader.

– Anjuli, lâche-moi un peu. Vee et moi ne travaillons même pas ensemble aujourd'hui.

– Quand est-ce que tu vas lui parler ? avait-elle demandé, la mine renfrognée.

Ça avait été la goutte d'eau.

– Fiche-moi la paix, Anjuli.

Je n'avais pas élevé la voix mais mon ton avait été tranchant. Anjuli s'était pétrifiée avant de reculer.

– Très bien, je m'éloigne de toi, avait-elle lâché en exagérant chacun de ses mouvements. Pas de problème. On se calme.

Bon, je dois reconnaître qu'elle avait réussi à me faire rire. Anjuli sentait toujours quand elle était allée trop loin.

Le pire dans ma journée était que je n'avais vu Vee qu'une seule fois. Elle sortait de nos quartiers alors que je remontais le couloir de retour d'une mission que ma mère m'avait confiée. Au lieu de m'attendre, elle était entrée dans le poste de commandement avant moi et elle était directement allée parler à son frère à voix basse. Je suis allé m'asseoir à ma place en lui adressant un sourire. J'espérais qu'elle viendrait me voir tout de suite après, mais ça n'a pas été le cas. Elle est repartie sans un regard.

C'était quoi le problème ?

À la fin de mon quart, j'étais épuisé. Physiquement et mentalement. J'ai eu une hésitation devant la porte de la chambre que je partageais avec Vee. Mais je ne savais pas si Vee me faisait vraiment la tête et, surtout, pour quelle raison. Sûrement pas parce que j'avais accepté d'aider Anjuli.

J'ai posé ma paume sur le pad et je suis entré. Vee était allongée sur le côté, les yeux fermés. La porte a coulissé derrière moi et l'éclairage s'est intensifié. J'ai agité la main devant le détecteur pour qu'il se tamise de nouveau. Je me suis approché de Vee. Elle dormait, les lèvres légèrement écartées. Ses longs cils frémissaient comme des ailes de papillon. Elle était si belle. Je ne me lasserais jamais de la contempler. Plus je la regardais, plus je l'écoutais, plus je passais de temps avec elle, plus il m'était impossible d'imaginer ma vie sans elle.

Elle a ouvert les yeux et a souri. Elle a repoussé la couverture et m'a tendu les bras. Je me suis déshabillé en cinq secondes et je l'ai rejointe. Nous sommes restés face à face sans bouger.

– Ça va ? lui ai-je demandé.

– Oui, et toi ?

– Oui.

Ce n'était pas tout à fait vrai.

– Vee, est-ce que j'ai fait quelque chose qui t'a ennuyée ?

Elle a pris mon visage dans ses mains.

– Non. C'est juste que je me sentais un peu... fragile, aujourd'hui. Je suis désolée si je t'ai inquiété.

– Fragile ? Tu ne te sens pas bien ?

Elle a soupiré.

– Pour être honnête, mon frère m'a dit quelque chose qui m'a contrariée et j'ai été assez bête pour laisser cette information m'envahir.

– C'était quoi ?

– Ça n'a pas d'importance.

– Dis-moi.

– Fais-moi confiance, Nath. Ce n'était rien du tout.

Sauf que si.

– C'était à propos de nous deux, n'est-ce pas ? Je vais avoir une petite conversation avec lui.

– Non. Non. C'est ma faute. Je n'aurais pas dû l'écouter. Je vais me raisonner. Ne t'inquiète pas. S'il te plaît.

Je ne pouvais m'empêcher de me demander ce qu'Aidan avait bien pu lui balancer.

– D'accord pour cette fois, ai-je fini par accepter, mais s'il recommence, je veux que tu me le dises. Tu me le promets ?

Vee a souri et m'a embrassé. J'en ai complètement oublié qu'elle s'était bien gardée de me faire la moindre promesse.

Le lendemain, je me suis réveillé là où j'avais envie d'être. Dans un lit avec Vee dans mes bras. Le bip bip du réveil sonnait.

– Arrêt sonnerie, ai-je murmuré pour ne pas réveiller ma femme.

J'adorais ces deux mots : ma femme. J'ai embrassé sa nuque, puis sa joue.

– Il est l'heure de se lever. Notre quart commence dans trente minutes.

Vee a ouvert les yeux. Elle souriait.

– Je t'aime.

La phrase m'a échappé mais je ne la regrettais pas. Son sourire s'est élargi.

– Je sais.

Elle ne m'avait toujours pas dit qu'elle m'aimait mais je savais que c'était le cas. Elle me le montrait par chaque regard, chaque geste. Pourtant, j'avais envie de l'entendre prononcer les mots.

Elle a bâillé et s'est assise.

– Au moins, on assure le même service aujourd'hui, a-t-elle dit. Ça te dirait un petit dîner dans le laboratoire des sciences, ce soir ?

– Carrément. Et si on commençait par prendre notre douche ensemble ?

– La cabine est à peine assez large pour une personne.

– Je sais.

Je lui ai adressé un clin d'œil. Elle a ri.

– Notre quart commence dans trente minutes, Roméo.

– Roméo ?

– De *Roméo et Juliette*. La pièce de Shakespeare adaptée en film avec Leonardo di Caprio.

– Qui ?

– Laisse tomber. De toute façon, je pense que ce sera plus rapide si on prend notre douche l'un après l'autre.

– Je ne vois pas ce que tu veux dire, ai-je protesté. Tu as vraiment l'esprit mal placé. Mon unique but était de gagner du temps.

– Oui, c'est ça.

Je me suis levé et j'ai retiré la chaîne autour de mon cou. Vee m'a jeté un regard surpris.

– Je n'ai toujours pas réparé le fermoir, lui ai-je expliqué. Je ne veux pas prendre le risque de le perdre dans la tuyauterie.

– Tu le portes bien au lit.

– C’est différent. S’il se détache, je n’aurai qu’à le récupérer dans les draps. Pas dans l’espace.

– Répare-le alors. À moins que tu n’aies exagéré en prétendant que tu étais doué de tes mains.

–Tu as déjà oublié ? Alors laisse-moi te montrer.

Je l’ai renversée contre l’oreiller et je l’ai prise par la taille. Erreur. J’avais seulement voulu la taquiner et maintenant…

– Alors, je te montre ?

– Non, non. Je te crois !

Je me suis écarté d’elle pour la regarder dans les yeux.

– Il te faut des preuves.

La respiration de Vee s’est accélérée.

– Et notre quart ? a-t-elle murmuré.

Je l’ai embrassée et notre quart a vite été oublié.

Nous reprenions à peine notre souffle que Vee s’est dressée dans le lit.

– On doit y être dans six minutes ! Nathan Linedecker, tu as une très mauvaise influence sur moi !

– Ce n’est pas ce que tu disais, il y a quelques secondes.

– C’était il y a quelques secondes. Je n’ai aucune envie de me mettre ma belle-mère à dos.

– Et tu n’as pas peur de te mettre ton mari à dos ?

– C’est plutôt toi qui me mets sur le dos, a-t-elle reparti en m’envoyant un baiser de la main avant de foncer sous la douche.

–Tu veux de la compagnie ? lui ai-je demandé.

Elle a secoué la tête et a fermé la cabine. Au moins, j’avais essayé. Je suis retourné dans la chambre, un sourire aux lèvres. Il pouvait se passer n’importe quoi, Vee et moi serions toujours là l’un pour l’autre. Je le savais.

– Vee ! On a un problème !

La porte de la chambre a coulissé et Aidan est apparu. Il s'est immobilisé en me voyant.

– Bordel, on ne t'a jamais appris à frapper ?! ai-je grogné en attrapant mon pantalon pour couvrir ma nudité.

– Où est ma sœur ? a-t-il demandé en regardant autour de lui. Et qu'est-ce que tu fais là ?

– Elle est sous la douche et je te rappelle que je partage sa chambre. Alors va attendre dans le couloir et n'entre plus jamais ici sans y avoir été invité.

Dès que j'en aurais l'occasion, je me débrouillerais pour qu'il ne puisse plus entrer ici du tout. Je l'aurais déjà fait si j'avais su qu'il avait un accès autorisé.

Aidan n'a pas bougé. Il me fixait.

– Aidan, qu'est-ce que tu veux ?

– Parler à ma sœur.

– Tu ne peux pas là, tout de suite. Tu as un message pour elle ?

– Non.

Il me toisait comme si j'étais un spécimen indésirable dans un laboratoire de sciences.

– Pourquoi t'es-tu marié avec Vee ? a-t-il brusquement demandé.

– Parce que j'en avais envie.

– Tu obtiens toujours ce que tu veux, hein ?

– Non. Par exemple, là, j'aimerais que tu dégages.

Il n'a pas bronché.

– Est-ce que tu l'aimes ?

– Bien sûr que oui.

Il commençait vraiment à me porter sur les nerfs.

– C'est possible de tomber amoureux en aussi peu de temps ?

– On dirait, oui.

– Peut-être que ça s'arrêtera aussi vite.

– Ne retiens pas ton souffle en attendant. Vee et moi sommes faits l'un pour l'autre.

Aidan m'a toisé de la tête aux pieds une nouvelle fois. J'ai serré les poings.

– Elle finira par se rendre compte qu'elle a commis une erreur. Sans doute avant même qu'on ait atteint Mendela Prime. Vous pourrez débarquer et je récupérerai ma sœur.

– Ne compte pas trop là-dessus.

– Tu ne peux pas retourner sur Terre et Vee ne restera pas sur Mendela Prime. Sa maison et tous ceux qu'elle aime sont sur Terre. D'une manière ou d'une autre, on sera bientôt débarrassés de toi. De vous tous.

C'en était trop.

– Tu t'en vas, ou je te sors par la peau des fesses.

– J'aimerais bien voir ça.

J'ai fait un pas vers lui, prêt à mettre ma menace à exécution. C'est à cet instant que Vee est sortie de la salle de bains, enveloppée dans une serviette.

– Nath, tu crois que… Oh, Aidan, salut. Qu'est-ce que tu fais là ?

– Il est entré sans frapper, ai-je répondu. Et je lui ai demandé de sortir. Plusieurs fois.

Vee a froncé les sourcils.

– Aidan, tu peux t'en aller, s'il te plaît ? Je te retrouve dans une minute.

Aidan m'a adressé un de ses sourires flippants avant d'obéir à sa sœur. La porte à peine fermée, je me suis tourné vers Vee.

– C'était quoi ça ? Il peut entrer ici comme il veut ?

– Calme-toi, Nath. Quand on n'était que tous les deux, on devait avoir accès à nos quartiers respectifs en cas d'urgence. Si j'avais été malade ou si je m'étais assommée, il devait pouvoir entrer pour m'aider.

– Pourquoi tu n'as pas modifié le protocole d'accès quand j'ai emménagé ici ?

Vee a haussé les épaules.

– J'ai oublié, c'est tout. Ce n'est pas grave.

– Si.

– Pourquoi ?

– Parce que je n'aime pas l'idée que ton frère puisse entrer ici quand ça lui chante.

– Alors, tu n'as qu'à t'en occuper toi-même ! a lancé Vee en désignant le panneau de contrôle sur le mur.

Je n'allais pas me gêner. Pendant que je changeais le code d'accès, Vee s'est habillée. Je l'ai regardée se tresser les cheveux et vérifier son apparence dans le miroir. Elle a surpris mon regard dans le reflet.

– Qu'est-ce qu'il y a ? Pourquoi tu es en colère ?

– Pourquoi ne l'es-tu pas ? ai-je rétorqué. Il aurait très bien pu entrer pendant que tu étais nue.

–Tu as changé le code, maintenant. Ça ne risquera plus d'arriver. Et je me charge de lui rappeler moi-même que nous avons besoin d'intimité. D'accord ?

– Pourquoi est-ce que ton frère ne m'aime pas ?

– Ce n'est pas ça. Je pense qu'il a encore besoin de temps pour s'habituer à l'idée que nous sommes ensemble. Aidan et moi sommes restés seuls pendant trois ans.

Mais elle avait baissé les yeux. Elle me cachait quelque chose.

– Tu ne me dis pas tout.

– Je ne sais pas de quoi tu parles. J'y vais sinon je vais être en retard. À tout à l'heure.

Elle s'est dirigée vers la porte, un sourire forcé aux lèvres.

– Vee, attends !

Elle s'est arrêtée et une seconde s'est écoulée avant qu'elle se retourne vers moi.

– Oui ?

– Je t'aime.

– Je sais, a-t-elle souri.

Je l'ai prise contre moi et j'ai attendu qu'elle se confie. Mais elle n'a rien dit. Déçu, j'ai laissé retomber mes bras. Elle s'est haussée sur la pointe des pieds pour m'embrasser sur la bouche comme si je lui sauvais la vie. J'ai immédiatement eu de nouveau envie d'elle. Mais nous n'avions plus le temps. Si j'arrivais en retard sur le pont principal, ma mère me ferait vivre un enfer.

À propos du pont principal…

– Vee, est-ce que tu as réfléchi au sort d'Anjuli ? Elle est vraiment désolée. Tu ne crois pas qu'elle a été assez punie ?

Vee s'est pétrifiée.

– Pardon ? Je t'embrasse et toi, tu penses à Anjuli ?

Son regard était plus sombre qu'un trou noir.

– Bien sûr que non ! me suis-je empressé de préciser. C'est juste que je lui avais promis de te poser la question.

– Et ça t'est revenu en m'embrassant ?

– Mais non.

– Oui, c'est ça.

Vee est sortie de la chambre d'un pas leste, me laissant seul avec ma bêtise et mon envie de me frapper.

53. VEE

La porte s'était à peine refermée derrière moi que j'étais déjà calmée. Je me rendais compte que ma réaction était exagérée. Nathan et Anjuli étaient seulement bons amis. Elle avait de la chance qu'il se batte pour elle. Quand nous aurions traversé le trou de ver et définitivement quitté le territoire mazone, je ne voyais pas de raison de l'empêcher de revenir au poste de commandement. Son talent était gâché dans la salle des machines.

J'ai failli tourner les talons et retourner dans la chambre pour annoncer cette décision à Nathan, mais j'ai hésité. Et s'il se mettait à poser plus de questions concernant mon frère ? Tout à l'heure, j'aurais dû le regarder dans les yeux et lui dire la vérité sur Aidan et moi. Il faudrait bien que je le fasse à un moment ou à un autre. Mais pas maintenant. Je n'en avais pas le courage.

Aidan avait terminé son service et il me restait quelques minutes avant que le mien commence. Il fallait que j'aie une petite discussion avec lui. J'ai traversé le couloir et j'ai posé ma paume sur le pad à côté de sa porte.

Il n'était pas seul. Érica était assise sur son lit.

– Je vous dérange ?

– Non, a répondu Aidan. Érica est venue me proposer de prendre le petit déjeuner avec elle mais j'ai besoin de sommeil.

– Je voudrais te parler, deux secondes. En privé.

Érica s'est levée.

– Message reçu. On se voit pour le déjeuner, alors ? a-t-elle lancé à mon frère.

Aidan s'est levé aussi.

– Avec plaisir.

Il s'est approché d'elle en souriant et lui a caressé la joue avant de l'embrasser rapidement sur les lèvres.

– À tout à l'heure.

J'ai attendu qu'Érica soit sortie avant d'attaquer.

– À quoi tu joues ?

– C'est ce que tu es venue me demander ?

– Non. Je suis venue te dire que tu ne peux pas entrer dans ma chambre sans y être invité, à moins que j'y sois seule et en train de me vider de mon sang.

Son visage est resté imperturbable.

– C'est noté.

– Et maintenant, il se passe quoi entre Érica et toi ?

– Ça te regarde ? Je ne te demande pas ce que Nathan et toi faites quand vous êtes ensemble.

– Ça n'a rien à voir.

– Ah oui ? Et pourquoi ?

– Tu sais très bien pourquoi.

– Non, je ne sais pas. Sinon, je ne poserais pas la question.

D'accord. Il voulait jouer les idiots.

– Aidan, ne fais pas de mal à Érica. Elle ne mérite pas ça.

– Si tu le dis, petite sœur.

Il faisait exprès de m'agacer. Si je ne voulais pas qu'on se dispute vraiment, il valait mieux changer de sujet.

– Pourquoi es-tu venu dans ma chambre tout à l'heure ?

Aidan est resté silencieux un moment.

– Ça n'a pas d'importance. Je voulais ton conseil à propos de quelque chose mais je me suis débrouillé tout seul.

– À quel sujet ?

– C'est bon, je te dis que je me suis débrouillé.

Je n'avais pas le temps pour ce petit jeu.

– Comme tu voudras. Si tu changes d'avis, tu sais où me trouver.

Et je suis sortie.

Avant, Aidan se serait immédiatement confié à moi. Comment nos relations avaient-elles pu autant changer en l'espace de quelques semaines ? Je ne savais pas ce qui se passait dans sa tête, et ça me tracassait.

54. NATHAN

Je suis arrivé avec trois minutes de retard. Trois minutes. Ma mère m'est tombée dessus dès que j'ai posé le pied sur le pont principal.

– C'est gentil de nous faire la grâce de ta présence, Nathan.

Me gardant de répliquer, je suis allé directement à mon poste, au panneau de navigation.

– Non, Nathan, a repris ma mère. Tes services ne seront plus requis au poste de commandement tant que tu n'auras pas appris à arriver à l'heure. Va te présenter à Darren à la salle des machines. Il t'assignera une tâche.

Je me suis levé et je lui ai jeté un regard noir.

– Oui, commandante.

Furieux, je suis sorti. Si elle voulait me punir pour trois minutes de retard, je n'avais pas le choix. Elle était commandante avant d'être ma mère.

Dans la salle des machines, la chaleur était étouffante et le bruit, assourdissant. J'allais devoir supporter ça pendant huit heures. Merci maman ! Anjuli a été la première à me voir entrer. Elle s'extirpait d'un conduit de plasma et elle était très sale. Elle m'a adressé un signe mais je l'ai ignorée. Je devais me présenter à Darren. Il était près des panneaux de flux, concentré. Darren ne m'avait jamais beaucoup aimé et ça ne s'était pas arrangé dernièrement. Je me demandais quelle corvée il allait m'assigner.

– Nathan Linedecker, à votre service.

– Ah oui ?

Un sourire de satisfaction s'est épanoui sur son visage. Ma journée allait être un enfer.

– Très bien. Va rejoindre Corbyn au conduit S-3. Il faut remplacer des câbles. Les arcs plasma ont été débranchés. Tu as deux heures.

– À vos ordres.

Évidemment, il me confiait le boulot le plus salissant et le plus éprouvant physiquement. Et encore heureux que les arcs plasma avaient été débranchés ! La puissance énergétique qu'ils dégageaient m'aurait grillé en moins de temps qu'il n'en faut pour le dire. Pour couronner le tout, je ne serais même pas à bâbord avec Anjuli mais à tribord avec Corbyn, qui me tapait sur les nerfs. Il avait intérêt à garder ses commentaires sur Vee pour lui.

Darren a entré ma mission du jour dans l'ordinateur, je n'avais plus qu'à y aller.

– Harrison, espèce de crétin ! Ne pose pas ça là ! a rugi Darren en se dirigeant vers Harrison, qui ne savait plus où se mettre.

J'ai discrètement fait un signe à Anjuli. Elle m'a répondu par un sourire de sympathie avant de retourner dans le tunnel.

– Dépêche, Anjuli.

C'était la voix de Ian à l'intérieur du conduit. Ce type n'avait jamais l'air heureux. Peut-être que si j'étais né sur Callisto comme lui, j'aurais du mal à trouver la force de sourire, moi aussi. Sa femme et ses enfants étaient morts là-bas.

J'ai passé la tête dans le conduit S-3. Corbyn était dix ou douze mètres plus haut, et pour le rejoindre, j'allais devoir ramper dans un tuyau de cinquante centimètres de circonférence.

Génial.

– Tiens, tiens, regardez qui voilà ! Est-ce que ta femme essaie de te faire passer un message ? Elle en a déjà marre de toi ?

Connard.

Sans prendre la peine de lui répondre, je me suis mis à quatre pattes pour me faufiler dans ce qui ressemblait à plusieurs siècles de graisse et de crasse. Juste à cet instant, l'alarme de refroidissement du moteur s'est déclenchée.

– Bordel de merde ! a crié Darren. Nathan, ramène ton cul par ici !

– Avec plaisir.

– Rééquilibre-moi les ratios de liquide de refroidissement ! Cette fichue alarme nous casse les oreilles depuis ce matin.

– Oui, chef.

Ça m'allait très bien. Darren s'est dirigé vers le conduit pendant que je me plaçais face au panneau de contrôle. J'ai affiché les données du système de refroidissement et j'ai entamé le rééquilibrage. J'y étais depuis moins de cinq minutes quand une autre alarme s'est mise à hurler. Les plaques obturatrices des conduits se fermaient ! Anjuli, Ian et Corbyn étaient toujours dedans ! Normalement, la sécurité détectait une éventuelle présence humaine en cas de maintenance et empêchait le mécanisme de se mettre en marche. Une fois fermés, les conduits se rempliraient d'énergie plasma.

J'ai couru jusqu'au conduit le plus proche et j'ai passé la tête à l'intérieur. Anjuli rampait vers moi, mais dans sa panique, elle se redressait pour aller plus vite et ne cessait de se cogner.

– Annule le redémarrage des arcs plasma ! a hurlé Darren.

– L'ordi m'empêche tout accès ! s'est affolée Maria.

– Nom de Dieu ! a grondé Darren.

Il a poussé Maria d'un coup d'épaule et a appuyé sur les touches du panneau de contrôle. J'ai plaqué mon dos et mes épaules sous le panneau qui continuait de descendre et j'ai poussé vers le haut de toutes mes forces. J'ai senti ma veste se déchirer, puis mon T-shirt et ma peau.

– Dégage de là, Nathan ! a aboyé Darren. Si ces portes sont ouvertes au moment du redémarrage des arcs, l'énergie plasma envahira la salle des machines et on mourra tous.

J'ai obéi à contrecœur.

– Anjuli, active ! ai-je crié en tendant la main vers elle.

Dès que nos doigts se sont touchés, je l'ai tirée vers moi avec l'aide de Harrison. Darren était toujours en train de tripoter les touches du tableau de contrôle. À quelques mètres, Maria pressait Corbyn de sortir. Je me suis en partie glissé dans le conduit dont venait de s'extirper Anjuli pour aider Ian. Mais même si la plaque descendait doucement, c'était encore trop vite. Ian se trouvait à trois mètres de moi.

– Ian, dépêche-toi !

Il a continué d'avancer pendant un moment, puis il a secoué la tête et s'est assis, le dos appuyé contre la paroi du tunnel.

– Ian ! Qu'est-ce que tu fous ?

Il m'a souri.

– Je vais retrouver ma femme et mes enfants.

– Ian !

J'ai essayé de ramper vers lui mais Harrison m'a tiré par les pieds juste avant que le panneau ne descende complètement. Dans un grand bruit, les arcs plasma se sont rallumés. Je me suis laissé tomber par terre. Même à travers les parois extérieures isolées, je sentais la chaleur dans mon dos.

C'était la deuxième fois depuis que j'étais à bord de ce vaisseau que des gens mouraient sous mes yeux. Et c'était la deuxième fois que je n'arrivais pas à l'empêcher. Maria frappait ses deux poings contre la plaque. Je me suis levé lentement.

– Corbyn ? ai-je demandé à Harrison.

– Il ne s'en est pas sorti.

55. VEE

L'atmosphère à bord était venimeuse. Je ne connaissais pas très bien Ian et Corbyn mais j'avais malgré tout l'impression d'avoir perdu des membres de ma famille. Les colons qui s'étaient mis à me saluer et à me sourire dans les couloirs m'évitaient à présent.

L'accident de la soute aurait pu être dû à de la malchance. Cette fois, le doute n'était plus possible. Il s'agissait d'un acte de malveillance préméditée.

Les membres de l'équipage commençaient à se dire que j'étais forcément responsable de la mort de leurs amis. Après tout, ils avaient tous vécu ensemble sur Callisto et Barros 5. J'étais la seule inconnue de l'équation.

À la fin de mon quart, j'espérais retrouver Nathan dans ma chambre mais il n'y était pas. J'ai pris une douche, changé de vêtements et avalé un sandwich en l'attendant. Et puis, j'ai commencé à faire les cent pas et à m'inquiéter.

– Aidan, où se trouve Nathan Linedecker ? ai-je fini par demander à l'ordinateur.

– Nathan Linedecker se trouve dans ses quartiers S-08.

Je me suis laissée tomber sur le lit. Est-ce que Nathan, comme les autres, me pensait responsable de ce qui venait de se passer ?

Non. S'il avait eu ce genre de doute, il serait venu en discuter avec moi. Mais peut-être n'avait-il pas de doute. Devais-je aller le retrouver ? Essayer de parler avec lui et de le raisonner ? Ou était-ce mieux de le laisser tranquille pour le moment ? Bon sang ! Ça me rendait folle de ne pas savoir quoi faire.

Au cours de l'heure suivante, mon angoisse n'a fait qu'augmenter. Quand la porte de ma chambre s'est ouverte, j'ai bondi sur mes pieds. Nathan est entré. Il avait l'air épuisé. Il s'est arrêté sur le seuil et nous nous sommes regardés, immobiles.

– Tu es venu chercher tes affaires ? lui ai-je finalement demandé.

Je n'avais pas voulu l'agresser, ça avait été plus fort que moi.

Il a eu l'air choqué pendant une seconde puis son visage a pris une expression indéchiffrable.

– Tu me mets dehors ?

Je me suis nerveusement mordu la lèvre.

– Non, bien sûr que non, mais... tu as fini ton service il y a des heures et tu étais dans tes anciens quartiers, alors j'ai pensé que... Tu ne veux pas déménager ?

Nathan a lentement secoué la tête. Son visage était un masque. Pour la première fois, il m'était impossible de deviner ce qu'il pensait.

– Nath, dis-moi franchement, tu penses que je suis responsable de la mort de tes amis ?

Il s'est approché de moi et m'a prise dans ses bras. Il m'a serrée. Trop fort, mais je m'en fichais. Des larmes de soulagement m'ont échappé. J'ai essayé de les retenir en vain. Je ne voulais pas que Nathan me croie faible.

– Nath, j'ai besoin que tu me le dises.

– Vee, je sais que tu n'as rien à voir avec leur mort.

Il s'est écarté de moi pour que je puisse voir son visage. Il avait ôté son masque.

– Je viens de passer les dernières heures à le répéter à tous ceux qui voulaient bien m'écouter.

– Mais tu étais dans tes quartiers…

– Seulement depuis une heure. Anjuli et moi avons inspecté toute la salle des machines et vérifié toutes les connexions pour essayer de comprendre ce qui s'était passé.

– Anjuli et toi, ai-je répété. Tu aurais pu me demander, Nath, je t'aurais aidé.

– Je ne voulais pas prendre le risque que quelqu'un t'accuse d'essayer de cacher des preuves. C'était mieux qu'Anjuli et moi nous chargions de l'enquête.

Et après ça, il était allé dans sa chambre avec Anjuli… Non, je ne devais pas penser à ça. Comme le disait le roi Lear, « c'est de ce côté qu'est la folie ». Tant que je n'aurais pas la preuve formelle que Nathan me mentait, je devais lui faire confiance.

– Vous avez trouvé quelque chose ?

– Non. Rien du tout.

Il s'est passé la main dans les cheveux. Il irradiait la frustration.

– Mais ce n'était pas un accident, n'est-ce pas ?

– Quand Darren a essayé d'annuler le redémarrage des arcs, l'ordi lui a refusé l'accès. Après, tout s'est remis à marcher normalement. Ce qui signifie que quelqu'un avait pris le contrôle de l'ordinateur de bord. Sans doute grâce aux nanorobots.

– Pourquoi ?

La mort de mes parents et de l'équipage originel avait été due à un virus que personne ne connaissait. Ça avait été un cruel coup du sort. Cette fois, c'était différent. Il y avait un meurtrier parmi nous.

– C'est la seule explication, a conclu Nathan. Et je pense que j'étais visé.

56. NATHAN

Vee a ouvert la bouche, horrifiée. Je l'avais été aussi quand j'avais réalisé que j'avais failli mourir.

– Ce n'est pas possible, a-t-elle murmuré. C'est une blague.

– Ce n'est pas le genre de sujet sur lequel je blague.

Vee s'est laissée tomber sur son lit. Je me suis assis à côté d'elle et je lui ai pris les mains. Elle a levé les yeux vers moi. Sur son visage se lisaient la peur et la colère.

– Dis-moi ce qui te fait penser que tu es une cible ? m'a-t-elle demandé.

– Darren venait de m'ordonner de rejoindre Corbyn dans le conduit. Il a entré mon nom dans l'ordi mais juste à ce moment-là, une alarme s'est déclenchée et il m'a demandé d'aller régler le problème. Il n'a pas eu le temps de changer mon ordre de mission.

– L'ordinateur pensait donc que tu étais dans le conduit, a lentement énoncé Vee.

J'ai acquiescé.

– C'était peut-être une coïncidence. Qui dans toute la galaxie voudrait te faire du mal ?

Aidan. Mais j'ai gardé cette pensée pour moi.

– Qui sur ce vaisseau possède la connaissance technique pour faire un truc pareil ? a continué Vee.

Aidan.

Il était néanmoins hors de question que je partage mes soupçons avec Vee alors que je n'avais pas le début d'une preuve.

– Anjuli et moi nous sommes posé la même question, ai-je soupiré. La liste est courte. Elle ne comporte que huit noms : Hedda et Sam, ma mère, moi, Anjuli, Darren, le docteur Liana et Mike.

– Ce n'est forcément pas toi et je pense qu'on peut aussi éliminer ta mère et le docteur Liana de la liste des suspects.

– Anjuli également. Je serais étonné que ce soit Mike.

– Si on continue comme ça, il ne nous restera personne.

J'ai secoué la tête.

– Je sais. Mais je ne peux pas croire qu'un des membres de l'équipage soit capable d'une chose pareille.

– Darren ? a suggéré Vee.

– Ce n'est pas son style. Et puis, c'est lui qui m'a réassigné.

Vee m'a enlacé la taille et a posé la tête sur mon épaule. On est restés comme ça un moment. Quelqu'un avait essayé de me tuer. Mais qui pouvait m'en vouloir au point de désirer ma mort ?

– Dis-moi tout ce que tu sais sur ces six personnes, m'a demandé Vee. Et dis-moi aussi tout ce que tu sais sur ceux qui sont morts.

Je comprenais sa démarche mais je doutais que ça donne quoi que ce soit. Malgré tout, Vee verrait peut-être un détail qui nous avait échappé à Anjuli et moi.

Je ne pouvais qu'espérer.

57. VEE

Les lumières étaient tamisées au maximum. Pourtant, incapable de dormir, je fixais le plafond. Nathan n'avait manifestement pas de problème d'insomnie. Il était allongé sur le côté, le bras passé autour de ma taille, aussi immobile que s'il était mort.

Non. Très mauvaise métaphore.

J'avais vu assez de morts pour mes cinq prochaines vies. Je commençais à saturer. Et voilà que maintenant quelqu'un s'en prenait à Nathan. Je l'ai regardé. Il était si paisible ; on aurait presque dit un petit garçon. Qui voudrait lui faire du mal ? Notre union était-elle en cause ? C'était ironique que les réfugiés que j'avais sauvés de Barros 5 me considèrent comme une élite appartenant à l'Autorité parce que finalement, dans ce groupe, j'étais une espèce d'outsider. J'avais espéré que tous ceux qui ne me faisaient pas confiance finiraient par comprendre avec le temps que j'étais de leur côté. Ces prétendus accidents allaient rendre la tâche plus ardue. Et si Nathan continuait de me soutenir, allait-il perdre ses amis ? Ou la vie ?

Je lui enviais son sommeil. Je n'arrivais pas à arrêter mon cerveau de tourner en boucle. Ça faisait mal de savoir que certains compagnons de Nathan pouvaient penser que j'y étais pour quelque chose. Comme si j'étais capable de lui faire le moindre mal.

Je devais admettre que j'avais mal encaissé en apprenant qu'il avait passé du temps avec Anjuli pour enquêter. Il me semblait que nous aurions dû le faire ensemble. Même si ses arguments étaient logiques, je ne pouvais m'empêcher de ruminer.

Mais il fallait vraiment que j'accepte l'amitié entre Nathan et Anjuli. C'était moi qu'il avait épousée, pas elle, et, quand le doute commençait à me tenailler, je devais m'accrocher à ce fait. C'était à moi de résoudre ce problème, pas à Nathan. J'aurais préféré qu'Aidan ne me répète pas sa conversation avec Érica. C'était comme un poison dans mes veines.

Le temps s'écoulait et je ne parvenais toujours pas à fermer l'œil. Nathan avait bougé et me tournait maintenant le dos. J'ai décidé de laisser tomber et de prendre mon service avec une heure d'avance. Ce serait toujours mieux que de regarder dans le vide.

J'étais en train de m'habiller quand Nathan s'est réveillé.

– Tu fais quoi ? a-t-il marmonné.

– Je vais sur le pont principal.

Il a jeté un œil à l'horloge.

– On ne commence pas avant une heure.

– Je n'arrive pas à dormir.

J'étais tendue. Je n'avais pas envie de discuter.

– Attends-moi. Je me douche et je t'accompagne.

Il a rabattu les couvertures.

– Retrouve-moi là-bas, plutôt, ai-je lâché. J'ai un ou deux trucs à vérifier.

J'étais déjà à la porte.

– Vee…

À cet instant, quelqu'un a sonné à la porte

– Qui ça peut être à cette heure-là ? a grommelé Nathan.

J'ai attendu qu'il enfile un peignoir avant d'ouvrir.

– Nihao, Érica.

– Bonjour Vee, m'a-t-elle saluée, un peu raide. J'aimerais parler à Nathan. En privé.

Nous n'avions pas noué de liens d'amitié depuis notre altercation mais cette fois son ton était glacial.

– Qu'est-ce que tu veux, Érica ? a demandé Nathan.

Il n'était pas beaucoup plus avenant qu'elle.

Érica est passée devant moi. Je me suis tournée vers Nathan.

– Je te retrouve sur le pont.

J'ai traversé le couloir et j'ai posé la main sur le pad de la porte de mon frère. Elle ne s'est pas ouverte. J'ai appuyé sur la sonnette. Je n'avais pas de raison de lui en vouloir. Après tout, j'avais été la première à lui demander de ne pas faire irruption chez moi sans prévenir. Il avait manifestement décidé que ça marchait dans les deux sens. Sa porte a coulissé. Il était derrière et se tenait de façon à bloquer l'entrée.

– Je peux te parler ? ai-je demandé.

Il s'est écarté sans enthousiasme et je suis allée m'asseoir sur son lit. Il est resté debout devant moi.

– Aidan, nous n'avons pas eu de vraie discussion depuis un moment.

– C'est vrai.

Et c'était entièrement ma faute.

– Comment vas-tu ?

– Ça va.

Il ne me rendait pas la tâche facile.

– Qu'est-ce que tu veux ? a-t-il repris.

– Je voulais te parler de l'accident d'hier.

– Ce n’était pas un accident.

– C’est comme ça que la commandante et moi le désignons officiellement.

– Au cas où tu ne le saurais pas, Vee, tout le monde à bord de ce vaisseau sait que ce qui s’est passé hier n’était pas plus un accident que ce qui est arrivé à Mei, Jaxon et Saul.

– Ah oui ?

– Réveille-toi, Vee.

Mon frère est enfin venu s’asseoir près de moi.

– La commandante et moi n’avons pas confirmé la rumeur, ai-je tenté, et…

– Vous ne l’avez pas démentie non plus, m’a interrompue Aidan.

Je me suis mordu la lèvre. J’aurais aimé que les membres de l’équipage ne se doutent de rien tant que nous n’aurions pas de réponse à leur apporter.

– Aidan, est-ce que tu as la moindre idée de ce qui a pu se passer ?

Il a secoué la tête.

– Les nanorobots ont été programmés pour activer les arcs plasma. L’ordre a été donné de tous les tableaux de contrôle du vaisseau en même temps.

– C’est impossible.

– C’est pourtant les données que j’ai récupérées.

– Peut-être qu’il y a eu une seconde entre la commande d’un des tableaux et les autres. Ça nous permettrait de savoir d’où l’ordre est parti et…

– J’y ai déjà pensé. Et ce n’est pas le cas. L’ordre a été donné de façon simultanée. À un millième de seconde près.

J’ai secoué la tête.

– Nous avons donc deux morts de plus et nous sommes incapables de savoir qui est le meurtrier.

– Eh oui, a confirmé mon frère.
Il m'a dévisagée un moment avant d'ajouter :
– Alors, toujours contente de les avoir sauvés ?

58. NATHAN

Je suis arrivé une demi-heure avant le début de mon quart mais ma mère m'a quand même renvoyé en salle des machines. Nous nous étions à peine adressé la parole depuis deux jours.

Heureusement, Darren ne m'a pas réaffecté aux câblages. Il m'a ordonné de terminer le rééquilibrage du liquide de refroidissement et de travailler avec Anjuli sur une amélioration de 3 % de la capacité du moteur. Je savais que les modifications de Vee sur le moteur le faisaient tourner à son rendement optimal. Il n'y avait aucune chance qu'on trouve 3 % de mieux. Mais je ne voulais pas discuter avec Darren. C'était du temps perdu.

Il m'a fallu une heure pour le rééquilibrage et Anjuli et moi nous étions mis au travail. Du moins c'est ce que je croyais quand je me suis rendu compte qu'Anjuli était occupée à une tâche très différente de la mienne.

– Nathan, m'a-t-elle soufflé, ça fait cinq fois que je vérifie mes calculs. Est-ce que tu te souviens de ce que Vee nous a raconté sur la façon dont elle s'y est prise pour saboter les moteurs du vaisseau mazone ?

– Oui.

Où voulait-elle en venir ?

– Même en portant une combi de protection, Vee n'aurait pas pu tenir plus de cinq ou six secondes au cœur des moteurs mazones et seulement si Aidan consacrait la plus grosse partie de l'énergie du vaisseau pour créer un nanochamp assez puissant. Bon, disons sept secondes, mais sûrement pas plus. En tout cas, pas dix ou plus, comme elle nous l'a affirmé. Donc, soit elle nous ment, soit…

– Soit ?

– Soit elle ne nous dit pas la vérité.

Très drôle. Je n'ai pas commenté.

– Écoute, Nathan, a soupiré Anjuli, je ne suis pas en train d'essayer de foutre la merde entre vous, mais crois-moi, elle nous cache forcément quelque chose.

– Du genre ?

– Si je le savais. J'aime bien Vee, vraiment, mais il y a quelque chose de pourri au royaume du Danemark.

J'avais envie de contredire Anjuli sauf que… j'étais déjà arrivé à la même conclusion qu'elle.

– Autre chose, a continué mon amie, est-ce que tu as remarqué qu'Aidan a beaucoup changé depuis que nous sommes arrivés ?

– Changé ?

– Sa voix est plus grave.

– N'importe quoi.

– Je t'assure, a insisté Anjuli. J'en suis certaine.

Elle était complètement folle.

– Ne me regarde pas comme ça ! a-t-elle protesté. Je suis sûre de moi.

– Du calme. Je vais mener mon enquête mais, en attendant, ne t'amuse pas à répandre des rumeurs.

– Bien sûr que non. Sois prudent, Nathan. Surtout sois prudent.

59. VEE

Nous traversions le territoire mazone depuis un moment maintenant et la tension à bord du vaisseau était de plus en plus palpable. Deux jours avaient passé depuis l'accident de la salle des machines et, au mess, les conversations se faisaient à voix basse. Dans un peu plus de soixante-douze heures, nous sortirions de la zone dangereuse, mais ça ne changerait sans doute rien. Le soupçon s'était invité à bord. Et il ne s'était pas gêné pour s'installer dans les quartiers que je partageais avec Nathan. Nos échanges étaient artificiels et forcés. Plus d'une fois, je l'avais surpris à me contempler d'un air sombre.

– Nath, qu'est-ce qu'il y a ? lui avais-je demandé à plusieurs reprises.

– J'attends que tu me parles, répondait-il à chaque fois.

Je ne comprenais pas ce qu'il voulait dire et c'est ce que je lui répondais, mais la conversation s'arrêtait là. Il n'avait pas fallu longtemps pour que notre mariage se heurte au premier écueil. Je me torturais l'esprit pour découvrir le moyen de nous ramener là où nous en étions. En vain. Je ne comprenais pas ce que Nathan attendait de moi et il ne voulait pas – ou ne pouvait pas – me le dire.

Manger au mess était une épreuve. Quand je m'asseyais à une table, les autres se déplaçaient et me laissaient seule. Les conversations s'arrêtaient à mon approche et reprenaient quand je m'éloignais. J'ai fini par décider de manger dans ma chambre quand Nathan et moi ne partagions pas le même quart. Je découvrais que, même entouré de gens, on peut souffrir d'une terrible solitude. Quand je déambulais dans le vaisseau, mon vaisseau, je me sentais comme une intruse.

La veille au soir, j'avais mangé dans les quartiers d'Aidan. Nous discutions de tout et de rien quand il avait soudain lancé :

– Vee, je ne veux pas que tu t'inquiètes, mais… tu dois rester sur tes gardes. Plus que jamais.

– Pourquoi ?

– Trop de gens te soupçonnent d'être responsable de l'accident. Tu es le sujet de la plupart des conversations.

– Comment se fait-il que tu n'aies pas encore trouvé ce qui s'était passé, l'ai-je attaqué.

– Et toi ? a-t-il rétorqué.

– J'ai essayé, tu peux me croire. Dis-moi ce que les gens murmurent dans mon dos.

– Tu devrais peut-être poser cette question à ton mari.

– On n'a pas discuté depuis deux jours, ai-je soupiré. Nous n'avons même plus les mêmes quarts.

– C'est lui qui en a fait la demande.

– Quoi ?

– Il a demandé à ne plus avoir les mêmes quarts que toi, a répété Aidan. Je pensais que tu le savais.

Mon cœur s'est arrêté de battre.

– Non, je l'ignorais.

Donc Nathan commençait à croire les rumeurs ? Pour quelle autre raison aurait-il demandé à ce que nous soyons séparés dans la journée ?

– Vee, a repris mon frère, tu devrais parler à Anjuli.

J'ai haussé un sourcil.

– Pourquoi ?

– Parle-lui, en dehors de la présence de Nathan. Ou alors, laisse-moi le faire. Tu n'auras qu'à te cacher et écouter ce qu'elle me répond.

– À quel sujet ?

– Fais-moi confiance, petite sœur. D'accord ?

– Non, pas tant que tu ne m'auras pas tout dit.

– Il faut que tu saches ce que tout le monde sait sur ce vaisseau et le mieux est que tu l'apprennes de la bouche d'Anjuli, a déclaré Aidan. Crois-moi. Tu sais que j'ai toujours été de ton côté.

– Tu veux parler à Anjuli et que je vous espionne ? Ça paraît dingue.

– Je sais.

Mes entrailles me hurlaient que c'était une très mauvaise idée mais… Aidan ne me l'aurait pas proposé si ça n'avait pas été nécessaire. Et urgent.

– Et comment veux-tu t'y prendre ? lui ai-je demandé.

Il m'a expliqué exactement ce qu'il avait en tête.

60. NATHAN

– Nathan, ça fait deux fois en trois jours que tu viens me voir. Qu'est-ce qui ne va pas ?

Le docteur Liana me regardait, un sourcil en arc de cercle. J'ai haussé les épaules et je me suis assis sur le lit. Je voulais qu'elle me soigne, pas qu'elle me pose des questions. Le quartier médical n'était pas mon lieu préféré sur ce vaisseau.

– J'ai juste des courbatures. Je dois passer trop de temps à la salle de sport.

– Nathan, c'est moi, tu peux me parler. Qu'est-ce qui ne va pas ?

Elle scannait mes jambes, vérifiant en même temps ma prothèse.

– Je n'arrête pas de penser à Ian et Corbyn, ai-je soupiré.

– C'était un accident tragique, a acquiescé le docteur Liana.

– Ce n'était pas un accident.

– Comment ça ? La rumeur est vraie ?

– Ma mère ne t'en a pas parlé ?

Le docteur a secoué la tête.

Je ne comprenais pas. Pourquoi ma mère ne lui avait-elle rien dit ?

– Vee et ma mère ont décidé de ne pas diffuser l'info mais quelqu'un a piraté l'ordinateur de bord. Le redémarrage des arcs à plasma avait pour but de tuer les personnes en train de réparer les conduits. J'étais censé en faire partie. Du coup, je dois en conclure que quelqu'un veut ma mort.

Des rides profondes ont creusé le front du docteur Liana.

– Non, c'est impossible.

– Je n'arrête pas d'y repenser. Il n'y a pas de doute. Quelqu'un a essayé de me tuer en même temps que Corbyn, Ian et Anjuli. Anjuli s'en est sortie de justesse et si Darren ne m'avait pas réassigné au dernier moment, je serais mort aussi.

– Qui voudrait te tuer ?

– Aucune idée.

Le docteur Liana a repris son auscultation.

– Quoi qu'il en soit, avec cette menace qui pèse sur moi, je ne veux pas rester auprès de Vee. Je ne me le pardonnerais jamais s'il lui arrivait quelque chose par ma faute.

– Tu lui en as parlé ? m'a demandé le docteur.

– Bien sûr que non. Elle a déjà assez de problèmes comme ça. J'essaie de me tenir à l'écart pour la protéger.

– Mais vous partagez la même chambre, c'est impossible.

– Pas impossible mais sacrément difficile. J'ai changé tous mes quarts pour qu'on ne travaille jamais tous les deux ensemble. Mais elle me manque. Je voudrais être avec ma femme. Je ne l'ai pas épousée pour vivre comme ça.

– Ah, je comprends mieux maintenant pourquoi tu passes autant de temps à la salle de sport. Un peu frustré, peut-être ?

Je me suis senti rougir. Le sourire du docteur s'est élargi.

– Et tu utilises les bots d'entraînement, n'est-ce pas ? Tu te bats contre combien ?

– Huit, ai-je marmonné.

– Huit ? Tu es sérieux ? Ça ne m'étonne pas que tu aies des bleus partout. Tu as de la chance de tenir encore debout et de ne pas t'être cassé quelque chose. Apparemment, tu t'es quand même foulé la cheville.

– Un antidouleur et tout rentrera dans l'ordre.

– Tu comptes retourner à la salle de sport, bien sûr ?

– Oui, Vee vient de finir son service et le mien ne commence que dans une heure.

Le docteur Liana semblait inquiète.

– Nathan, tu dois parler à ta femme. Lui expliquer pourquoi tu l'évites si tu ne veux pas qu'elle imagine le pire.

– Le pire ?

– Elle va évidemment penser que tu fuies sa compagnie ! a-t-elle lâché, exaspérée. Que tu t'imagines, comme d'autres à bord de ce vaisseau, qu'elle est responsable de ce qui s'est passé dans la salle des machines.

– N'importe quoi ! Vee sait que je ne croirais jamais un truc pareil.

Le docteur Liana a secoué la tête.

– Ton mariage ne marchera pas si vous ne communiquez pas. Et je ne parle pas que de sexe.

– Docteur !

– Oh, ça va. Je suis médecin et j'ai été mariée, je te rappelle. Tu veux des conseils ? Alors, écoute-moi.

Quelque chose me disait que je n'avais pas le choix.

– OK, ai-je soupiré.

Le docteur Liana a pincé les lèvres. Elle n'appréciait pas mon impolitesse.

– Désolé, ai-je murmuré, je voulais dire, oui, docteur Liana, je serais ravi que vous acceptiez de me faire bénéficier de votre grande sagesse.

– N'en fais pas trop non plus. Bon, tu dois parler avec Olivia. Partager le bon comme le mauvais. Si tu ne le fais pas, ton mariage ne tiendra pas longtemps.

– Bien sûr que si, mon mariage va durer. Il est hors de question que je perde Vee.

Elle a haussé les sourcils.

– Quoi ? ai-je demandé.

– On dirait que tu tiens à elle.

– Évidemment que je tiens à elle !

– Dans ce cas, ne sois pas le genre d'homme qui n'est là que quand tout va bien et qui disparaît quand ça devient difficile.

– Comment je pourrais disparaître sur un vaisseau spatial ?

– Ne joue pas les imbéciles, Nathan, ça ne te ressemble pas.

J'ai secoué la tête.

– Docteur Liana, cette conversation me met mal à l'aise. Ce n'est pas trop mon truc, les sentiments et tout ça.

– Pas trop ton truc ! s'est-elle exclamée. Jusqu'à preuve du contraire, tu es un être humain, Nathan. Tu as donc des sentiments et tout ça, comme tu dis. Cesse d'exclure Olivia de tes décisions et explique-lui pourquoi tu les as prises.

– Je n'évite pas Vee par plaisir, doc. Loin de là. J'essaie de la protéger. Et puis, je ne suis pas le seul à avoir des secrets.

– Comment ça ?

– Rien.

Le docteur Liana a réfléchi un moment.

– Pourquoi étais-tu dans la salle des machines, le jour de l'accident ? Je croyais que tu travaillais sur le pont principal ?

– C'était le cas, mais je suis arrivé trois minutes en retard et ma mère m'a envoyé auprès de Darren. Elle est sans arrêt fâchée après moi en ce moment.

– Elle t'avait envoyé précisément pour travailler dans les conduits ?

– Non. Darren n'avait même pas été prévenu de ma venue. Il m'a juste ordonné d'aller aider Corbyn et puis, au dernier moment, il a changé d'avis et m'a demandé de m'occuper des régulateurs de refroidissement…

Une lumière s'est allumée dans ma tête.

– Et donc…

Le docteur Liana a hoché la tête.

– Eh oui, les missions de l'équipage sont entrées vingt-quatre heures à l'avance dans l'ordinateur de bord, a-t-elle souligné.

– Ce qui veut dire que je n'étais pas forcément la cible !

– Exactement.

– Quelqu'un en voulait à Darren, pas à moi !

Je me suis levé.

– Je pourrais vous embrasser, doc.

– Je ne suis pas sûre que Darren partagera ton soulagement en comprenant qu'il était visé, a-t-elle répliqué froidement.

Mon sourire s'est évanoui. Le docteur a posé un patch sur ma cheville et, un moment plus tard, ma douleur avait disparu.

Je me suis levé.

– Doc, vous êtes une magicienne.

– Si seulement j'avais le pouvoir de faire revenir les morts… a-t-elle murmuré tristement.

Elle n'était plus avec moi mais plongée dans un souvenir douloureux.

– Docteur ? Ça va ?

Elle est sortie de sa rêverie et m'a souri.

– Oui, ça va. Et maintenant, va parler à ta femme et cesse de torturer les équipements de gym.

61. VEE

C'était ridicule et pathétique. Qu'est-ce que je fabriquais dans la serre hydroponique ? Aidan m'avait demandé d'y entrer par la porte bâbord et d'attendre derrière un des arbres à fruits hybrides. Alors j'étais là. Je me cachais. Et pour quoi ? Aidan affirmait que je devais entendre certaines choses. J'ai regardé autour de moi. Étais-je vraiment tombée si bas ?

Non, c'était stupide ! J'allais rentrer dans mes quartiers et essayer de savoir où j'avais égaré ma dignité. Mais alors que je m'apprêtais à partir, la porte du côté tribord s'est ouverte. Aidan et Anjuli sont entrés. Je me suis dissimulée derrière les branchages, emplie de honte.

– Pourquoi tu m'as demandé de venir ? a demandé Anjuli à mon frère.

– Je voulais te parler en privé.

– De quoi ?

– De ma sœur. Je pense que je peux t'aider.

– Pourquoi tu ferais ça ?

Aidan est resté silencieux. La question l'avait surpris, mais il n'a pas tardé à se reprendre.

– Je veux ce qu'il y a de mieux pour ma sœur. Je pense que ce serait bien que vous redeveniez amies.

–Tu penses pouvoir me faire réintégrer le pont principal ?

– Oui. Mais j'ai besoin de ton aide. C'est quoi tes relations avec Nathan ?

– Je ne comprends pas. Pourquoi tu me demandes ça ?

– Juste pour savoir si on peut compter sur lui.

– Oui, bien sûr. Nathan ferait n'importe quoi pour moi. Il m'est redevable.

Que voulait-elle dire ?

– C'est précisément ce que je voulais savoir, a lancé mon frère.

– Ah oui ?

Anjuli était de nouveau sur ses gardes. À travers les feuilles, j'ai vu mon frère se pencher vers Anjuli et lui murmurer quelque chose à l'oreille. Qu'est-ce qu'il fabriquait ? Je croyais qu'il voulait que j'entende leur conversation.

– Il faut que tu le saches. Il raconte à tout le monde qu'il est super content que vous soyez de nouveau ensemble, a terminé Aidan à voix haute.

Après un silence, Anjuli a éclaté de rire. Mon frère l'a regardée, impassible. Soudain, le rire d'Anjuli s'est éteint dans sa gorge.

– Non ? Tu es sérieux ?

– Il passe son temps à s'en vanter. Il va essayer de te rejoindre dans tes quartiers ce soir. Mais il dit que vous devez continuer à être discrets pendant encore quelque temps.

– Discrets ? Il est fou, ou quoi ? s'est esclaffée Anjuli.

– Il dit aussi que dès qu'il sera de nouveau libre, il aimerait se marier avec toi.

– Non ! Je ne te crois pas ! Il est complètement cinglé ! Quel sale menteur ! La personne assez idiote pour se marier avec lui mérite ce qu'il lui fait subir. Sur Callisto, il couchait avec toutes les filles qu'il croisait. C'était un vrai salaud qui utilisait les autres pour obtenir ce qu'il voulait ! Et il continue à bord de ce vaisseau.

– Certaines ne s'en plaignent pas.

– Tant mieux pour elles ! Dès qu'il a ce qu'il veut, il se tire. Il fait ça à chaque fois.

– Alors, tu ne veux pas l'attendre ce soir ?

– Certainement pas ! Je ne couche pas avec n'importe qui !

C'en était trop. J'allais partir quand Aidan a lancé :

– Joli pendentif. Je ne t'avais jamais vue avec.

J'ai baissé les yeux. Sur le T-shirt blanc d'Anjuli, brillait un pendentif que j'aurais reconnu n'importe où.

– Il est beau, hein ? a-t-elle fièrement souri.

– Je peux le voir de plus près ?

Aidan n'a pas attendu la réponse pour prendre le pendentif d'Anjuli entre ses doigts.

– On me l'a offert, a-t-elle précisé.

– Quelqu'un qui tient beaucoup à toi, je pense, a commenté mon frère. Bon, je suis désolé, mais je dois y aller, là. Un autre rendez-vous.

Une seconde plus tard, ils avaient tous les deux quitté la serre.

Plusieurs minutes se sont écoulées avant que je puisse de nouveau bouger. Je me suis repassé cent fois la conversation que je venais d'entendre. Je devais avoir mal compris. C'était impossible autrement. Mais Anjuli portait le pendentif que j'avais donné à Nathan en cadeau de mariage.

Il y avait sûrement une explication logique.

Sauf que je ne voyais pas laquelle.

62. NATHAN

Où était-il ? J'avais mis le lit sens dessus dessous et rien ! J'avais perdu le pendentif que Vee m'avait donné. Quand l'avais-je porté la dernière fois ? Ce soir, pendant le dîner ? J'étais certain de l'avoir ce matin avant ma douche. Je me souvenais de l'avoir enlevé et posé sur le bureau.

Là aussi, j'ai soulevé tout ce qui s'y trouvait. Toujours rien. J'ai regardé par terre. Et s'il était tombé et que le robot aspirateur l'avait avalé ? J'ai décroché l'appareil et je l'ai vidé. J'ai fouillé dans les moutons de poussière.

Non, il n'était pas là non plus. Bordel !

Si Vee se rendait compte que je l'avais perdu, elle ne me le pardonnerait jamais.

J'avais eu l'intention de réparer le fermoir. Et je ne l'avais pas fait. J'ai fermé les yeux. Il pouvait être n'importe où sur le vaisseau. Dans la salle des machines, le laboratoire d'astrophysique, la salle de sport, le pont principal, les couloirs…

Et si je ne le trouvais pas avant que Vee se rende compte de sa disparition, j'allais amèrement le regretter.

63. VEE

Je ne sais pas combien de temps je suis restée sans bouger dans la serre. J'avais passé mes bras autour de ma taille comme pour essayer de contenir l'angoisse qui se répandait dans mon corps. Je sentais que si je faisais un mouvement, je tomberais en morceaux sur le sol.

Mon frère. Il fallait que je voie mon frère. Je suis sortie de la serre en vacillant.

J'ai posé la main sur le pad et la porte s'est aussitôt ouverte. Mon frère s'est écarté pour me laisser entrer.

– Tu as vu ce que portait Anjuli, on dirait, m'a-t-il accueillie.

Je ne pouvais pas parler. Je ne pouvais même pas acquiescer. Je me suis effondrée sur son lit. Je tremblais de la tête aux pieds. Lentement mais inexorablement, tout en moi était en train de mourir.

– Je suis désolé, Vee, a soupiré mon frère. Je ne pouvais pas te le dire plus tôt, mais il fallait que tu saches.

– Comment l'as-tu découvert ?

– C'est Érica qui me l'a dit. Tout le monde le sait. Sauf toi. Ils ont bien ri dans ton dos.

– Ils ont bien ri…

J'ai fermé les yeux. C'était pire.

– Pourquoi ne m'as-tu pas prévenue avant ? Tu aurais dû !

– Et tu m'aurais cru ?

Il avait raison. Je ne l'aurais pas cru. J'avais même encore du mal à y croire alors que j'avais eu la preuve sous les yeux.

– Je te déteste pour ce que tu viens de me faire, Aidan, ai-je murmuré.

Il m'a dévisagée, sonné.

– Tu n'as jamais aimé Nathan, ai-je continué. Tu dois être content maintenant... Allez, vas-y ! Ne te gêne pas. Dis-le que tu m'avais avertie mais que je ne t'ai pas écouté.

Mon frère a serré les poings, furieux.

– Si c'est comme ça que tu me remercies d'avoir été honnête ! D'essayer de te protéger ! Je regrette de t'avoir ouvert les yeux ! J'aurais dû faire comme tous les autres ! Te mentir et me moquer de toi !

Je me suis mordu la lèvre. Au sang.

– Pardon Aidan, pardon. Tu es le seul en qui je peux avoir confiance. Tu es toujours honnête avec moi. C'est juste que... je ne sais plus où j'en suis.

– J'aurais dû fermer ma grande bouche, a grondé Aidan, toujours en colère.

– Je suis désolée. Je... je n'arrête pas de voir le pendentif de papa autour du cou d'Anjuli.

Cette image me poursuivait et me détruisait.

Nathan et Anjuli.

Amants.

Anjuli était tellement mieux que moi. En tout cas, elle était assez intelligente pour voir Nathan tel qu'il était.

– Je ne comprends toujours pas, ai-je murmuré, si Anjuli le méprise autant, pourquoi a-t-elle accepté le pendentif ?

Aidan a haussé les épaules.

– D'après la rumeur, elle a l'intention de le ramener vers elle pour de bon. C'est pour ça qu'elle le fait lanterner. Et c'est pour ça qu'il lui a offert le pendentif. En tant que capitaine, tu es un obstacle et ils doivent rester discrets.

Les paroles d'Aidan étaient une torture. Comment était-il possible de ressentir autant de douleur et d'être encore en vie ? J'ai pensé un moment à leur donner ce qu'ils voulaient. Est-ce que ce ne serait pas plus facile de tout laisser tomber ?

– Tu n'as qu'à le partager, a suggéré Aidan.

Je lui ai jeté un regard outragé.

– Tu aurais préféré ne pas savoir qu'il couchait avec quelqu'un d'autre ? m'a-t-il demandé.

– Non.

Pourtant, une part de moi aurait aimé ne jamais savoir.

– Attention, Vee, prends garde au monstre aux yeux verts qui nargue la proie dont il se repaît.

– Je suis censée me réjouir que Nathan me trompe ? Et d'ailleurs, ai-je ajouté, pourquoi me fait-il ça ?

– Tu as refusé de leur confier le commandement du vaisseau, a répondu Aidan. C'est sans doute la seule stratégie qu'ait imaginée la commandante Linedecker.

– Tu penses qu'elle est derrière tout ça ?

– Ça me paraît très probable.

– Et le plan serait que Nathan me séduise pour que je lui donne les codes en pensant que je le faisais de mon plein gré ?

Il avait presque réussi, ai-je songé avec amertume. Ce n'était qu'une question de temps pour que je partage tout avec lui.

– Tu ne dois pas t'en vouloir, a essayé de me consoler mon frère. C'est un manipulateur et il est habitué à obtenir ce qu'il veut. En l'occurrence, ce vaisseau.

– Mais je leur ai promis de les amener à Mendela Prime.

– Ils ont peut-être eu peur que tu changes d'avis, que tu décides d'alerter l'Autorité. Ils ont sans doute pensé que c'était mieux pour eux d'avoir le contrôle de la situation.

J'avais été si naïve. Si incroyablement stupide. Comment avais-je pu imaginer que quelqu'un avait envie de passer le reste de sa vie avec moi ? Surtout après aussi peu de temps ? J'avais voulu croire un joli conte de fées et j'en avais perdu tout esprit d'analyse.

Mais le rideau était tombé.

Nathan et les autres avaient dû élaborer leur plan pratiquement tout de suite après être arrivés à bord. Peut-être aussitôt après que j'ai refusé de donner les codes à la commandante Linedecker. Mon attirance pour Nathan avait-elle été si évidente ? Oui, sans doute, et ça avait joué contre moi. Comme une idiote, j'avais cru en chaque caresse et en chaque mot doux. C'était ce qui me faisait le plus mal. J'avais rendu les choses si faciles.

Je comprenais seulement maintenant que ma solitude, le manque d'amour et de tendresse étaient aussi ce qui expliquait pourquoi j'étais si vite tombée dans les bras de Nathan. J'avais cru notre histoire romantique alors qu'elle n'était que pathétique.

Mais telle était la triste vérité : j'étais vraiment tombée amoureuse de lui.

Un coup de foudre.

Avant de le rencontrer, je pensais que ça n'arrivait que dans les films et les romans mais dès que je l'avais vu, mon cœur s'était mis à battre plus vite et plus fort, ma bouche s'était asséchée et ma poitrine s'était serrée. Lui parler, le sentir près de moi, faire l'amour avec lui n'avaient fait que renforcer mes sentiments.

Pourquoi avais-je accepté de l'épouser ? Je n'avais pas réfléchi. Je n'avais pas voulu réfléchir. Et lui, quelles raisons l'avaient poussé ? Que cherchait-il ? Une nouvelle conquête ? Une aventure ? Un vaisseau et la liberté ?

Il me désirait et me l'avait prouvé ; j'avais commis la bêtise de confondre sexe et amour. Je n'avais vu en lui que ce que je voulais voir.

Pourtant…

Pourtant, j'aurais juré qu'il n'avait d'yeux que pour moi. J'avais cru que j'étais tout pour lui comme il était tout pour moi. Je m'étais trompée. Il m'avait trompée. Il avait seulement essayé d'être discret. Discret ? Non, même pas. Tout le monde était au courant sauf moi. Comment Anjuli avait-elle dit ? Un vrai salaud qui utilisait les autres pour obtenir ce qu'il voulait.

J'avais été stupide. Complètement stupide. Et parfaitement inconsciente de me marier avec lui.

Je ne pouvais plus m'ôter de la tête cette image de lui et Anjuli. Elle m'empoisonnait le cerveau, cellule par cellule. Je fermais les yeux et je les voyais s'embrasser. Je les voyais au lit ensemble. Dans son lit à elle ou dans celui que je partageais avec lui.

Je me sentais sale et méprisable.

– On fait quoi maintenant ? ai-je demandé à Aidan. Ils sont quinze sans compter les enfants. On n'est que deux.

– Est-ce que Nathan sait que tu l'as démasqué ?

J'ai secoué la tête.

– Non, je ne crois pas. Il n'y a pas de raison.

– Alors on leur fait ce qu'ils voulaient nous faire. En commençant par lui.

– C'est-à-dire ?

– C'est-à-dire, tout ce qu'il faudra pour survivre.

– Et ceux qui ont été tués ? Tu sais qui est le coupable ?

– J'y travaille. Mais il est possible qu'ils se soient tous mis ensemble pour se débarrasser d'eux.

– Pourquoi ?

– Parce qu'ils refusaient de suivre leur plan.

– Quoi ? Tu… tu crois que c'est possible ?

J'étais horrifiée par cette idée.

– Oui. Ils vivaient ensemble sur Callisto, ils ont voyagé dans le *Galiléo*, ils se sont installés sur Barros 5. Pourquoi soudain l'un d'entre eux déciderait d'en zigouiller d'autres ? Ça a forcément un rapport avec nous. Et avec le vaisseau.

Je détestais que ça semble si logique.

– Vee, a repris mon frère, j'espère que tu ne vas pas tergiverser. C'est eux ou non. Nous devons neutraliser Nathan, sa mère, Darren et Sam. Ce sont eux les meneurs. Une fois qu'on se sera débarrassés d'eux, on pourra s'occuper des autres plus facilement.

Non !

Réfléchis, Vee. Réfléchis.

Tout allait beaucoup trop vite.

Nathan était mon mari et ce n'était pas rien pour moi. Je ne devais pas me précipiter. Le temps que nous avions passé ensemble méritait mieux que ça. Il y avait son sourire, sa façon de me prendre dans ses bras, de m'écouter, de me consoler, de gommer ma fatigue. Tout ça avait été bien réel. Je ne pouvais l'effacer d'un revers de la main.

– Il me faut des preuves, ai-je déclaré.

– De quelles autres preuves as-tu besoin, Vee ? s'est agacé Aidan.

– De plus que ça en tout cas.

– Tu attends quoi ? De te retrouver éjectée dans l'espace ? Nathan te ment et te trompe depuis le début. Tous les autres le savent et ça les fait bien rire. Il t'utilise pour obtenir ce qu'il veut. Une fois qu'ils auront ce vaisseau, ils n'auront plus besoin de nous. Nous n'avons pas d'autre choix que de nous battre.

Tout ce que disait mon frère était rationnel et sensé, pourtant je n'étais toujours pas prête à le croire aveuglément. J'avais besoin de temps pour réfléchir.

– Laisse-moi parler à Nathan, ai-je décidé. Ensuite, on verra.

Mon frère a soupiré.

– Dans ce cas, fais-moi une faveur. On saura tout ce que tu veux savoir s'il répond à une seule question.

– Laquelle ?

– Demande-lui où est le pendentif.

– Je sais où il est, ai-je lâché. Autour du cou d'Anjuli.

– Nathan, lui, ne sait pas que tu le sais. S'il est honnête et qu'il te respecte, il te dira la vérité. Mais s'il te ment ou qu'il essaie de changer de sujet, dans ce cas…

J'ai acquiescé à contrecœur. Aidan a souri, satisfait.

Je me suis levée, terrassée par la fatigue. C'était comme si chaque partie de mon corps se repliait sur elle-même. Je n'avais plus envie de me battre. J'aurais aimé devenir toute petite, jusqu'à ce que la douleur et la tristesse disparaissent.

– Vee, tu sais que je t'aime, n'est-ce pas ? m'a demandé mon frère.

Je l'ai regardé en me forçant à sourire.

– Oui, je sais.

Je suis retournée dans ma chambre et j'ai fermé la porte. Assise sur mon lit, j'ai remonté les genoux contre ma poitrine.

Un par un, tous mes rêves s'effondraient.

64. NATHAN

Pourquoi ça ne marchait pas ? J'ai posé ma main sur le pad pour la troisième fois.

La porte est restée fermée.

– Aidan, mets-moi en communication avec Vee dans la chambre S-02, ai-je demandé.

Le visage de Vee est apparu sur l'écran devant moi.

– Oui ?

– Je n'arrive pas à entrer.

Pourquoi me regardait-elle comme ça ? Sans aucune chaleur, sans un sourire ? Pourtant, la porte s'est déverrouillée.

– Qu'est-ce que tu viens faire ici ? m'a-t-elle demandé d'un ton venimeux.

Je me suis immobilisé.

– Pourquoi t'es-tu enfermée ? On vit ensemble, tu te rappelles ?

– Je me rappelle. Contrairement à toi. Prends tes affaires et va-t'en.

Elle m'a tourné le dos mais je lui ai saisi le bras et l'ai obligée à me regarder.

– Qu'est-ce qu'il y a, Vee ? Pourquoi es-tu en colère contre moi ?

Elle m'a jeté un regard méprisant. Le même que son frère quand il avait fait irruption dans la chambre et m'avait trouvé nu.

Ça m'avait irrité cette fois-là et ça m'irritait encore plus aujourd'hui. Vee me toisait comme si je ne méritais même pas son mépris.

– Où est le pendentif de mon père que je t'ai donné à notre mariage ?

– Quoi ?

– Tu m'as très bien entendue. Où est-il ?

Je ne l'avais pas encore retrouvé. Il fallait que je change de sujet, vite.

– Il n'est pas question du pendentif, Vee. Pourquoi m'as-tu enfermé dehors ?

– Où est le pendentif, Nath ? a répété Vee avec obstination.

– N'essaie pas de changer de sujet, ai-je reparti. Si Darren ou un autre t'a menacée, il faut me le dire. Nous avons des amis à bord, Vee, des amis qui ne laisseront pas Darren ou qui que ce soit d'autre te faire du mal. Et en parlant d'amis, quand comptes-tu rappeler Anjuli sur le pont principal ? Tu ne penses pas qu'elle a été assez punie ?

La température de la pièce est tombée en dessous de zéro.

– Où est le pendentif ?

– Nous sommes en train de parler d'Anjuli, Vee, pas d'un stupide pendentif !

Elle a levé la main pour me gifler. Je l'ai arrêtée juste à temps.

– Je te préviens : si tu me frappes, je te frappe aussi.

J'étais aussi en colère qu'elle à présent.

– Lâche-moi ! m'a-t-elle ordonné.

J'ai obéi comme si son bras était brûlant. Elle avait essayé de me gifler. Je m'étais juré en quittant Callisto que je ne laisserais plus jamais personne me frapper. Jamais.

– Prends tes affaires et va-t'en, a-t-elle craché.

– Comme ça ? Tu es sûre que c'est ce que tu veux ?

– Oui, absolument sûre.

Nous nous dévisagions sans bouger. Ce qui avait envahi la chambre était laid et puissant. Que s'était-il passé ? Je ne pouvais croire que la perte du pendentif était la raison de sa rage froide. On ne se séparait pas pour un bijou. Réalisait-elle soudain que je n'étais qu'un drone et cherchait-elle à se débarrasser de moi ?

Une alarme s'est déclenchée. Elle semblait venir du pont supérieur. Ma première pensée a été « sauvé par le gong ». La deuxième : « Que se passe-t-il encore ? »

J'ai couru vers la porte. Vee m'a emboîté le pas.

65. VEE

C'est le chaos qui nous attendait dans le mess. Max, Dooly, Rafael et quelques autres étaient pliés en deux, les mains crispées sur l'estomac. Jeanne et Khari, les enfants, les regardaient en pleurant. Jeanne caressait les cheveux de Dooly qui gémissait. Quelques-uns se sont mis à vomir. L'odeur était écœurante.

– Que s'est-il passé ? ai-je demandé.

– Vee ! Viens là ! m'a appelée le docteur Liana. Le distributeur de nourriture a servi des repas empoisonnés. Tous ceux qui étaient assis à ma table sont tombés malades.

– Tous ?

Le docteur a acquiescé.

– Ils ont mangé la même chose ?

– Non. Chacun un plat différent.

– Quelle table ?

Le docteur m'a désigné la plus proche.

– Ils se sont servis à ce distributeur à côté.

Non, c'était impossible. Toute la nourriture était vérifiée à plusieurs reprises avant d'être délivrée. Une nouvelle fois, ce n'était pas un accident. Je me suis approchée de la table. Hedda avait la tête posée sur les bras et elle avait vomi. J'ai pris un bol vide pour ramasser un peu de son vomi. Il y avait du sang dedans. Les yeux d'Hedda étaient révulsés.

– Docteur, par ici ! ai-je appelé.

Le docteur Liana a chuchoté quelques mots à Mike avant de me rejoindre. Je lui ai confié Hedda et j'ai couru vers le laboratoire de sciences, le bol rempli de vomi à la main. Le labo était vide. Tout l'équipage était allé aider au mess.

Pour avoir une chance de confirmer mes soupçons, je devais faire vite. J'ai versé le vomi dans un des récipients stériles que j'ai déposé dans le spectrographe. Il permettait une analyse rapide de n'importe quelle substance.

– Aidan, je veux savoir si cette matière contient un poison ou un germe pathogène dangereux pour l'humain.

La réponse a été presque immédiate :

– Bactérie genre *Aetonella*, espèce *pentadensis*.

– Tu es sûr ?

J'étais horrifiée.

– Absolument, a confirmé l'ordinateur. À hauteur de 5 %.

– Quel est le traitement ?

– Il dépend de la quantité ingérée. Si elle est minime et que la digestion n'a pas encore commencé, un émétique est recommandé. Sinon, le mieux est d'installer le patient confortablement en attendant qu'il meure.

Il faudrait peut-être apprendre à cette machine quelques notions de délicatesse et de diplomatie.

Je suis retournée en courant dans le mess. Les gémissements n'avaient pas faibli. Deux ou trois malades gisaient au sol. D'autres étaient presque allongés sur les tables ou à genoux. L'empoisonnement par *Aetonella* procurait une mort rapide mais douloureuse. J'ai regardé autour de moi à la recherche de la source de l'empoisonnement. Ça ne pouvait pas être le distributeur. Il y avait des carafes d'eau sur les tables mais elles avaient également été délivrées par distributeur. Se pouvait-il que quelqu'un ait empoisonné une des carafes ? Et pourquoi ?

Je me suis rapprochée de la table où avaient mangé les malades. Toutes les assiettes étaient entamées, les verres aussi. Certains étaient remplis d'eau, d'autres de Prop, l'immonde breuvage violet que beaucoup de membres de l'équipage buvaient à la fin de leur quart. Une tablette était posée près d'une assiette. Encore allumée. J'ai immédiatement reconnu les images du *Cercle des poètes disparus*. C'était sans doute la place du docteur Liana. Dans son assiette se trouvaient une pomme de terre vapeur entamée et un morceau de fromage. Son verre d'eau était aux trois quarts plein mais on voyait qu'elle y avait porté les lèvres. Juste à côté, quelqu'un avait vomi. Par terre et sur la table.

Darren est entré dans le mess et a contemplé le spectacle avant de poser les yeux sur moi.

– C'est ta faute ! a-t-il crié en me montrant du doigt. Tu ne t'arrêteras que quand tu nous auras tous tués. Il est hors de question que j'attende les bras croisés d'être asassiné.

Il s'est tourné vers les autres.

– Il est trop tard pour Max et Dooly ! Ils sont morts à cause d'elle ! Elle doit être mise en détention jusqu'à ce qu'on atteigne Mendela Prime, sinon aucun d'entre nous ne s'en sortira vivant.

Si Darren était venu seul, j'aurais pu me défendre. S'ils avaient été trois ou quatre, j'aurais au moins essayé, mais soudain, je me suis retrouvée encerclée. Où était Nathan ? D'instinct, je le cherchais au milieu de tous ces visages hostiles, mais il n'était pas là. Harrison s'est approché le premier. Je l'ai envoyé à trois mètres d'un coup de pied. Le tranchant de ma main a violemment heurté le menton de Maria. J'ai continué de cogner comme je pouvais tous ceux qui venaient vers moi. Je les ai repoussés aussi longtemps que j'ai pu mais ils étaient trop nombreux. Ils m'ont immobilisée.

– Lâchez-moi ! ai-je hurlé. Vous êtes devenus fous ! Lâchez-moi tout de suite.

Mais j'avais beau me débattre, ils m'ont traînée comme un chien enragé jusqu'à une des quatre cellules situées dans la soute. Darren me tenait les bras, un sourire vicieux aux lèvres. Maria et Harrison me maintenaient les jambes. Le nez de Maria saignait et Harrison avait déjà une bosse sur le front et un énorme coquard. La satisfaction que j'en ai éprouvée était une bien maigre consolation.

Ils m'ont jetée dans la cellule. Darren a activé le nanochamp pendant que je me redressais. Je savais que si je m'approchais du champ, je recevrais une décharge de plasma. Je n'en mourrais pas mais la douleur serait bien réelle. Je me suis essuyé la bouche du revers de la main. Je saignais.

– Laissez-moi sortir ! ai-je crié.

– Tu as déjà fait assez de dégâts, a lancé Darren. Tu n'as qu'à moisir ici. Au moins, comme ça, on saura toujours où tu es. Tu ne pourras plus continuer à nous abattre les uns après les autres.

– Tu as patiemment attendu ce moment, n'est-ce pas, Darren ? ai-je attaqué avec mépris. Tu la tiens, ton excuse pour te débarrasser de moi. Tu sais parfaitement que je n'ai rien à voir avec ces morts.

– Sauf qu'il n'y avait pas de décès inexpliqués avant qu'on mette les pieds sur ce maudit vaisseau, a répliqué Darren d'un ton glacial. Maintenant, on tombe comme des mouches. Ce n'est pas difficile de tirer la conclusion.

Les portes de la soute se sont ouvertes et Nathan est arrivé, échevelé et à bout de souffle. Je ne l'avais pas revu depuis que nous étions entrés ensemble dans le mess. Il s'est immobilisé en me voyant dans la cellule. Puis il s'est dirigé vers le panneau de contrôle pour me libérer. Darren l'a poussé violemment.

– Qu'est-ce que tu fous ?

– À ton avis ?

Nathan a de nouveau tendu la main mais Darren l'a une nouvelle fois écarté. Nathan l'a dévisagé, mâchoires serrées.

– Écoute-moi bien, Darren. Il est hors de question que je laisse Vee passer une seconde de plus là-dedans. Dégage.

– Elle est très bien là où elle est et elle y restera jusqu'à ce que la commandante en décide autrement. On est tous en danger quand elle est en liberté. Tu as bien vu ce qui s'est passé dans le mess !

Nathan a eu l'air choqué.

– C'est un ordre de ma mère ? Non ! Je n'y crois pas.

– Comme tu voudras. La commandante sait que cette fille est dangereuse. Comme nous, elle en a assez d'être à sa botte et à celle de son frère.

Aidan avait donc raison depuis le début à leur sujet.

– C'est n'importe quoi ! s'est énervé Nathan. Vous n'avez aucune preuve que Vee est responsable de ce qui vient d'arriver ou des autres accidents.

– Accidents, mon cul ! a ricané Darren. Quelqu'un a entrepris de nous tuer un par un.

– Quelqu'un peut-être mais ce n'est pas Vee.

J'assistais à la scène, ébahie. Nathan était vraiment un bon acteur. Est-ce que j'étais censée croire à son petit numéro ? Pensait-il qu'émue par son soutien, je lui donnerais en pleurant les codes de commande du vaisseau ?

– Ne joue pas au con, Nathan, l'a averti Darren. Il est temps que tu choisisses ton camp. Soit tu es avec nous, soit tu es contre nous.

– Pourquoi vous ne me tuez pas et qu'on en finisse ? ai-je sifflé.

– On te garde jusqu'à ce qu'on ait trouvé un moyen de diriger ce vaisseau sans toi, m'a répondu Darren. Et crois-moi, on finira par y arriver.

Il s'est tourné vers Nathan.

– Alors, qu'est-ce que tu choisis ? Tu vis avec nous ou tu meurs avec cette putain ?

– Va te faire foutre ! ai-je crié.

Nathan m'a longuement contemplée avant de répondre simplement :

– Je choisis de vivre.

Voilà. Même si je n'étais pas surprise, la douleur était presque insupportable. J'ai appuyé mes bras contre mon estomac et je me suis détournée avant que mes yeux se remplissent de larmes. Je ne voulais pas leur donner cette satisfaction. C'est à cet instant que Nathan a frappé Darren. Harrison s'est précipité à l'aide de son supérieur pendant que Maria prenait un pulseur sur le mur et le pointait vers Nathan.

Les deux hommes avaient roulé sur le sol. Nathan n'a pas tardé à avoir le dessus. Il s'apprêtait à cogner Darren au visage quand Maria a tiré. Elle n'a raté son crâne que d'un demi-centimètre. Darren en a profité pour se libérer. Nathan s'est levé et les deux adversaires se sont retrouvés face à face.

– Tu choisis donc de trahir les tiens ! a craché Darren.

– Je choisis d'être avec ma femme. Si elle est dans une cellule, c'est là que je veux être aussi, a calmement répondu Nathan.

– Tu es stupide.

– Tu n'es pas le premier à me le dire.

– Tu veux vraiment mourir avec elle ?

– Je préférerais vivre mais quoi qu'il arrive, je veux être à ses côtés.

Je pleurais et je laissais les larmes couler librement sur mes joues. Nathan semblait si sincère et j'avais tellement envie de le croire. Mais c'était impossible. Darren a adressé un hochement de tête à ses subalternes et Harrison, qui s'était également procuré un pulseur, l'a pointé sur moi. Maria visait toujours Nathan. Darren a ouvert le nanochamp et Maria a poussé Nathan en avant. Il leur a lancé un regard empli de mépris avant de me rejoindre dans ma cellule. Le nanochamp s'est aussitôt reconstitué. Nous étions tous les deux prisonniers.

– Quand tu auras enfin compris à qui tu dois fidélité, a lancé Darren, on te laissera sortir.

– Toi, tes amis et ma mère, vous pouvez tous aller en enfer ! a répliqué Nathan.

La haine qu'ils éprouvaient l'un pour l'autre était palpable.

– Tu commets une très grosse erreur, ai-je prévenu Darren. Tu ferais mieux de me laisser sortir avant qu'Aidan se réveille.

– Dès qu'il mettra un pied hors de sa chambre, il viendra vous rejoindre, s'est esclaffé mon ennemi.

– Tu ne sais pas ce que tu fais. Quand il découvrira ce que vous m'avez fait…

– Oui, c'est ça. Le jour où je n'arriverai pas à me débarrasser d'un ado, ben il sera temps que je prenne ma retraite.

Je l'ai fixé droit dans les yeux. Je voulais qu'il entende chaque mot que j'allais prononcer.

– Aujourd'hui n'est pas le jour où tu vas prendre ta retraite, Darren, mais le jour où tu vas mourir. Si tu ne me laisses pas sortir avant qu'Aidan se réveille, tu seras responsable de la mort de tous les membres de l'équipage de ce vaisseau.

66. NATHAN

Maria a été désignée pour nous surveiller. Je la connaissais bien et je savais qu'essayer de la raisonner était une perte de temps. Darren lui avait ordonné de rester là et elle ne bougerait pas jusqu'à la relève. J'ai tendu le doigt vers le nanochamp.

Aouch !

Ça faisait mal. Je me suis reculé. Vee m'a accordé un regard plein de pitié.

– Tu es courageux mais pas très intelligent, a-t-elle observé.

– Quoi ?

– Si tu voulais vraiment m'aider, tu aurais pu faire semblant d'être d'accord avec Darren et saisir la première occasion pour me sortir de là.

Je n'en revenais pas. Elle me reprochait d'avoir choisi son camp !

– Excuse-moi d'avoir voulu te témoigner un peu de loyauté, ai-je répliqué d'un ton acide.

– Loyauté ? a-t-elle répété avec une grimace.

Il faisait froid sur Callisto, glacial même, mais ce n'était rien en comparaison de la température que faisait régner Vee dans la cellule. J'en avais assez qu'elle me regarde avec tant de dédain.

– Tu peux cesser ton numéro maintenant, a-t-elle soupiré. Si tu crois obtenir le code de sécurité de cette façon, tu perds ton temps.

– Je ne te l'ai pas demandé.

Vee a secoué la tête et est allée s'asseoir le plus loin possible de moi.

– Ça suffit ! ai-je déclaré en essayant de garder mon calme. Je veux savoir pourquoi tu te comportes comme ça avec moi. Dis-moi au moins ce que tu me reproches.

– Ce que je te reproche ? (Elle a brièvement fermé les yeux.)Je sais pour Anjuli et toi.

– Quoi ?

– Je sais que vous êtes ensemble, que vous couchez ensemble, que vous vous moquez de moi dans mon dos. Et tout le reste. Vous devez penser que je suis complètement stupide et vous avez raison. Je suis stupide d'avoir avalé tous tes mensonges.

Mon sang s'est glacé dans mes veines. Si elle m'avait poignardé en plein cœur, je n'aurais pas été plus choqué. Et je n'aurais pas eu plus mal.

– De quoi tu parles ? Anjuli et moi sommes amis, point final.

– Oh, ça va. Tu peux arrêter ton cinéma. Je sais tout.

– Alors, explique-moi parce que je ne comprends pas de quoi tu parles.

Elle m'a lancé un regard noir.

– Tu veux vraiment m'humilier jusqu'au bout, hein ?

– Je ne comprends rien de ce que tu dis, ai-je répété.

Anjuli et moi ? Qu'est-ce que c'était que cette histoire délirante ? Ce pourrait être drôle si ce n'était pas aussi absurde. Anjuli n'avait d'yeux que pour Mike qui, de son côté, ne s'intéressait qu'à ce qui poussait et avait besoin d'être arrosé.

Vee était parfaitement immobile. Je n'avais jamais été l'objet d'un tel mépris. D'une telle haine.

67. VEE

Ignorant Nathan, je me suis approchée du nanochamp aussi près que possible pour m'adresser à notre garde.

– Maria, si tu veux vivre, tu devrais me laisser sortir.

Elle m'a fixée avant de me tourner le dos.

– Je ne plaisante pas, ai-je poursuivi obstinément. Quand Aidan se réveillera, il viendra me chercher et il ne laissera personne se mettre sur son chemin. Des gens vont mourir, et si tu ne veux pas en faire partie, tu devrais me libérer.

– La ferme ! a-t-elle sifflé. Recule. Je ne te le répéterai pas.

– Écoute-moi, espèce de débile ! Tu dois me laisser sortir !

Elle a pointé son arme vers moi.

– Écarte-toi de là.

J'ai obéi. Tant pis pour elle. Au moins, j'aurais essayé.

Nathan me regardait, le visage fermé. Manifestement, il m'en voulait de l'avoir démasqué.

Maintenant, tout ce que je pouvais faire était attendre que mon frère sorte de sa chambre. Je ne doutais pas une seconde que quand la porte de la soute s'ouvrirait sur lui, il aurait du sang sur les mains.

68. NATHAN

J'observais Vee et il était clair qu'elle avait plus peur de ce que son frère pourrait faire que de ce qui pouvait lui arriver.

–Vee, ai-je tenté, qu'est-ce que tu nous caches à propos d'Aidan ?

Elle a pris un moment pour réfléchir.

– Je vais te le dire mais seulement parce que j'espère que ça fera réfléchir cette idiote qui nous surveille, a-t-elle lâché après un moment. La première mission de mon frère est de s'assurer que je ne risque rien et que je suis en sécurité. À chaque fois que j'ai dû affronter une situation dangereuse, j'ai d'abord dû lui ordonner de m'y autoriser.

– Lui ordonner ?

– Sinon, il ne m'aurait pas laissée faire. Ça a été le cas quand j'ai voulu vous sauver de l'attaque des Mazones sur Barros 5. Aidan a un accès permanent aux données de l'ordinateur. Dès qu'il se réveillera, il saura ce qui m'est arrivé. Sa mission sera de me sortir de là. Je suis en vie, ce qui vous laisse, à tes amis et à toi, une chance de vous en sortir. Si vous m'aviez tuée, il vous aurait aussitôt éliminés.

J'ai secoué la tête.

– « Vous ». Quand suis-je devenu une partie de ce « vous » ? Est-ce que ça ne devrait pas être « nous » ? Toi et moi ? Comment ne vois-tu pas que je suis de ton côté ?

– Peu importe, a soupiré Vee, Aidan viendra me sortir de là et il éliminera sans état d'âme tous ceux qui se mettront en travers de son chemin. Je n'exagère pas, Nathan. Tu dois me faire sortir d'ici.

– Je ne peux rien faire. Je suis allé sur le pont principal pour prévenir ma mère mais elle n'y était pas. Je suis sûr que Darren est le seul responsable de ton arrestation mais si je me trompe et que ma mère est de son côté, elle a sûrement déjà exigé que ton frère soit arrêté et emprisonné.

– Ils ne pourront pas entrer dans sa chambre. Ses quartiers sont les plus sécurisés de tout le vaisseau.

– Pourquoi ses quartiers sont-ils plus sécurisés que les tiens ?

– Au cas où nous serions abordés par un ennemi, a répondu Vee. La survie d'Aidan est cruciale.

– Plus que la tienne ?

– La mienne dépend de celle de mon frère.

En prononçant cette phrase, Vee a détourné les yeux. Je savais ce que ça voulait dire.

– Qu'est-ce que tu me caches, Vee ?

Elle s'est mordu l'intérieur de la joue.

– Aidan est… spécial.

Je ne pouvais qu'être d'accord avec elle, mais je devais en savoir plus.

– Comment ça, spécial ?

– Mon frère et ce vaisseau… ne font qu'un.

69. VEE

Nathan me regardait avec insistance.

– Je ne comprends pas.

J'ai hésité. Pouvais-je vraiment lui révéler la vérité ? Oui, sans doute. Il fallait que lui et ses amis sachent à quoi ils s'attaquaient. Je lui devais bien ça.

– Aidan est une extension de l'ordinateur de bord. Une extension de ce vaisseau. En réalité, Aidan *est* le vaisseau.

Nathan a continué de me dévisager. Il attendait que je m'exprime plus clairement. Mais c'était difficile. Il me demandait de dévoiler un secret de famille que mes parents avaient emporté dans la tombe.

– Je t'ai dit que l'équipage avait été tué par un virus…

Nathan a acquiescé. J'ai pris une grande inspiration. Énoncer cette réalité allait lui donner corps. J'avais essayé jusqu'ici de l'éviter. Aidan m'aidait à affronter la situation. J'avais accepté ce que mon frère était devenu sans poser de questions. À partir de maintenant, ce ne serait plus possible.

– Mon frère a été la première victime du virus. Il avait programmé l'ordinateur pour pouvoir être transféré à l'intérieur d'un vaisseau mazone qui passait à portée. C'était un génie de l'informatique et il savait comment pirater tous leurs protocoles de sécurité.

Nathan était totalement concentré sur mes paroles.

– Il ne s'est transféré que pendant quelques secondes avant de revenir. Mais ça a suffi pour qu'il soit contaminé par un virus mazone. Il l'a ramené à bord et tout l'équipage a été infecté.

Raconte-lui toute la vérité, Vee. Ne te contente pas de la version revue et corrigée.

Non, je n'y arrivais pas. Si nous n'avions pas eu autant de désaccords, ça aurait sans doute été différent, mais aujourd'hui, c'était impossible. Sauf que Nathan était loin d'être bête.

– Aidan est mort, a-t-il compris. Alors qui est le type qui prétend être ton frère ?

– Son corps et son cerveau ont été scannés et enregistrés. Quand il a été évident qu'il ne s'en sortirait pas, mes parents ont fait en sorte que celui qu'il était survive d'une manière ou d'une autre : ils ont implanté ses données dans l'ordinateur de bord. Ses souvenirs, sa façon de parler, son ADN. Tout. Mes parents voulaient conserver de lui tout ce qu'ils pouvaient. Mais il s'est produit un événement inattendu…

– Quoi ?

– De quoi est constitué un être humain ? ai-je repris. Nous sommes la somme de notre mémoire, de nos pensées, de nos rêves et de quelque chose d'autre. Quelque chose d'indéfinissable. Certains l'appellent l'étincelle divine, d'autres affirment que la conscience de notre propre existence est la marque de l'intelligence humaine.

– Je ne vois pas où tu veux en venir, est intervenu Nathan. J'ai rencontré ton frère. J'ai parlé avec lui. Ce n'est pas un hologramme.

– Non. Aidan est mon frère.

– Tu as dit que ton frère était mort.

– C'est vrai. Il est mort.

Nathan a secoué la tête.

– Je ne comprends rien à ce que tu dis.

– Mon père a transformé le robot de bord de façon à ce qu'il ressemble trait pour trait à mon frère.

– Je croyais que le robot de bord avait été détruit lors d'une mission d'exploration ! s'est exclamé Nathan.

– C'est ce que je t'ai dit mais j'ai menti. Mon père n'avait pas totalement achevé son travail. Je l'ai terminé pour lui. J'ai beaucoup modifié Aidan au cours des années au point qu'il est devenu bien plus qu'un simple robot. Tu m'as demandé un jour ce que j'avais fait depuis la mort de mes parents. Eh bien, ça : faire en sorte que le robot de bord ressemble le plus possible à mon frère mort. Au frère que j'avais perdu. Avec son odeur, sa façon de parler et de rire. Quand vous êtes arrivés, je me suis rendu compte que sa voix n'était pas assez grave pour l'âge qu'il était censé avoir, alors je l'ai modifiée.

– Anjuli m'a fait remarquer que la voix d'Aidan était devenue plus grave, a dit Nathan. Je lui ai répondu qu'elle délirait.

Elle avait remarqué ce détail ? J'avais pourtant fait attention de la changer graduellement au fil des jours. J'espérais que ce serait indétectable.

– Ta petite amie est très observatrice, ai-je reconnu.

– Combien de fois devrais-je te répéter qu'il n'y a rien entre Anjuli et moi ? a soupiré Nathan, exaspéré.

Nous nous sommes dévisagés un moment sans prononcer un mot.

– J'ai vu beaucoup de robots, a repris Nathan, et aucun n'était aussi réaliste que ton frère.

– Je le voulais auprès de moi. J'avais besoin de lui.

– Tu as fait ça toute seule ?

– Aidan et moi sommes jumeaux. Il n'était pas le seul de nous deux à savoir se servir de son cerveau. Il m'a fallu trois années entières pour parvenir à ce résultat.

– C'est pour ça que l'ordinateur de bord porte le même nom que ton frère. Et qu'il a la même voix. En réalité, ils ne font qu'un.

Je n'ai pas répondu. C'était inutile.

– Dis-m'en plus sur lui. Je veux tout savoir, a exigé Nathan.

– Aidan est… Son corps est essentiellement cybernétique mais… il ressent des émotions comme un véritable humain.

– Mais… Quand Darren l'a frappé, il a saigné. Je l'ai vu de mes propres yeux.

– Oui. Il possède un système circulatoire rudimentaire alimenté par mon propre sang auquel j'ai ajouté des anticoagulants et du plasma. J'ai installé une pompe dans sa colonne vertébrale pour que ça fonctionne.

– Dans quel but ?

– Je voulais qu'il soit crédible. Le plus crédible possible. Ça a marché, non ?

Nathan me contemplait, bouche bée.

– Donc, ton frère est un robot. Je n'arrive pas à me faire à l'idée. Je n'aurais jamais deviné.

– Il est beaucoup plus qu'un robot, l'ai-je contredit. Tu ne comprends pas. Il est Aidan le vaisseau, Aidan le robot et aussi Aidan mon frère. Il est humain à mes yeux et… je l'aime.

– Comment apprend-il ? Comment s'adapte-t-il ? a demandé Nathan.

Il ne comprenait pas.

– Il est comme toi et moi ! lui ai-je expliqué une nouvelle fois avec force. Il apprend de ses erreurs et de ses réussites, juste un peu plus vite que le commun des mortels. Il est plus fort, plus intelligent et plus vif. Je n'arrive à le battre aux échecs que parce que je l'ai programmé pour qu'il ne se rappelle pas la raison de ses erreurs. Pourtant, malgré ce handicap, il n'a cessé de s'améliorer. Il adapte son propre programme. Il est une personne à part entière.

J'essayais désespérément de faire en sorte que Nathan voie Aidan avec mes yeux. Pas comme une machine mais comme une vraie personne.

– S'il est si fort et si rapide, pourquoi n'est-il pas allé saboter le vaisseau mazone à ta place ? a demandé Nathan.

– Parce qu'il n'est pas invincible. Le cœur du moteur du vaisseau mazone aurait aussitôt neutralisé son réseau neuronal. Et puis, son temps de réaction est plus court que le mien. J'avais besoin de lui en périphérie au cas de problème. C'est avec son aide que j'ai pu adapter toutes les machines sur ce vaisseau de façon à ce qu'elles soient plus efficaces et plus durables dans le temps que n'importe quel matériel de l'Autorité.

– Y compris les combinaisons de protection ? s'est enquis Nathan.

J'ai acquiescé en me demandant pourquoi il s'interrogeait particulièrement sur ce point. Il est resté silencieux un moment. Je pouvais presque entendre les rouages tourner dans sa tête.

– La première fois qu'il a frappé Darren, ton frère a eu un drôle de regard et tu as été obligée de lui ordonner de se calmer. Si tu ne l'avais pas fait, il l'aurait tué, n'est-ce pas ?

Silence.

– Ton frère n'est pas assujetti aux trois règles de la robotique, c'est bien ça ?

J'essayais de ne pas prendre un air coupable. J'avais sous-estimé Nathan. Une autre de mes erreurs le concernant.

– Tu as déconnecté la sécurité de son réseau neuronal, a-t-il insisté.

– Quand je me suis retrouvée seule, j'ai eu peur, ai-je expliqué à voix basse. Mon chagrin était immense et mon angoisse tout autant. J'avais besoin de mon frère pour veiller sur moi, pour me protéger. Pour m'empêcher de sombrer dans la folie. Des mois se sont écoulés avant que je sois capable de traverser le vaisseau. Durant la première année, j'ai cru que je n'y arriverais pas, chaque jour était une lutte. Le simple fait de me lever relevait de l'exploit. J'étais si loin de chez moi. Je voulais revoir la Terre. Je voulais cesser d'avoir peur. Alors j'ai adapté Aidan, pour qu'il me protège en toute circonstance et sans hésitation.

Nathan a secoué la tête comme s'il n'arrivait pas à en croire ses oreilles.

– Tu l'as donc débarrassé des trois lois imprescriptibles sur la robotique.

– Non, je les ai seulement amendées.

– Amendées ? Qu'as-tu fait par exemple de la première loi qui stipule qu'un robot ne peut porter atteinte à un être humain, ni, en restant passif, permettre qu'un être humain soit exposé au danger ?!

– Je l'ai modifiée.

– Je t'écoute.

J'ai hésité.

– Un robot ne peut porter atteinte à Olivia Sindall, ni, en restant passif, permettre qu'Olivia Sindall soit exposée au danger, sauf si elle l'ordonne expressément.

– Bordel ! s'est exclamé Nathan.

– Je n'avais que quinze ans ! me suis-je défendue.

– Pour la seconde loi ? a demandé Nathan. Un robot doit obéir aux ordres qui lui sont donnés par un être humain, sauf si de tels ordres entrent en conflit avec la première loi ?

– Un robot doit obéir aux ordres qui lui sont donnés par Olivia Sindall.

Nathan a hoché la tête.

– Et la troisième ? Un robot doit protéger son existence tant que sa protection n'entre pas en conflit avec la première et la deuxième loi ?

– Je l'ai… laissée tomber.

– Waouh ! Tu es incroyable !

Ce n'était pas un compliment.

– Je n'avais que quinze ans, ai-je répété. J'étais seule et terrifiée. Tu peux essayer de comprendre…

– Les trois lois n'ont pas été décrétées pour faire joli, a-t-il répliqué.

– J'avais l'intention de les réintégrer dans le programme dès que nous aurions été en vue de la Terre.

– Je résume : Aidan est un robot extrêmement fort et rapide sans aucun garde-fou pour réguler son comportement. Je n'arrive pas à croire que tu aies été aussi idiote.

– Il pense et ressent des émotions, comme un humain. Il a toutes les caractéristiques de mon frère. Il sait différencier le bien du mal, et jusqu'à maintenant, ça a très bien fonctionné. Et puis, je n'aime pas me faire traiter d'idiote.

Même si c'était vrai.

– Il ressent les émotions humaines ? Vraiment ?

– Oui ?

– Toutes les émotions ?

– Oui, je pense.

– Quel âge avait-il quand il est mort ?

– Quinze ans, pourquoi ?

– Vous étiez proches ?

– Oui, nous étions très proches. Nous étions jumeaux et il était mon meilleur ami.

Où voulait-il en venir ?

– Avait-il des amis à bord à part toi ?

J'ai haussé les épaules.

– Pas beaucoup. Il était très intelligent mais il était aussi souvent malade et il passait beaucoup de temps dans son lit ou au quartier médical. Mais pourquoi ces questions ?

– Parce que je crois que ton frère nous a tendu un piège.

– Je ne comprends pas.

– Vous êtes restés seuls pendant trois longues années, a expliqué Nathan, et soudain tu as décidé de nous sauver de Barros. Ton frère ne voulait pas de nous à bord. Nous représentions un danger à ses yeux.

– Bien sûr que non. C'est ridicule.

– Tu l'as dit toi-même, il éprouve les émotions humaines. Toutes les émotions, même les négatives comme la peur et la jalousie.

– Peur de quoi ? Jaloux de quoi ? me suis-je écriée.

– Peur de te perdre, jaloux de moi parce que soudain je concentrais toute ton attention.

– C'est absurde. C'est mon frère.

– Tu es malhonnête, Vee. Tu as essayé de faire passer ton frère pour un humain alors que toi-même tu ne le considères pas ainsi.

– De quoi parles-tu ?

– Pourquoi t'est-il si difficile de croire que ton frère t'aime, qu'il t'est entièrement dévoué ? Qu'il ressent de la jalousie et de la haine ?

– Non, non.

– Oh que si. Il est prêt à tout pour nous séparer.

– C'est ridicule. Il est au-dessus de ça.

– Bon sang, Vee ! Ouvre les yeux ! Émotionnellement, Aidan est un garçon de quinze ans qui t'a toujours eue pour lui tout seul. Et soudain, je suis apparu dans le tableau. Je parie que c'est lui qui t'a raconté tous ces mensonges sur Anjuli et moi.

– Il n'a pas eu besoin de me raconter quoi que ce soit, ai-je lâché. J'ai vu de mes yeux que tu avais donné mon pendentif à Anjuli.

– Non, c'est faux.

Je n'arrivais pas à croire qu'il continuait de me mentir.

– Pourquoi te donnes-tu autant de mal ? Je te dis que j'ai vu le pendentif autour du cou d'Anjuli moi-même.

– C'est impossible. Je sais que j'aurais dû t'avouer que je l'avais perdu mais en tout cas je ne l'ai pas donné à Anjuli. Et je suis certain qu'elle ne me l'aurait pas volé. C'était peut-être un autre pendentif…

– Aidan l'a examiné et il m'a confirmé que c'était le mien. Il a une petite rayure sur l'envers.

– Je ne l'ai jamais donné à Anjuli, a obstinément répété Nathan.

– Ah oui ? Et comment elle l'a eu, alors ?

– Je ne sais pas mais j'ai bien l'intention de le découvrir !

Je me suis mordu l'intérieur de la joue. Nathan avait eu l'air sincèrement surpris. Il ne pouvait pas être aussi bon acteur…

– Et si tu me soupçonnais de quelque chose, a-t-il repris, pourquoi n'es-tu pas venue m'en parler ?

– N'essaie pas de retourner la situation, me suis-je indignée.

– Il ne s'agit pas de toi ou de moi, Vee, mais de nous. Pourquoi n'es-tu pas venue m'en parler ?

– Je l'ai fait et tu m'as menti.

– Je ne t'ai jamais menti, a affirmé Nathan. Et je ne le ferai jamais.

– Bien sûr !... Même Anjuli a dit que tu étais un menteur et un manipulateur.

Nathan n'en revenait pas. Il avait été pris la main dans le sac et il continuait de nier. Il n'avait aucun respect pour moi.

– Échec et mat, ai-je conclu avec mépris. Je ne sais même pas pourquoi je prends la peine de discuter avec un menteur tel que toi.

Je lui ai tourné le dos.

– Olivia, a-t-il demandé d'une voix douce. Pourquoi t'es-tu mariée avec moi ?

– À ton avis ?

– Je pensais le savoir. Je croyais que c'était parce que tu éprouvais les mêmes sentiments que moi. À présent, je réalise combien je me suis trompé.

J'ai fait volte-face. Comment osait-il ?

– Je me suis mariée avec toi parce que j'étais amoureuse de toi. Et le pire, c'est que tu en as profité. J'aurais décroché les étoiles pour toi alors que tu avais prévu de me séduire pour t'emparer de mon vaisseau. Tu t'es bien moqué de moi. J'ai été le petit divertissement du voyage. Ta mère aussi a dû bien rire. « Vee a été seule si longtemps et il est évident que je lui plais, ça va être un jeu d'enfant de lui soutirer le code. » Tu m'as brisé le cœur, Nathan. Et tu as piétiné les morceaux.

Il me fixait, je soutenais son regard. Alors qu'il ouvrait la bouche, une alarme s'est déclenchée. Je détestais ce bruit. Je savais ce qu'il signifiait.

Aidan s'était réveillé.

70. NATHAN

Presque aussitôt, des cris ont retenti, suivis de déflagrations de pulseurs. Maria était sur le qui-vive.

– Laisse-nous sortir ! ai-je tenté. Vee est la seule à pouvoir arrêter son frère.

– Recule ! m'a-t-elle ordonné.

– Si tu ne me laisses pas sortir, vous allez tous mourir, est intervenue Vee.

– J'ai des ordres, a répondu Maria.

– J'espère que ce sera une consolation pour toi quand mon frère t'arrachera la tête. Et ce n'est pas une métaphore.

– Ce n'est qu'un gamin…

– Non, l'a contredite Vee. Aidan est un robot qui n'est pas du genre à se laisser arrêter par quelques coups de poing ou une poignée de pulseurs. Dès qu'il a découvert que j'étais ici, il est passé en mode protection. Il détruira tous ceux qui l'empêcheront de venir me délivrer.

Une nouvelle rafale de pulseur est venue ponctuer ses propos.

– Si tu ne veux pas nous libérer, va au moins te cacher ! s'est énervée Vee. Je ne veux pas avoir plus de morts sur la conscience.

La porte s'est ouverte et Aidan a fait irruption dans la soute. Il a lentement tourné la tête pour scanner le lieu. Ses yeux – entièrement blancs – n'avaient plus rien d'humain. Du sang tachait ses habits et ce n'était sûrement pas le sien. Il s'est avancé vers la cellule à pas lents.

– Maria ! Va-t'en ! a crié Vee.

Un pulseur a tiré et a atteint Aidan dans le dos. Ça ne l'a même pas ralenti. Vee a reculé. Instinctivement, je me suis placé devant elle. Maria a visé la poitrine d'Aidan.

– Recule, a-t-elle bégayé, je te préviens, je…

Il a continué de marcher. Maria a tiré. Les balles ont ricoché sur sa poitrine. À en juger par l'état de sa veste, Maria n'était pas la première à lui tirer dessus.

Il n'était plus qu'à quelques pas. Maria n'avait pas bougé. Il l'a saisie par le col et l'a envoyée valser de l'autre côté de la soute. Elle a atterri contre la paroi métallique dans un craquement et est tombée comme un pantin désarticulé.

Sans me quitter des yeux, Aidan a posé la main sur le panneau de contrôle. Le nanochamp a disparu. Le dernier rempart qui me protégeait de lui.

Quand il est entré dans la cellule, Vee a fait un pas en avant, mais je me suis déplacé de façon à rester devant elle. Aidan a tendu le bras vers moi, j'ai riposté par un coup de pied qui a atteint sa mâchoire. Il a vacillé. À peine. Et soudain, il a souri de cet étrange sourire empli de mépris. Aidan le robot avait disparu. Aidan le frère de Vee était revenu. Celui qui me détestait de lui avoir volé l'affection de sa sœur. J'ai reculé mais il m'a saisi par le cou et m'a soulevé, prêt à me briser la colonne vertébrale. J'ai tourné la tête vers Vee. Si ma dernière heure était venue, je voulais mourir en la regardant. Elle n'avait pas bougé. Elle ne regardait pas Aidan. Elle me fixait. Avec un regard glacé et sans pitié. Plein de haine.

Oui, elle me haïssait suffisamment pour regarder son frère me tuer sous ses yeux.

71. VEE

Aidan allait le tuer.

– Non ! Aidan ! Lâche-le !

Il a tourné la tête vers moi.

– Ne fais pas ça. S'il te plaît. Lâche-le.

Il me regardait sans bouger. Puis il a ouvert le poing et Nathan est tombé par terre. Il y a eu un craquement et un cri de douleur. Il avait dû se casser le bras ou le poignet. Aidan s'est penché vers lui et a serré son cou dans ses mains. Nathan ne pouvait plus respirer.

– AIDAN ! Arrête immédiatement !

J'ai couru vers mon frère.

– C'est un ordre ! STOP !

Il a lentement levé les yeux vers moi et, tout aussi lentement, a desserré son étreinte. Nathan s'est mis à tousser. J'ai posé les mains sur les joues de mon frère.

– Aidan, reviens, s'il te plaît.

Il a fermé les paupières, et quand il les a rouverts, ses yeux étaient redevenus normaux. Les portes de l'ascenseur se sont ouvertes sur Darren et Alex. Sans même regarder, ils ont tiré une rafale de pulseur. Aidan m'a plaquée au sol, de nouveau en mode protection.

– Darren, lâche ton arme, ai-je crié. Tu dois montrer à Aidan que tu ne représentes pas une menace.

Au lieu de m'écouter, Darren a foncé sur mon frère. Je me suis jetée sur Nathan pour le protéger. Il a gémi, j'avais sans doute heurté son bras. Quand j'ai relevé la tête, Aidan tenait Darren par le cou. Darren se débattait ; Aidan l'observait, la tête penchée sur le côté, un sourire aux lèvres.

– Ça, c'est pour ma sœur, a-t-il prononcé.

– Aidan, non, je… ai-je crié.

Trop tard. D'un seul geste, Aidan avait brisé le cou de sa proie. J'ai détourné les yeux. Alex avait posé son arme et reculait. Aidan ne lui prêtait aucune attention. Il faisait rempart de son corps entre Nathan, moi et le reste du monde. Je me suis levée et j'ai tendu la main à Nathan qui m'a regardée sans bouger.

Il savait qu'un bref instant j'avais failli laisser Aidan le tuer.

Il savait.

72. NATHAN

Ma mère est entrée dans la soute, flanquée de Sam et Harrison, armés. Elle s'est immobilisée en découvrant le corps de Darren à nos pieds.

– Ne vous approchez pas, l'a suppliée Vee. Et par pitié, posez vos armes. Trop de sang a déjà coulé.

Ma mère a fait signe à Sam et Harrison d'obéir.

– Nathan, tu vas bien ? m'a-t-elle demandé sans quitter Aidan des yeux.

Non, je n'allais pas bien du tout. J'avais mal au bras et Vee avait voulu ma mort.

– Oui, ai-je répondu.

–Vee, il faut que tu me croies. J'ignorais tout du plan de Darren. Il n'est venu m'informer qu'après t'avoir enfermée.

Vee est restée silencieuse. Elle continuait de me dévisager. J'ai baissé les yeux. La regarder était trop douloureux.

– Nathan, a-t-elle dit, va au dispensaire et fais soigner ton bras.

Je me suis levé. Je me fichais à présent qu'Aidan m'attaque. J'avais envie de mourir. Comme ça, Vee aurait ce qu'elle voulait.

73. VEE

Comment en était-on arrivés là ? Maria et Darren étaient morts. Trois autres membres de l'équipage étaient sérieusement blessés. Par chance, Aidan ne s'en était pas pris aux enfants.

Il n'était plus en mode protection. Malgré tout, personne n'osait nous approcher. Ils avaient aussi peur de moi que de lui parce que j'étais celle qui le contrôlait.

Nous nous sommes arrêtés au quartier médical. Dr Liana, Mike et quelques autres soignaient les blessés. Quand nous sommes entrés, tout le monde s'est arrêté de parler. Ils étaient terrifiés. Aidan n'avait pas prononcé un mot depuis que nous avions quitté la soute. Pour la première fois, je n'avais aucune idée de ce qu'il pensait. Comment pouvait-il se sentir après avoir tué et blessé tant de gens ? Son esprit cybernétique se justifiait-il en estimant que c'était de la légitime défense ? Que venir à mon aide était sa priorité ? Pensait-il qu'il était programmé comme ça et qu'il n'y pouvait rien ?

– On se remet au travail, a ordonné le docteur Liana.

– Je peux vous parler, docteur ? ai-je demandé.

– Pas maintenant, Vee. Tu vois bien que je suis occupée.

– C'est urgent, ai-je insisté.

Irritée, elle s'est approchée de moi. De nous.

– Qu'est-ce que tu veux ?

Silence. Puis…

– Pourquoi ? Pourquoi avez-vous fait ça, docteur ?

– Je ne comprends pas de quoi tu parles, Vee, m'a-t-elle répondu. Il va falloir que tu sois un peu plus précise.

– Pourquoi avez-vous tué les vôtres ? Pourquoi avez-vous provoqué ces soi-disant accidents ? D'une élite à une autre, expliquez-moi.

– Je ne sais pas de quoi tu parles, Vee.

Elle m'a accordé un sourire compréhensif.

– Tu ne te sens pas bien, Vee ? Tu es stressée peut-être ? Tu sais qu'en tant que médecin officiel du bord, je peux te relever de tes fonctions ?

– Oui, je sais. Je veux juste savoir pourquoi. Parole d'élite, je ne répéterai pas un mot de notre conversation.

Elle a eu un geste de la main comme pour chasser une mouche.

– De quoi m'accuses-tu, au juste ? Nous savons maintenant qui est le tueur sur ce vaisseau et c'est ton frère.

– Allons, doc, il n'y a que vous et moi. Et puis de toute façon, même si je voulais trahir votre secret, qui me croirait à présent ? La commandante Linedecker va prendre la direction du vaisseau et vous emmener sur Mendela Prime. C'est bien ce que vous vouliez, non ?

– Non ! (Le docteur Liana avait haussé la voix mais elle s'est très vite reprise.) Je veux retourner sur Terre. Tu le sais.

– J'avais l'intention de vous y ramener, alors pourquoi avez-vous voulu me piéger ? Pourquoi vouloir faire croire aux autres que j'étais coupable de meurtres ? Me détestez-vous autant que ça ?

Je m'étais confiée à cette femme. Je lui avais fait confiance. J'avais cru que nous étions devenues amies. Hormis Nathan, c'est d'elle que je me sentais le plus proche. Je n'étais vraiment pas douée pour juger les gens.

– Non, Olivia, je ne te déteste pas. Tu es même une des rares personnes à bord que je parviens à tolérer. Je suis de ton côté.

– Drôle de façon de me le montrer !

Le docteur Liana a secoué la tête.

– Olivia, ceux qui sont morts n'étaient pas de bonnes personnes. Jaxon complotait avec Darren pour te prendre le vaisseau. Ian et Corbyn avaient accepté de les aider.

J'étais stupéfaite.

– Eh oui, a confirmé le docteur, et je ne pouvais pas les laisser faire. J'aurais aimé épargner Mei et Saul. Surtout Mei. Elle n'était pas allergique aux arts et à la culture comme presque tous les autres sur Callisto. Je comptais nous débarrasser de Jaxon et Darren mais Jaxon était seul quand il a rencontré Mei et Saul. Il voulait les convaincre de se joindre à leur petit groupe et il leur a demandé de l'accompagner dans le sas, le seul endroit du vaisseau où les conversations ne sont pas enregistrées.

– Il n'y a pas de micro non plus dans les chambres, lui ai-je fait remarquer.

– Bien sûr que si. C'est seulement qu'on n'a accès à ces enregistrements qu'en cas de problème grave dans cette zone. Jaxon et Darren se retrouvaient souvent dans le sas.

– Comment l'avez-vous su ?

– Ils ont essayé de me recruter.

Je devais continuer de lui parler malgré ma répulsion. Elle pensait que nous étions pareilles. Des élites, supérieures aux drones. Je devais jouer là-dessus.

– Et les empoisonnements du mess ?

– Ces imbéciles ne savaient que pérorer sur la qualité du Prop qu'ils commandaient au distributeur comparé à celui qu'on leur vendait sur Callisto. Ou alors, ils rêvaient de leur vie sur Mendela Prime. J'aurais pu leur dire qu'elle ne serait en rien différente de celle qu'ils avaient sur Callisto. Ces gens restent ignares quelles que soient les circonstances.

– Max et Dooly sont morts.

– Je leur ai rendu service, a rétorqué calmement le docteur Liana.

J'essayais de garder une expression neutre. Maintenant qu'elle avait commencé à parler, elle semblait ne plus vouloir s'arrêter.

– En quoi ça vous dérangeait qu'ils discutent de leur vie sur Mendela Prime ?

– Je voulais rentrer chez moi ! Je ne voulais pas passer par Mendela. J'en ai assez de l'espace, des mines et des imbéciles. J'en ai assez des transporteurs et des vaisseaux. Je sais tout sur ces pauvres gens et sur les pirates qui les ont aidés à fuir Callisto. Je n'aurais aucun mal à racheter ma liberté.

– C'est ce que vous aviez prévu ? Leurs vies en échange de votre retour sur Terre ?

Le docteur a ouvert la bouche et l'a refermée. Elle se rendait compte qu'elle en avait sans doute trop dit.

– Je ne suis pas responsable de ces accidents, mais si ça avait été le cas, j'aurais été prête à tout pour retourner chez moi, sur Terre.

– Mei, Saul, Jaxon, Ian, Corbyn, Max, Dooly. Ça ne vous fait donc rien de les avoir tués ?

– Tu ne peux pas m'accuser sans preuve !

– Non, mais la commandante Linedecker est loin d'être idiote, elle ne tardera pas à comprendre ce que vous manigancez.

– Catherine ? Ça m'étonnerait. Elle ne s'intéresse qu'à ses précieux drones. Je crois qu'elle commence à penser que c'est toi la coupable. Elle a oublié ce qu'était la civilisation.

– Parce que tuer des gens, c'est civilisé ?

– Je ne faisais que t'aider ! Te protéger. Comme ton frère.

Elle me donnait envie de vomir.

– Je pourrais raconter notre petite discussion à la commandante.

– Tu m'as donné ta parole que tu ne le ferais pas. Aurais-tu déjà fréquenté les drones trop longtemps et oublié la valeur d'une promesse ? Et puis, comme tu l'as dit, ni Catherine ni personne à bord ne croira un mot qui sortira de ta bouche.

– J'ai restauré les lois de la robotique dans le programme de mon frère. Il ne peut plus faire de mal aux humains. J'ai mal agi, c'est vrai, mais quand j'ai pris cette décision, j'étais seule et j'avais peur. Vous n'avez pas cette excuse. Vous me faites penser à Norman Bates.

– Norman Bates, du film *Psychose* d'Alfred Hitchcock ? Je suis certainement la seule à bord à connaître cette référence, ce qui en dit long sur les gens avec qui j'ai dû passer ces dernières années. C'est terminé à présent. Je vais rentrer chez moi, retrouver les miens. Des élites comme moi, comme toi.

– Je ne suis pas comme vous ! me suis-je indignée.

– Bien sûr que si. Comme moi, tu aimes l'art et la littérature, la musique et les films. Toutes ces choses qui te séparent de ces bêtes ignorantes.

– Vous pensez vraiment qu'il est possible de se passionner pour la culture quand on meurt de faim, qu'on travaille dans des conditions inhumaines et que chaque jour est une lutte pour la survie ? N'éprouvez-vous donc aucune empathie ? Manquez-vous à ce point d'imagination ? Peut-être devriez-vous lire plus !

Silence.

– Dis-moi, Vee, a-t-elle repris au bout d'un moment, en partant de l'hypothèse que tu aies raison à mon sujet, comment en es-tu arrivée à cette conclusion ?

– Vous possédez la connaissance technique et tous ceux qui mangeaient à votre table ont été intoxiqués. Sauf vous. J'imagine que vous avez empoisonné la carafe après vous être servie. Et puis vous les avez tranquillement regardés tomber comme des mouches.

– Tu es bien sûre de toi ? Peut-être n'avais-je tout simplement pas encore bu dans mon verre ?

– Il y avait la marque de vos lèvres sur le bord. Pas besoin d'être un génie pour en tirer les conclusions qui s'imposent.

La porte du quartier médical s'est ouverte derrière moi. Du coin de l'œil, j'ai vu la commandante Linedecker, accompagnée d'Alex et Harrison qui étaient tous les deux armés.

Le docteur Liana a froncé les sourcils.

– Que viens-tu faire ici, Catherine ? a-t-elle demandé.

C'est à ce moment-là qu'elle l'a entendue. Sa voix qui résonnait dans tout le vaisseau. Elle s'est tournée vers moi, les yeux agrandis par la colère. J'ai hoché la tête.

– Eh oui, Aidan a diffusé notre petite discussion afin que tout le monde l'entende. Sauf dans le quartier médical, bien entendu. Je vous avais promis que je ne répéterai pas un mot de ce que vous me diriez, je vais pouvoir tenir parole.

– Tu me déçois, Olivia, a-t-elle marmonné. Tu me déçois beaucoup.

– Docteur, a annoncé la commandante, Alex et Harrison vont vous escorter jusqu'à une cellule où vous resterez jusqu'à notre arrivée sur Mendela Prime.

– Vous ne pouvez pas m'enfermer, a sèchement répliqué le docteur Liana. Vous avez besoin de moi.

– Besoin de vous pour quoi ? Tuer plus de gens ? Allez, suivez-moi.

Je pensais qu'elle tenterait de résister, mais après m'avoir jeté un regard de mépris comme si j'étais un spécimen décevant, elle a emboîté le pas à Harrison. Je me suis tournée vers mon frère.

– Aidan, tu peux arrêter la diffusion maintenant.

La commandante m'a fait signe de la suivre hors du quartier médical et a attendu que les portes se referment derrière nous.

– Vee, as-tu réellement rétabli les trois lois dans le programme de ce robot ?

Je n'aimais pas l'entendre parler de mon frère dans ces termes, mais j'ai acquiescé.

– Je veux quand même qu'il soit enfermé, a-t-elle déclaré. Personne ne se sentira en sécurité tant qu'il déambulera dans les couloirs.

– Ce n'était pas sa faute, ai-je protesté. C'est moi qui avais altéré son programme. Je ne pensais pas qu'il tuerait des gens.

– Mais il l'a fait et je te demande, pour le bien de ceux qui restent, l'autorisation de le mettre en détention. Un nanochamp peut-il le contenir ?

– Oui. Et de toute façon, si je lui demande de ne pas bouger, il m'obéira.

C'était injuste. Aidan allait payer pour mes erreurs.

– Commandante, ai-je lancé, si vous voulez l'enfermer, vous devriez m'enfermer aussi. Je suis aussi responsable que lui. Bien plus même.

– Non, nous avons besoin de ton aide pour atteindre Mendela Prime. Tu es le capitaine de ce vaisseau.

– Plus maintenant. Je vais vous donner le code ainsi que mon bracelet. Je vous dirai tout ce que vous avez besoin de savoir.

La commandante s'est penchée vers moi.

– Oh non, Vee, a-t-elle chuchoté à mon oreille. Tu es le capitaine de ce vaisseau. Tu vas devoir vivre avec tes échecs comme avec tes succès. Tu dois penser au bien de tous, pas seulement au tien. Tu vas donc prendre tes responsabilités au lieu de te cacher dans un coin. Cet équipage a besoin de toi. Alors voilà comment ça va se passer : ton frère va être escorté jusqu'à la soute et il restera enfermé jusqu'à ce que nous décidions de son sort. Toi, tu vas aller sur le pont principal et faire ce que tu as à faire.

C'était comme si elle m'avait giflée. Abasourdie, j'ai dévisagé la commandante sans un mot.

– On est bien d'accord ? a-t-elle repris.

– Euh… et pour ceux qui sont morts ?

– Nous allons d'abord nous concentrer sur les vivants.

J'ai acquiescé lentement avant de me tourner vers mon frère.

– Aidan, je veux que tu descendes dans la soute et que tu te places en détention. Tu y resteras jusqu'à nouvel ordre. C'est compris ?

– J'ai fait quelque chose de mal, Vee ? a-t-il demandé.

– Non, pas toi. C'est moi, mais maintenant, nous allons devoir payer tous les deux.

Mon frère n'avait fait que suivre son programme de protection, mais ses émotions de garçon de quinze ans avaient interféré et il avait pris plaisir à se venger de Darren et des autres. Il n'avait aucune maturité émotionnelle parce que je n'avais tout simplement jamais songé à prendre en compte cette partie de son développement. Nathan avait raison, j'avais commis de graves erreurs et les autres en avaient payé le prix.

– Je t'aime, Aidan, lui ai-je soufflé.

– C'est vrai ?

– Oui, c'est vrai.

Mon cœur battait pour nous deux alors que je l'ai regardé se diriger vers l'ascenseur en compagnie d'Alex.

74. NATHAN

Il était tard et j'étais revenu m'installer dans mes quartiers près du laboratoire d'astrophysique. Mon bras me faisait mal mais ce n'était rien comparé à la douleur que j'éprouvais dans la poitrine. Je ne parvenais pas à oublier le regard de Vee quand Aidan avait été sur le point de me tuer. Il avait voulu me voir souffrir et Vee avait eu envie d'assister au spectacle. Elle me haïssait de toutes ses forces. Je l'avais découvert à cet instant. Pourtant, j'aurais pu jurer…

Des larmes coulaient sur mes joues, intarissables. C'était sans doute un effet secondaire de l'antidouleur que m'avait administré le docteur Liana avant d'être arrêtée. Oui, sans doute.

Je ne comprenais toujours pas ce qui s'était passé. Comment notre amour avait-il pu se transformer en cette chose froide et morte en aussi peu de temps ? La seule explication était qu'il n'avait jamais existé.

J'avais eu envie de croire que ce que Vee et moi partagions était unique, alors que ce n'était qu'un mélange de désir sexuel et d'envie de ne plus être seul. Sur Barros 5, je me levais chaque matin en pensant que cette journée serait la dernière de ma vie. Vee, elle, avait été seule pendant trois ans. Notre attirance mutuelle s'était nourrie du désespoir enfoui au fond de nous-mêmes. Et puis, il y avait eu toutes ces incompréhensions, ces non-dits, ces mensonges. Vee avait souffert parce qu'elle avait cru que je la trompais avec Anjuli. Je devais au moins tirer ça au clair.

– Ordinateur, où est Anjuli ? ai-je demandé à voix haute.

– Dans ses quartiers.

– Où est Vee ?

– Dans ses quartiers.

Je me suis levé et je suis sorti. J'ai ralenti en passant devant la porte de Vee. Si j'appuyais ma paume sur le pad, s'ouvrirait-elle ? Je ne voulais même pas le savoir. Vee et moi n'étions plus rien l'un pour l'autre. Mais je voulais qu'elle cesse de croire que j'avais pu la tromper. J'ai appuyé sur la sonnette. La porte s'est ouverte presque aussitôt.

Bon sang.

Quand je l'ai vue, mon cœur s'est serré. Elle semblait si malheureuse que j'ai presque dû me retenir pour ne pas la prendre dans mes bras. Presque.

– J'aimerais que tu m'accompagnes quelque part, lui ai-je demandé.

Ma voix était comme un grognement. Elle n'a pas prononcé un mot. Elle est sortie dans le couloir. Nous avons pris l'ascenseur en silence. Nous avons croisé d'autres membres de l'équipage sans échanger un sourire, ni un mot.

– Ordinateur, où se trouvent les quartiers d'Anjuli ?

– I-17, pont intermédiaire.

Vee m'a jeté un regard surpris et il m'a fallu quelques secondes pour comprendre pourquoi. Évidemment, elle pensait que je savais déjà où dormait Anjuli.

Lorsque nous sommes arrivés, j'ai appuyé sur la sonnette. Anjuli a mis du temps avant de venir ouvrir.

– Nathan ? Tu sais quelle heure il est ? a-t-elle marmonné en se frottant les yeux. Vee ? Qu'est-ce que tu fais là ? Tout va bien ?

– Non, tout ne va pas bien, ai-je répondu. Où as-tu eu ce pendentif que tu portes autour du cou ?

Elle a baissé les yeux et l'a pris dans sa main.

– Ça ?

– Où l'as-tu eu ? ai-je répété.

– C'est Aidan qui me l'a donné.

– Aidan ? s'est exclamée Vee. Pourquoi aurait-il fait ça ?

– Il m'a dit que c'était un cadeau de la part de quelqu'un qui m'aimait beaucoup mais était trop timide pour me l'offrir lui-même.

Elle souriait.

– Qui ? ai-je voulu savoir.

– Mike, bien sûr.

– Mike ? s'est exclamée Vee. Mike, qui travaille à la serre hydroponique ?

– Oui. Il lui a fallu un moment pour se décider. J'essaie d'attirer son attention depuis longtemps mais c'était comme s'il ne me voyait pas.

J'ai pris une grande inspiration.

– Où Aidan a-t-il eu ce pendentif ?

Anjuli a haussé les épaules.

– Je suppose que Mike le lui a donné pour moi. Depuis, j'attends qu'il vienne me parler mais il ne s'est pas encore décidé. Pourquoi vous me posez toutes ces questions ?

Vee semblait perdue.

– Anjuli, tu as eu une conversation dans la serre avec Aidan, il y a quelques jours, tu te souviens ?

– Oui, bien sûr.

–Tu as parlé de quelqu'un en disant que c'était un manipulateur. De qui s'agissait-il ?

Anjuli a grimacé.

– Harrison.

– Aidan t'a murmuré quelque chose à l'oreille. Qu'est-ce que c'était ?

– Comment tu sais ça ? Tu n'étais pas là !

– Anjuli, s'il te plaît, a insisté Vee. Dis-moi ce que mon frère t'a chuchoté.

– D'après Aidan, Harrison racontait à tout le monde que je ne pouvais pas lui résister.

Elle a plissé le nez avant d'ajouter :

– N'importe quoi.

Le visage de Vee s'est décomposé. Je ne comprenais rien à cette histoire de conversation dans la serre. Tout ce qui m'intéressait était de savoir comment Aidan avait eu le pendentif. Je ne l'enlevais jamais sauf pour me doucher. Aidan n'était venu qu'une fois dans notre chambre et ce n'était pas à ce moment-là que j'avais perdu le bijou. La seule personne qui était entrée dans nos quartiers…

– Anjuli, tu peux venir avec moi, s'il te plaît ?

– Quoi ? Maintenant, en pleine nuit ? Où ça ?

– S'il te plaît, Anjuli, c'est important.

Trop tard mais important quand même.

– Ordinateur, quel est le numéro de la chambre d'Érica ?

– I-53.

Vee et moi avons échangé un regard. Était-ce du regret que je lisais dans ses yeux ? J'ai dû appuyer deux fois sur la sonnette d'Érica pour qu'elle ouvre.

– Nathan ! Qu'est-ce que tu fiches ici ? Tu sais quelle heure il est ?

– Pourquoi m'as-tu volé mon pendentif ?

Elle m'a regardé en clignant des yeux, puis elle a remarqué le bijou autour du cou d'Anjuli.

– Qu'est-ce que tu fais avec ça ? lui a-t-elle demandé.

– Aidan me l'a donné de la part de Mike.

Érica a secoué la tête.

– Non. C'est pas possible.

Anjuli a tressailli.

– Tu me traites de menteuse ?

– Érica, pourquoi me l'as-tu volé ? ai-je lentement articulé.

Elle a eu une moue espiègle qui m'a encore plus donné envie de lui arracher la tête.

– Je n'ai pas envie de jouer, Érica.

– Qu'est-ce que c'est que cette histoire ? est intervenue Anjuli.

Elle ne comprenait toujours rien.

– Érica va nous dire comment elle a eu le pendentif, lui ai-je expliqué.

À côté de moi, Vee a baissé la tête. Érica a soupiré.

– Je l'ai pris sur ta table de chevet pendant que tu prenais ta douche.

– Quoi ? Tu l'as volé à Nathan ! s'est écriée Anjuli.

– Je ne l'ai pas volé, a nié Érica avec véhémence, je l'ai pris.

– Pourquoi ? a demandé Vee d'une toute petite voix.

– C'est Aidan qui me l'avait demandé.

Une nouvelle fois, Aidan était l'araignée au centre de cette toile.

– Je ne comprends pas, a soufflé Vee.

Érica a haussé les épaules.

– Il voulait juste jouer un tour à Nathan. Il n'arrêtait pas de me demander de trouver un moyen de le récupérer. Je suis désolée, Nathan, a-t-elle ajouté en me regardant. Il m'avait promis qu'il ne le garderait pas plus d'un jour ou deux. Il voulait juste que Vee soit en colère après toi. C'était pour rire. Je ne savais pas qu'il le donnerait à Anjuli.

– Alors… ce n'est pas un cadeau de Mike ? a réalisé Anjuli.

– Non ! ai-je crié. Ce pendentif est à moi. Aidan ne te l'a donné que pour tenter de nous séparer, Vee et moi. Et il a réussi. Vee pensait que toi et moi… que…

Anjuli était horrifiée.

– Quoi ? Toi et moi ? Non, Vee ! Non, tu ne peux pas croire que nous aurions pu faire une chose pareille ! Nathan est fou de toi. Sur Callisto, il jurait qu'il ne se marierait jamais ! Il a suffi qu'il pose les yeux sur toi pour changer d'avis. Je te jure…

– Ça va, Anjuli, l'a interrompue Vee d'une voix douce. Je te crois. Je vous demande pardon. À tous.

Elle a tourné les talons et s'est éloignée. Je ne sais pas ce que j'attendais mais pas ça. Elle marchait d'un pas décidé, la tête haute. Notre mariage était bel et bien terminé.

75. VEE

J'avais passé la nuit à pleurer dans ma chambre. À peine levée, je suis descendue dans la soute. Le docteur Liana était allongée sur son lit, le visage tourné vers le mur. Aidan était debout, les yeux ouverts.

Je me suis approchée de lui.

– Qu'est-ce que tu as fait ? lui ai-je demandé.

Son expression était impénétrable. Depuis que j'avais modifié son programme, il avait changé.

– Aidan, pourquoi m'as-tu menti au sujet de Nathan ?

– Je ne comprends pas la question.

– Pourquoi as-tu demandé à Érica de voler le pendentif que je lui avais offert ? Pourquoi as-tu voulu me faire croire qu'il me trompait ?

– Je ne comprends pas la question.

– Pourquoi as-tu essayé de tuer Nathan ? Il n'était pas armé, il ne pouvait pas me faire de mal.

– Il représentait un danger. Il te rendait malheureuse.

– Non, ce sont tes mensonges qui m'ont rendu malheureuse.

Aidan n'a pas répondu.

– Nathan dit que tu étais jaloux de lui. C'est vrai ?

Mon frère a plissé les paupières.

– C'est vrai, Aidan ?

Il s'est assis sur son lit et m'a regardée droit dans les yeux avant de répondre :

– Je ne comprends pas la question.

76. NATHAN

Qui sonnait à ma porte à une heure du matin ? J'avais pourtant prévenu Anjuli que je ne voulais pas de compagnie. J'en avais par-dessus la tête de ses tentatives pour me changer les idées. Ainsi que des excuses d'Érica et des regards apitoyés de ma mère. J'ai ouvert la porte, prêt à passer ma colère.

Vee.

Ma rage est tombée. À chaque fois que je la voyais, c'était comme un coup de poing dans l'estomac.

– Je peux entrer ? a-t-elle demandé.

Je me suis effacé et elle s'est avancée. Je suis resté appuyé contre le mur, les bras croisés sur la poitrine. Je ne voulais pas prendre la parole le premier. Pas par réflexe enfantin mais parce que je ne me faisais pas confiance.

– Il fallait que je te voie. Je sais que ce sera insuffisant, mais je veux te présenter mes excuses pour avoir douté de toi.

Je n'ai pas bougé.

– Je ne comprends toujours pas les raisons pour lesquelles Aidan a agi de cette façon. Il refuse de me parler, a-t-elle continué.

Je lui avais déjà donné mon opinion à ce sujet. Et le plus important, c'était qu'à ce moment-là, elle avait choisi de le croire lui plutôt que moi.

– Pourras-tu jamais me pardonner ?

– De quoi ? De ne pas m'avoir fait confiance ? D'être restée sans bouger quand ton frère a voulu me tuer ?

– C'est faux. Je l'en ai empêché.

– Reconnais que tu as failli le laisser faire. Que tu en as eu envie.

Les yeux de Vee se sont remplis de larmes. Elle les a essuyées du revers de la main.

Je voulais qu'elle pleure. Je voulais qu'elle endure ne serait-ce que la moitié de ma souffrance.

– Je sais que je n'ai pas le droit de te demander ça, mais pardonne-moi, s'il te plaît.

Je me suis redressé et j'ai décroisé les bras. Je me suis approché d'elle, lentement. Elle avait tout le temps de fuir. Mais elle est restée immobile. Et pourtant, elle avait peur. Peur de ce que je pourrais lui faire.

Parfait. Je l'ai toisée. Mes pensées tournaient dans ma tête. Aucune n'était positive.

– Nathan, s'il te plaît…

– Quoi ?

Ma voix était dure comme de la pierre.

– Dis-moi ce que je dois faire pour que les choses redeviennent comme avant entre nous, a-t-elle murmuré. Je suis prête à tout.

Elle a pris mon visage dans ses mains. Je me suis écarté.

– Prouve-le, ai-je lâché.

– Comment ?

– Enlève tes vêtements.

Elle s'est pétrifiée.

– Pourquoi ?

– Parce que je te le demande. Tu as bien dit que tu étais prête à tout ?

Nous nous sommes regardés. Elle a levé le menton.

– Je ne te laisserai pas me brutaliser, Nathan.

– Ce n'est pas mon intention. J'ai seulement envie de baiser. Dans le lit, par terre, contre un mur. Ça m'est égal. Ensuite, tu pourras partir.

– Je ne suis pas ta prostituée ! a-t-elle protesté, furieuse.

– Ah oui ? Tu as bien cru que moi je couchais avec toutes les filles qui passaient à ma portée. Tu t'es demandé pourquoi ? Si je n'avais pas été un drone, aurais-tu été aussi prompte à me juger ? Je ne crois pas.

– C'est faux. Ça n'avait rien à voir. D'ailleurs, ça n'avait rien à voir avec toi. C'est moi qui avais un problème. Moi et mes doutes, moi et ma peur. Je n'arrivais pas à me convaincre que tu m'aimais. Je n'arrivais pas à croire que quelqu'un qui n'était pas de ma famille puisse m'aimer. Regarde-moi. Je ne suis rien. J'ai à peine existé pendant trois ans. Pourquoi aurais-tu voulu de moi ? Anjuli, toi et les autres avez tellement partagé. Voilà ce que je ne cessais de me répéter.

Mais je ne l'écoutais pas. Tout ce que je voyais était une personne qui avait été prête à me voir mourir sous ses yeux.

– Tu veux que je t'aide à te déshabiller ? lui ai-je demandé.

Elle a brièvement fermé les yeux. Quand elle les a rouverts, ils étaient brillants de larmes.

– Je ne vais pas faire l'amour avec toi, Nathan. Pas comme ça.

– Prête à tout, hein ? Cette promesse était aussi vide que celles que tu m'as faites pendant notre cérémonie de mariage.

– Je veux que tu me pardonnes, Nathan. Mais ce n'est pas la bonne façon.

– Va-t'en, lui ai-je ordonné.

Un instant plus tard, j'étais de nouveau seul dans ma chambre.

77. VEE

Quand je suis sortie pour prendre mon quart, Anjuli m'attendait dans le couloir.

– Qu'est-ce que tu veux ? lui ai-je demandé en soupirant.

Après avoir vu Nathan, la nuit dernière, j'avais passé la nuit assise dans le noir dans ma chambre. Je devais affronter la réalité. L'amour qu'il m'avait porté s'était éteint, définitivement. Et c'était entièrement ma faute. Je n'avais pas eu foi en nous parce que je n'avais pas eu foi en moi. Je n'arrivais pas à croire que j'étais tombée amoureuse de lui aussi vite. C'était trop beau pour être vrai. Aidan n'avait pas eu de mal à me convaincre que je me trompais.

J'aurais dû m'accrocher à Nathan de toutes mes forces. Si j'avais été plus confiante ou si j'avais eu plus d'expérience, je n'aurais jamais laissé qui que ce soit s'immiscer entre nous.

Je l'avais perdu.

– Vee, ça va ? s'est inquiétée Anjuli.

J'ai levé les yeux vers elle.

– Tu voulais me dire quelque chose ?

Elle a hésité un instant.

– Je… je sais que tu traverses des moments très difficiles mais… il faut que j'éclaircisse un point avec toi.

– Je t'écoute.

– C'est Aidan qui m'a suggéré de mettre les échanges mazones sur écoute. D'après lui, si je prenais cette initiative, tu serais impressionnée.

J'ai froncé les sourcils.

– Pourquoi ne l'as-tu pas dit plus tôt ?

– Parce que c'était quand même mon erreur. J'aurais dû te demander l'autorisation. Et puis, j'aurais eu l'air de vouloir faire endosser ma faute à ton frère.

– Je vois.

– Et autre chose, a-t-elle repris. C'est aussi Aidan qui m'a persuadée de demander à Nathan qu'il intercède auprès de toi en ma faveur.

Mon frère avait tout prévu dans les moindres détails.

– Merci de me le dire, ai-je réussi à articuler.

Après un petit signe de tête, Anjuli a tourné les talons pour retourner à la salle des machines.

– Attends, l'ai-je rappelée. On a besoin de toi au poste de commandement.

Elle a cligné des yeux.

– Vraiment ?

– Oui, vraiment.

– Merci, merci, Vee. Je ne te désobéirai plus, je te le promets.

J'allais dans la même direction qu'elle mais Anjuli ne m'a pas attendue. Elle a couru prendre son poste. Si j'en avais eu le cœur, son enthousiasme m'aurait fait sourire.

Quand je suis arrivée à mon tour sur le pont principal, Nathan était déjà au poste de pilotage. À la place d'Aidan. Anjuli était assise à côté de lui. La commandante Linedecker, Sam et Hedda étaient également présents.

Nous n'étions plus qu'à une heure du trou de ver qui nous permettrait enfin de quitter le territoire mazone. Je devais me concentrer.

Anjuli et Nathan parlaient à voix basse. J'ai rapidement lu les rapports du quartier médical pour savoir comment se remettaient les blessés et les malades. Puis je me suis forcée à prendre connaissance du dossier de ceux qui étaient morts : Max, Dooly, Maria et Darren. Leurs funérailles auraient lieu après la traversée du trou de ver. Leurs corps seraient largués dans l'espace. Les yeux fermés, je me suis massé les tempes.

Trop d'humains étaient morts, mais aussi des rêves, des espoirs, des projets. Malgré moi, j'ai jeté un coup d'œil vers Nathan. Il me regardait. J'ai détourné les yeux.

Anjuli lui a murmuré quelque chose et il a acquiescé.

–Vee, nous avons un problème, m'a-t-il annoncé.

– Quoi ?

– Il y a deux vaisseaux mazones entre nous et l'entrée du trou de ver. Ils ne savent pas notre position exacte mais ils ont dû deviner notre destination.

Oui, sans doute. Et il n'y avait pas de tempête d'ions pour se cacher, cette fois. Nous avions parcouru tout ce chemin pour rien.

78. NATHAN

C'était injuste. Échouer si près du but.

– Dans combien de temps serons-nous sur eux ? a demandé Vee avec un calme que je lui enviais.

J'ai vérifié sur mon écran de contrôle.

– Quatre-vingt-dix minutes.

– Quand seront-ils en mesure de déterminer notre position ?

– À notre vitesse actuelle, moins de six minutes.

– Vos ordres, capitaine ? s'est enquise Anjuli.

– Alerte rouge silencieuse.

– Capitaine ?

Ma mère s'est approchée d'elle.

– J'ai un plan, commandante Linedecker, mais je crois que vous n'allez pas l'aimer.

– C'est mieux que de mourir ?

– Ça dépend du point de vue.

– Dis-moi.

– Il y a des pods de sauvetage à bord. Je suggère que nous les utilisions.

– Tu veux que nous abandonnions le vaisseau ?

– Non, mais je veux que les Mazones le croient. Pour ça, nous devons installer… nos morts dans les pods et les envoyer vers le trou de ver afin que les Mazones pensent que nous essayons de leur échapper.

– Je comprends ta logique, a opiné ma mère. Les pods sont des cibles plus petites et plus mouvantes mais les Mazones tenteront quand même de leur tirer dessus.

– J'y compte bien, a répliqué Vee.

Ma mère l'a dévisagée en plissant les paupières.

– Tu veux que nous équipions les pods de charges explosives, a-t-elle soufflé.

– Oui. Avec un peu de chance, ils endommageront les vaisseaux mazones, ce qui nous donnera une chance de passer.

– C'est un bon plan, a approuvé ma mère. Pourquoi ne sembles-tu pas plus convaincue que ça ?

– Pour que ça marche, a expliqué Vee, les pods ne doivent pas exploser avant d'être assez près des vaisseaux des Mazones, sinon ils comprendront la supercherie. Chaque pod devra donc être contrôlé depuis le vaisseau. Il faudra leur faire suivre une trajectoire aléatoire comme si chacun était piloté par un de ses occupants.

– Je peux calculer des trajectoires, si tu veux, a proposé Anjuli.

– Non, on va devoir s'adapter au fur et à mesure.

– C'est possible ? a questionné ma mère.

Anjuli a secoué la tête.

– Non, je ne peux pas piloter quatre pods à la fois.

– Nathan ? m'a demandé ma mère.

– Anjuli a raison.

– Donc le plan tombe à l'eau, a résumé ma mère.

– Aidan peut le faire, est intervenue Vee.

Quoi ? Elle ne suggérait quand même pas que nous amenions cette machine à tuer sur le pont principal ! Elle s'est tournée vers ma mère.

– C’est à vous de décider, commandante.

Ma mère a pris une profonde inspiration.

– Sam, fais-le monter.

– Non ! ai-je protesté.

– Tu contestes mes ordres, Nathan ? a lancé ma mère.

J’ai lentement secoué la tête.

– Non, mon commandant.

Sam a tapoté sur le clavier pour transférer l’ordre et nous nous sommes tous penchés sur la réalisation du plan de Vee. Comment faire croire aux Mazones que les pods étaient occupés par des vivants et quelle charge de plasma explosif placer ? Notre réussite dépendrait de chaque détail.

Aidan est entré. Érica était à ses côtés, armée d’un pulseur. Elle devait pourtant savoir que cette arme était totalement inefficace contre lui. Il a posé les yeux sur moi. J’ai ressenti une furieuse envie de le frapper. Quand il s’est assis, Vee s’est approchée de lui.

– Aidan, les Mazones se sont placés entre nous et l’entrée du trou de ver. Nous allons lancer quatre pods équipés d’explosifs. Nous allons aussi y installer les corps de nos camarades morts.

– Pourquoi ?

– Au cas où les Mazones scanneraient les pods. Je veux que tu diriges les pods vers les vaisseaux mazones. Quand ils seront assez près, les Mazones leur tireront dessus et les explosions leur causeront des dommages qui devraient nous laisser le temps de pénétrer dans le trou de ver. Tu as compris ?

– Bien sûr, petite sœur.

Vee a tressailli.

– Sam ? Les pods sont prêts ? a-t-elle demandé.

– Oui, capitaine. On n’attend plus que votre ordre de lancement.

– Nathan, dans combien de temps les Mazones auront-ils déterminé notre position ?

– Quatre-vingt-dix secondes.

– Nathan, si le plan échoue, il faudra que tu calcules un nouveau trajet pour foncer vers le trou de ver à la vitesse maximale.

– Je pense que les Mazones resteront dans le même alignement, a renchéri ma mère. Ils savent que nous sommes obligés de passer devant eux. Il leur suffit d'attendre.

– Nathan, tiens-toi prêt à lancer les pods, dès que les Mazones commenceront à avancer vers nous, m'a ordonné Vee. Aidan, tu sais ce que tu as à faire.

Il avait les mains posées sur les manettes. Nos vies dépendaient de lui. Et je ne lui faisais absolument pas confiance.

C'était par sa faute que j'avais perdu Vee.

Comme s'il avait lu dans mes pensées, il m'a adressé un sourire.

Mon envie de lui fracasser la tête était presque irrésistible. J'avais appris sur Callisto que la haine vous rongeait comme un acide jusqu'à ce qu'il ne reste plus rien de vous. Pourtant, ça ne suffisait pas à apaiser celle que j'éprouvais pour Aidan – et sa sœur.

79. VEE

Ça valait le coup d'essayer.

Sur l'écran de contrôle, je regardais les pods de secours filer vers les croiseurs mazones qui eux-mêmes se dirigeaient vers eux. Le premier vaisseau mazone a visé un des pods. Il a tiré et en a eu trois d'un coup. L'explosion a endommagé tout son côté bâbord. L'autre vaisseau n'a pas attendu plus longtemps pour faire feu. Le dernier pod est parti en fumée sans provoquer aucun dégât.

Nous ne pouvions même pas tenter de reculer car deux autres croiseurs étaient venus se placer derrière nous. Nous étions pris en tenaille.

Il n'y avait plus qu'un moyen de s'en sortir. J'allais devoir agir vite.

J'ai ôté mon bracelet de commande et je l'ai tendu à la mère de Nathan.

– À vous de jouer. Je vous donnerai les codes dès que je serai dans la nacelle de débarquement.

– Quoi ? s'est-elle exclamée. Qu'est-ce que tu vas faire ?

– Je vais foncer dans le moteur du croiseur restant. Je suis un bon pilote. Je vais y arriver.

– C'est du suicide !

J'ai souri. Je me sentais étrangement en paix avec moi-même.

– C'est mon choix. Quand j'aurai accompli ma mission, vous n'aurez pas beaucoup de temps pour atteindre le trou de ver.

Je me suis dirigée vers la porte.

– Vee ! m'a appelée Nathan.

Je me suis tournée vers lui. Je voulais le voir une dernière fois avant de mourir. Peut-être qu'un jour, il serait capable de penser à moi sans haine et sans mépris.

Il était temps d'y aller.

– Vee, j'ai une autre idée ! s'est écriée la commandante.

– Il n'y a pas de plan B, ai-je affirmé. C'est notre seule chance.

– Je ne propose pas de changer le plan. Seulement le pilote.

Elle a regardé mon frère.

80. NATHAN

Je ne vaux rien. Vee était prête à se sacrifier pour sauver nos vies à tous et à chaque pas qu'elle faisait vers la porte, je sentais une panique incontrôlable se répandre dans tout mon corps.

J'allais la perdre. Pour de bon. Pour toujours.

C'était impossible. Je ne pouvais pas la laisser faire et pourtant, j'étais là, assis sur ma chaise, incapable de faire le moindre mouvement. Incapable même de parler.

C'est ma mère qui m'a sauvé la vie. Si Vee refusait sa proposition, je savais ce qui arriverait. Vee mourrait et, sans elle, je mourrais moi aussi.

– Vous voulez que j'envoie mon frère à une mort certaine ? s'est-elle écriée, horrifiée.

– Vee, écoute-moi. Personne ne doute de ton courage mais les réflexes de ton frère sont plus rapides et il est aussi meilleur pilote que toi. Il sera plus à même d'éviter les tirs mazones. Il a plus de chances que toi de réussir cette mission. Tu le sais aussi bien que moi. Tu n'es qu'un être humain.

Vee n'a pas été la seule à sursauter en entendant ces mots.

– Je suis à la hauteur, a déclaré Vee. Je suis un excellent pilote.

– Je n'en doute pas mais nous n'aurons pas de deuxième chance. Si tu échoues, nous mourrons tous. Tu es humaine. Nous avons besoin d'Aidan.

Silence.

– Vous me demandez d'envoyer mon frère à la mort, a balbutié Vee au bout d'un moment. Non, je refuse.

Ma mère s'est approchée d'elle et lui a pris les mains.

– Vee, en tant que capitaine, tu dois parfois accepter que d'autres se sacrifient. N'oublie pas que ce vaisseau et son équipage sont ta priorité.

– C'est exactement la raison pour laquelle c'est à moi de le faire. Je refuse d'être responsable de plus de morts.

– Tu dois aussi être capable de prendre des décisions difficiles.

– Justement. Je ne suis pas suicidaire, commandante, mais mon frère vous sera plus utile que moi. Vous avez besoin de lui.

– Non. C'est de toi que nous avons besoin. Tu ne nous as jamais laissés tomber et je ne te laisserai pas le faire aujourd'hui.

– Comment pouvez-vous dire ça ? En modifiant le programme d'Aidan, j'ai provoqué la mort de vos compagnons !

Vee a secoué la tête, comme dégoûtée d'elle-même.

– Sans toi, nous serions tous morts, a rétorqué ma mère, ne l'oublie pas. De toute façon, nous n'avons pas le temps de discuter. Ordonne à ton frère de lancer la nacelle de débarquement sur le moteur du vaisseau mazone. C'est notre seule chance.

Plusieurs secondes se sont écoulées, puis Vee a fermé les yeux, vaincue. Elle s'est approchée de son frère à pas lents.

– Aidan, j'ai une mission pour toi.

– J'ai entendu. Est-ce que c'est parce que je n'ai pas réussi à nous débarrasser des deux vaisseaux mazones ?

– Non, ce n'est pas ta faute, Aidan. Personne ne te reproche rien. Tu es juste notre seule chance de nous en sortir.

– Tu veux que je le fasse ?

– Non, je ne veux pas que tu le fasses, j'en ai besoin.

– Est-ce que c'est parce que je t'ai protégée de Darren et des autres qui te voulaient du mal ?

– Ce n'est pas une punition, Aidan, je te le promets.

– Tu ne m'aimes plus, Vee ?

Une larme a roulé sur la joue de Vee. Elle a pris le visage de son frère entre ses mains.

– Bien sûr que si, je t'aime, Aidan. Tu es mon frère. Tu t'es occupé de moi et tu m'as protégée pendant trois longues années. Tu es le seul à partager mes souvenirs du passé. Tu n'as aucune idée de ce que tu représentes pour moi. Mais il faut que tu m'aides à sauver des vies.

– Tu m'aimes, alors ?

– Oui, Aidan, je t'aime.

– C'est vrai ?

– C'est vrai.

– Qui va te protéger si je meurs ? Qui va veiller sur toi ?

Ça aurait dû être mon rôle à moi. Ça pouvait l'être encore. J'aurais voulu promettre à Aidan que je l'endosserais mais était-ce seulement vrai ? Vee ne m'avait jamais dit qu'elle m'aimait. Sauf une fois, et c'était au passé. Après tout ce qu'il y avait eu entre nous, je ne savais plus qui j'étais, ni ce que je voulais. Sauf… sauf que je ne voulais pas la perdre.

Vee a eu un sourire triste.

– Ça ira, Aidan. Si tu réussis ta mission, je m'en sortirai.

– Vee, est intervenue ma mère. Nous n'avons plus beaucoup de temps.

– Alors, Aidan ? Tu vas le faire ? Pour moi ?

Il s'est penché vers sa sœur et lui a murmuré quelque chose à l'oreille. Puis il a déposé un baiser sur sa joue et s'est levé. Il a traversé le poste de commandement sans accorder un regard à aucun d'entre nous.

Vee avait l'air choquée. Que lui avait-il dit ? Je n'avais pas le droit de lui poser la question. Il a fallu un moment à Vee pour se reprendre.

– Position du vaisseau mazone, s'il vous plaît ? a-t-elle demandé.

J'ai regardé mon écran.

– Ils sont exactement entre nous et le trou de ver.

– L'autre vaisseau est toujours inopérant ?

– Oui, capitaine.

– Prévenez-moi quand la nacelle quittera notre bord.

L'atmosphère était pesante. C'était notre dernière chance de survie.

Je me suis tourné vers Vee. Je voulais la contempler. C'était peut-être la dernière fois. Elle avait également les yeux posés sur moi.

– Nathan, peux-tu nous mettre à l'abri de l'explosion ? Anjuli, dès qu'Aidan sera entré en collision avec le vaisseau mazone, tu devras nous diriger vers le trou de ver aussi vite que possible. Compris ?

– Compris, capitaine.

Anjuli était déjà en train de calculer le trajet le plus court pour atteindre le trou de ver. Moi ? Je n'arrivais pas à détacher mes yeux de Vee. Elle semblait si malheureuse, si seule. Je me suis levé.

– Nathan, quelque chose ne va pas ? m'a-t-elle demandé alors que je m'approchais d'elle.

Je l'ai prise dans mes bras. Après une brève hésitation, elle m'a enlacé à son tour.

La chaleur de son corps m'avait tellement manqué.

– Nathan ! a aboyé ma mère derrière nous. Qu'est-ce que tu fabriques ? Retourne à ton poste ! Immédiatement !

Je me suis écarté de Vee et je lui ai souri. Elle m'a rendu mon sourire. Un sourire incertain, mais un sourire. Puis je suis retourné devant mon écran, ignorant le regard noir de ma mère.

– Capitaine, la nacelle a quitté le vaisseau, a annoncé Anjuli.

Nous sommes tous restés silencieux pendant qu'Aidan se dirigeait droit sur le vaisseau mazone. Dès qu'il a été à portée de tir, les Mazones ont fait feu. Aidan a exécuté une danse qui faisait penser à celle d'une feuille portée par le vent. Les lasers l'ont frôlé à plusieurs reprises sans jamais l'atteindre. Ma mère avait eu raison. Seul Aidan était capable d'un tel exploit.

– Au revoir, mon frère, a murmuré Vee d'une voix douce.

La nacelle est entrée en collision avec le vaisseau mazone. Il y a eu une énorme explosion et puis, plus rien.

– Capitaine, des données étranges nous sont parvenues juste avant le contact entre la nacelle et le vaisseau ennemi, a lancé Anjuli.

– Quelles données ?

– Je ne sais pas, elles ont disparu presque aussitôt.

– Un flux énergétique provenant de la nacelle, peut-être, a suggéré Vee.

– Oui, sans doute, a acquiescé Anjuli. Excusez-moi, j'ai pensé qu'il fallait que je vous en informe.

– Tu n'as pas besoin de t'excuser de bien faire ton travail, Anjuli, lui a répondu Vee.

Nous sommes tous restés silencieux un moment. La nacelle et le croiseur mazone avaient disparu.

Je n'arrivais à penser qu'à une seule chose : ça aurait pu être Vee. Peut-être qu'entre nous, tout était fini, mais je ne lui voulais aucun mal. Il n'y a rien de plus entre nous, ai-je pensé. Et peut-être que si je me le répétais assez souvent, je finirais par le croire.

– Et maintenant, quittons cet endroit, a déclaré Vee.

Comme nous tous, elle en avait assez du territoire mazone.

81. VEE

Je n'avais traversé un trou de ver qu'une seule fois. C'était avec mon frère. Tous les deux, assis devant l'écran de navigation, nous avions regardé l'espace, émerveillés. C'était comme assister à un spectacle de lumières. Je n'avais jamais rien vu d'aussi beau. Même la beauté mortelle de la tempête d'ions de Zandari ne tenait pas la comparaison.

Aujourd'hui, je fermais les yeux. Aidan... Mon frère était mort. Sa mémoire et son ADN étaient bien sûr conservés dans l'ordinateur de bord, mais c'était tout ce qui restait de lui à présent. Il aurait dû être là, à mes côtés, pour qu'une nouvelle fois, nous nous émerveillions ensemble.

Je pouvais me procurer un autre androïde et le recréer, ou du moins essayer, mais je savais que je ne le ferais pas. Je serais obligée d'entrer dans son programme les lois de la robotique, limitant son libre arbitre. Ces lois garantissaient qu'un robot, si intelligent et sensible soit-il, reste un robot. Il était temps de laisser Aidan partir. De faire mon deuil.

La commandante Linedecker avait raison. Il avait plus de chances que moi d'atteindre le vaisseau mazone. Mais je savais à présent que je ne voulais plus être capitaine. C'était trop douloureux. Je n'étais pas assez forte pour décider du sacrifice de quelqu'un. C'est pourtant ce que j'avais fait. Et Aidan n'était plus là. J'étais seule.

Quelques minutes plus tard, nous avons émergé du trou de ver pour entrer dans le quadrant Gamma. Il nous restait un long voyage avant d'arriver à Mendela Prime mais au moins, nous étions certains de ne plus rencontrer de Mazones. Nous allions devoir éviter des pirates, des pilleurs et des vaisseaux de l'Autorité ; ce serait presque un jeu d'enfant comparé à ce que nous venions de vivre.

– Vee ?

La voix de la commandante m'a tirée de mes pensées.

– Oui ?

Catherine s'est penchée vers moi pour me parler à voix basse :

– Tu veux prendre un peu de temps ? Rester seule un moment ? Je peux prendre le relais si tu veux.

J'ai acquiescé avec reconnaissance.

– Ordinateur, la commandante Linedecker est à partir de maintenant capitaine de ce vaisseau, code de commandement M.I.R.A/5.4.

La commandante m'a dévisagée. Oui, je venais de lui confier mon vaisseau. Ses amis et elle pouvaient en faire ce qu'ils voulaient. Je ne leur servais plus à rien.

– Je vous laisse la place, commandante, ai-je lancé avant de quitter le pont.

En ce qui me concernait, tout était fini.

82. NATHAN

Vee a été absente pendant plus de quarante-huit heures. Aucun de nous ne l'a vue, ni n'a eu de ses nouvelles pendant tout ce temps-là. Régulièrement, je demandais à l'ordinateur de bord où elle était. La réponse était toujours la même : dans sa chambre. À plusieurs reprises, je me suis retrouvé devant sa porte, prêt à appuyer sur la sonnette. Je ne l'ai pas fait. J'avais peur de la déranger.

C'était mieux ainsi. Je ne savais plus où j'en étais et avant de pouvoir l'aider, il fallait que je sache ce que mon cœur voulait. Vee comptait-elle toujours à mes yeux ? Avais-je de la peine pour elle ? Étais-je toujours amoureux d'elle ? J'ai passé la nuit les yeux grands ouverts à tourner et retourner ces questions dans ma tête. À l'aube, les réponses m'échappaient toujours.

Le lendemain, pendant une pause, je suis descendu dans la salle des machines avec une longue liste d'équipements que ma mère m'avait demandé de vérifier. Mes pas m'ont mené vers la soute où le docteur Liana était toujours détenue. À ma grande surprise, il n'y avait pas de garde devant sa cellule. En m'approchant, j'ai compris pourquoi : la cellule était vide.

– Ordinateur, où est Liana Sheen ?

– Elle n'est plus à bord, a répondu l'ordinateur.

– Où est-elle ? ai-je répété.

– Le docteur Sheen n'est plus à bord.

– Que lui est-il arrivé ? ai-je insisté, agacé.

– Le docteur Sheen n'est plus à bord.

Soudain, j'ai eu le déclic. Un frisson m'a parcouru. Je suis remonté sur le pont principal et j'ai entraîné ma mère à part.

– Où est Liana ?

Son visage s'est fermé et mes pires craintes ont pris corps.

– Maman !

– Elle a été jugée et justice a été faite.

Justice ? J'étais étonné que ce mot ne lui brûle pas la langue.

– Grandis un peu, Nathan, m'a rabroué ma mère en prenant garde de ne pas élever la voix. Que croyais-tu que nous ferions ? C'était un assassin et nous ne représentions pour elle que des pions à déplacer en fonction de ses besoins. Nous n'allions quand même pas la ramener sur Terre et si nous l'avions amenée avec nous sur Mendela Prime, elle aurait comploté pour alerter l'Autorité de notre présence.

– Alors, c'est comme ça que ça marche, maintenant ? Si tu juges qu'une personne est inapte, tu l'éjectes dans l'espace ? C'est toi qui décides et c'est toi qui donnes les ordres ?

Ma mère a secoué la tête.

– Un jour, tu comprendras que dans la vie, tout n'est pas noir ou blanc. Les gens ne sont pas bons ou mauvais. C'est beaucoup plus complexe que ça.

– Alors pourquoi as-tu tué le docteur Sheen ? Si ce que tu dis est vrai, nous aurions pu essayer de la convaincre, de la ranger à notre point de vue.

– Et combien auraient dû mourir avant que la décision soit prise de nous débarrasser d'elle, selon toi ? Certaines personnes sont au-delà de toute rédemption.

– C'est ce que tu te dis pour justifier tes actes, ai-je craché.

– Descends de tes grands chevaux, mon fils. Toi, plus qu'un autre, devrais savoir que nous ne vivons pas dans un monde parfait, remplis de gens parfaits. Si tu continues de penser comme ça, ton entourage ne cessera jamais de te décevoir.

C'était comme si je découvrais le véritable visage de ma mère pour la première fois. Peut-être avait-elle toujours été aussi âpre et rigide et que j'avais tout simplement choisi de ne pas le voir ? Soudain, une pensée monstrueuse m'a traversé.

– Ordinateur, où est Vee ?

– Dans le laboratoire d'astrophysique.

J'ai poussé un soupir de soulagement.

– Tu ne croyais quand même pas que... a soufflé ma mère. Nathan !

– Je ne te croyais pas non plus capable de faire ce que tu as fait au docteur, ai-je répliqué. Je commence tout juste à comprendre qui tu es.

– Je suis capable des mêmes actes que ta femme, a-t-elle déclaré d'une voix glaciale. Je suis capable d'erreurs et je suis aussi capable de sacrifier tout ce que j'ai pour les autres. Je suis capable de mal agir pour une bonne raison. Je suis capable de regrets et de remords. Je suis également capable de prendre la responsabilité de mes actes même si je dois le payer chèrement en étant seule et haïe de tous. Je ne sais pas tout ce qui s'est passé entre Vee et toi, mais je sais que tu l'as laissée tomber.

– Quoi ? Tu plaisantes ? Vee a failli laisser son frère me tuer !

– Mais elle ne l'a pas fait. Elle te croyait infidèle, elle pensait que tu l'avais utilisée pour t'emparer du vaisseau et que tu te moquais d'elle, pourtant elle a retenu le bras d'Aidan.

– Tu es de son côté ?

Je n'en croyais pas mes oreilles.

– Nathan, ma main me démange. Je crois que tu mériterais une gifle pour te remettre les idées en place. Je te l'ai déjà dit : grandis un peu ! Je ne suis du côté de personne ! Je te demande seulement de regarder la situation de son point de vue à elle. Juste une fois. Et maintenant, j'ai du travail et il me semble t'avoir donné une mission dans la salle des machines.

J'étais tellement choqué et en colère qu'aucun son ne sortait de ma bouche.

– Nathan, a repris ma mère, je m'étais juré de ne jamais faire ça, mais je vais te donner un conseil. Ensuite, je ne me mêlerai plus de tes affaires.

– Je n'ai aucun conseil à recevoir de toi ! ai-je aboyé.

– Pour commencer, baisse d'un ton, je suis toujours ta mère et ta commandante. Ensuite, si tu penses que ton mariage avec Vee est fini, assure-toi que c'est vraiment ce que tu veux au fond de toi et pas ce que te dicte une fierté mal placée. Vee et moi nous ressemblons beaucoup et je l'apprécie. Tu passes ton temps à la repousser jusqu'au jour où elle ne sera plus là. Si c'est ce que tu veux, très bien. Sinon, vous devez trouver un moyen de dépasser ça. Maintenant, et c'est la dernière fois que je te le demande, retourne travailler.

Je suis sorti du poste de commandement. Ma mère parlait sans savoir. Et puis comment en était-on arrivés à parler de Vee alors que je voulais la confronter sur le sort du docteur Sheen ? Elle était vraiment très forte.

J'ai remonté le couloir à grands pas. J'étais presque à l'ascenseur. Et encore plus près du laboratoire d'astrophysique. Non, il fallait que j'aille travailler. Mais Vee était là. Que faisait-elle ?

Tout en continuant à me répéter que je devais descendre à la salle des machines avant que ma mère ne me tombe dessus, je me suis retrouvé en train d'ouvrir la porte du laboratoire. Je suis entré. Juste pour m'assurer que Vee allait bien.

Elle était debout au milieu de la pièce, entourée par le système stellaire de Tau. Elle avait renversé la tête en arrière et levé les bras. Elle essayait de toucher les étoiles qui ne cessaient de se dérober.

J'ai dû faire un bruit, car elle s'est tournée vers moi. Elle a baissé les bras. Nous n'avons pas échangé un mot. Nous n'avons pas bougé. Et puis, elle a tendu la main vers moi.

Il aurait suffi de quelques pas. J'ai tourné les talons et je suis sorti. Il fallait que je retourne travailler.

83. VEE

Il m'a fallu deux journées entières pour trouver la force de retourner sur le pont principal.

Fixer le plafond en pleurant sur mon frère et tout ce que j'avais perdu ne m'était d'aucun secours. Quand j'ai décidé de reprendre mon poste, je me suis rendu compte que j'en éprouvais de l'appréhension.

La commandante Linedecker allait-elle accepter de me rendre mon titre de capitaine ? Je n'aurais pas été surprise de découvrir que j'étais devenue *persona non grata*. Je suis restée quelques instants devant la porte pour rassembler mon courage. Ridicule.

Dès que je suis entrée, la commandante s'est levée et m'a laissé son siège. Mon siège. Elle m'a souri et m'a serré la main avant d'aller s'asseoir au panneau tactique près de Sam et Hedda. Est-ce que ces deux-là prenaient des pauses parfois ?

J'ai pris place, un peu étonnée que mon retour ait été aussi facile.

– Capitaine, a lancé la commandante, puis-je vous suggérer que nous nous dirigions vers la base Edwards ? Elle se trouve à cinq jours sol et nous avons besoin de nous poser pour effectuer quelques réparations et récupérer une nacelle d'atterrissage. Il y a aussi nos cellules énergétiques qui ont été contaminées lors de l'accident dans la salle des machines. Elles ont besoin d'être réalignées.

– Très bien, ai-je acquiescé. Nathan, peux-tu prendre le cap de la base Edwards ?

– Oui, capitaine.

Il ne m'a pas regardée, je ne l'ai pas regardé. Notre relation personnelle était morte et bien morte. Le désespoir se nourrit de faux espoirs. Je n'arrivais pas à me sortir ce proverbe de la tête. Je ne savais pas d'où il venait mais je comprenais parfaitement ce qu'il signifiait. Terminés les faux espoirs. Et mon cœur ? Mon cœur n'était qu'un organe qui pompait le sang dans mes veines.

84. NATHAN

J'avais obtenu ce que je voulais. Vee avait fini par comprendre que je ne voulais plus rien avoir à faire avec elle. Nous ne nous adressions la parole que quand c'était absolument nécessaire.

Hier midi, quand Vee était venue s'asseoir à la table à laquelle je mangeais avec quelques autres, je m'étais levé et j'étais allé poser mon plateau ailleurs. Pour le repas du soir, elle s'était installée à l'écart. J'avais ce que je voulais. Alors pourquoi étais-je aussi malheureux ?

Aujourd'hui, je n'avais pas le courage d'aller au mess. C'était injuste que Vee soit obligée de manger seule parce que j'étais là. Je suis allé à la serre hydroponique. Maintenant que Mike avait pris la place du docteur Sheen, c'était – à part mes quartiers – le seul endroit à bord où j'étais sûr de ne pas avoir de compagnie.

Je me suis commandé un bol de chili « à la Vee » et je me suis calé sur le banc pour manger. La première fois que j'en avais mangé, j'avais cru que ma tête allait exploser. Maintenant, tous les autres plats me semblaient insipides.

Alors que j'allais déposer mon bol dans le bac près du distributeur, une voix m'a interpellé.

– Eh, Nathan !

Mike est apparu de derrière un plant de tomates, un grand sourire aux lèvres, apparemment très content de m'avoir fait sursauter.

– Bon sang, Mike. Tu veux que j'aie une crise cardiaque pour avoir quelqu'un à soigner au dispensaire ?

– Bonjour à toi aussi.

– Désolé, ai-je marmonné, je ne voulais pas m'en prendre à toi, mais tu m'as fait peur.

– Tu étais perdu dans tes pensées, on dirait, a-t-il fait remarquer. Tu as des soucis dont tu aimerais parler ?

– Mes soucis ne te regardent pas, l'ai-je rabroué.

– Ah oui ? Et comment ça va entre Vee et toi ? C'est vraiment fini ?

– Pas envie d'en parler.

– Tu veux un conseil ?

Oh, bon sang !

– Tu vas t'y mettre toi aussi ? On dirait que tout le monde veut me donner des conseils en ce moment. Allez vous faire foutre !

– D'accord, mais d'abord réponds à ma question. Après, promis, je ne t'embêterai plus jamais avec ça.

– Quelle question ?

– Est-ce que c'est terminé entre vous ?

– Pourquoi ? Tu es intéressé ?

– Je pourrais l'être mais je suis déjà avec Anjuli.

– C'est pas trop tôt. Félicitations, ai-je grogné.

– Merci. Ta joie me va droit au cœur, a ironisé Mike. Mais tu n'as toujours pas répondu à ma question.

– Bordel, Mike ! Qu'est-ce que tu veux que je te dise ? Pour moi, c'est juste quelqu'un avec qui j'ai aimé passer du temps. Point final.

Furieux, j'ai tourné les talons pour me retrouver face à… Vee. Elle avait tout entendu. Je me suis pétrifié. Elle a cligné des yeux et a fait demi-tour.

J'ai lancé un regard noir à Mike qui s'est contenté de s'excuser d'un haussement d'épaules.

– J'y peux rien. Elle est arrivée juste quand je t'ai posé la question et elle a mis un doigt sur ses lèvres avant que j'aie le temps de te prévenir que nous n'étions pas seuls. Qu'est-ce que tu voulais que je fasse ?

– Merci.

– Qu'est-ce que ça peut faire, de toute façon ?

Je me sentais plus mal que jamais. Il fallait que ça s'arrête. On ne pouvait pas continuer comme ça. Vee et moi devions avoir une discussion afin de mettre fin une bonne fois pour toutes à ce mariage qui ne ressemblait plus à rien.

85. VEE

Cette soupe de cresson et de pommes de terre était le truc le plus ignoble que j'avais jamais mangé.

– Alors, comment tu trouves ? m'a demandé Mike avec un grand sourire d'autosatisfaction.

– Euh... ça manque peut-être un peu de sel et de poivre... ai-je suggéré.

Avant d'être balancé à la poubelle.

– Tu détestes, c'est ça ? Tu n'as aucun goût ! Ni toi ni personne sur ce vaisseau. Je vous prépare un plat avec des vrais ingrédients et vous préférez cette bouillie de cellules du distributeur. Tu sais que ce que vous avalez n'est que de l'impression 3D, hein ?

– Ça m'est égal, Mike, du moment que c'est comestible.

Mike s'est éloigné, le menton dressé, en grommelant :

– De la confiture à des cochons !

– Il faudrait de la confiture comestible, alors ! ai-je crié dans son dos.

Un sourire s'est dessiné sur mes lèvres. Depuis que j'avais surpris sa conversation avec Nathan dans la serre, Mike se mettait en quatre pour être gentil avec moi. Il s'asseyait avec moi au mess et me faisait goûter toutes ses expérimentations culinaires.

– Je peux m'asseoir ?

J'ai sursauté. Nathan.

– Euh... il faut que je retourne sur le pont principal, ai-je bafouillé en me levant.

– S'il te plaît, a-t-il insisté. Juste une minute.

J'ai regardé autour de moi. Nous étions le centre d'attention. Je me suis rassise à contrecœur. C'était une décision forcément stupide. Nathan n'avait cessé de m'humilier en public en s'éloignant ostensiblement à chaque fois que je m'approchais. Il aurait fallu que je sois idiote pour ne pas comprendre le message.

Histoire de m'occuper les mains, j'ai porté une cuillerée de soupe à ma bouche. Erreur. Elle ne s'était pas améliorée. J'ai failli tout recracher.

– Tu es plus courageuse que moi, a commenté Nathan. J'ai failli vomir quand je l'ai goûtée.

– Devant Mike ?

– Ben oui. Il était assis face à moi et guettait ma réaction. Ne me dis pas que tu as réussi à avaler ce truc ?

J'ai hoché la tête.

– Histoire de ne pas le blesser. Qu'est-ce que tu voulais ?

S'il te plaît, Nathan, finissons-en. Ça fait trop mal d'être là avec toi.

– Je voudrais que nous fassions une trêve, a-t-il répondu. Je pensais qu'on pourrait...

Il s'est interrompu.

– Qu'on pourrait quoi ?

– Je ne sais pas. Au moins, être cordial l'un envers l'autre.

– C'est le cas. Regarde, on est en train de discuter et on ne se jette pas nos assiettes à la figure.

– Nous devrions pouvoir faire un peu mieux que ça, a poursuivi Nathan.

Quoi ? Je ne comprenais pas. Que voulait-il ? Que nous soyons amis, amants, colocataires, que nous prenions nos repas ensemble ? Quoi ? Il s'est passé la main dans les cheveux.

– Tu ne veux vraiment pas m'aider ? a-t-il bredouillé.

– Je ne sais pas ce que tu attends de moi.

Il a froncé les sourcils, agacé.

– Moi non plus, a-t-il grondé. Je réfléchis en même temps que je te parle.

Je me suis levée, mon plateau à la main.

– Alors réfléchis et reviens me voir après.

J'étais fatiguée des douches écossaises. Il fallait qu'il se décide. Je ne pouvais quand même pas savoir à sa place ce qu'il voulait.

– Vee, j'ai le nom d'un contact à la base Edwards. On va devoir être prudents, ils accueillent aussi bien la Résistance que la flotte de l'Autorité. Ça ne te gêne pas que je me présente comme le capitaine ? m'a demandé Catherine.

– Non, pas du tout.

Je venais de m'asseoir près d'Anjuli quand une voix féminine a résonné dans le poste de commandement.

– Ici le lieutenant Moore de la base Edwards. Pouvez-vous vous identifier, s'il vous plaît ?

Le visage sur l'écran était fermé. Quel était le problème ?

– Ici la commandante Linedecker du vaisseau terrien *Aidan*. Nous aimerions nous poser. Nous avons quelques réparations à effectuer et nous avons besoin d'une nouvelle nacelle d'atterrissage.

Soudain, le lieutenant Moore a été poussée sur le côté par un bel homme à la peau noire et aux yeux pétillants.

– Catherine ! Vieille bique ! Il t'en a fallu du temps pour arriver jusqu'ici !

– Léon ? Léon Brikes ! Je n'y crois pas !

Le visage de la commandante s'était illuminé. Je ne l'avais jamais vue comme ça.

– T'as sûrement un milliard de trucs à me raconter ! s'est écrié l'homme. Et j'ai une bouteille de vin de Hive dans mes quartiers. Elle n'attend que toi !

– Je vois que tu n'as pas changé, a souri la commandante.

– On ne peut pas améliorer la perfection, ma chérie, tu devrais le savoir mieux que personne !

La commandante a éclaté de rire.

– C'est bon de te voir ! Tu es toujours aussi drôle !

– Excusez-moi !

Le lieutenant Moore essayait de reprendre sa place.

– Je dois leur assigner un emplacement, pouvez-vous vous pousser s'il vous plaît ?

– Eh, du calme, mon cœur.

– Je ne suis pas votre cœur ! a sèchement répliqué le lieutenant.

– Vous avez vos chances si vous collez un sourire sur votre joli visage.

Le lieutenant l'a assassinée du regard mais Léon Brikes l'a totalement ignorée.

– Cathy, j'ai appris ce que l'Autorité avait fait subir à ta famille. Je suis désolé. C'était injuste et je le dis à qui veut l'entendre.

– Tu as toujours été un ami extraordinaire, Léon, a soupiré Catherine, mais si tu avais fermé ta grande bouche, tu serais toujours capitaine de ton vaisseau.

– Si c'était à refaire, je n'hésiterais pas une seconde, a affirmé Léon. Cet univers n'est pas toujours très chaleureux, toi et moi sommes bien placés pour le savoir. Si on ne se soutient pas un peu, il deviendra encore plus glacial. Et puis, j'ai récupéré un vaisseau.

– L'Autorité t'a réhabilité ?

– Tu rigoles ! s'est esclaffé Léon. Je suis recherché, figure-toi. On a créé un réseau comme celui d'Harriet Tubman[1], mais dans l'espace.

– Quoi ?

– Quand un vaisseau fugitif arrive jusqu'ici, a expliqué Léon, on l'aide à échapper à l'Autorité avec tout un groupe de sympathisants. On a encore quelques trous dans notre chaîne mais on ne se débrouille pas si mal.

– Tu pourrais nous aider à atteindre Mendela Prime ?

– Tout ce que tu voudras, ma chérie ! Josh et toi avez toujours été de bons amis et je n'oublie jamais mes amis.

– Et ta femme ? Chi ? Comment va-t-elle ?

Le visage de l'homme s'est assombri.

– Elle a été exécutée par l'Autorité pour avoir refusé de révéler où je me cachais. Ils ont diffusé les images sur toutes les chaînes subspatiales pour être sûrs que je les voie. Et aussi pour convaincre tous ceux qui seraient tentés de faire de même que c'était une erreur.

– Oh, Léon, je suis désolée.

– Je me console avec l'idée qu'un jour, j'aiderai à abattre l'édifice corrompu de l'Autorité.

C'était comme si une tempête s'était levée sur son visage. À n'en pas douter, l'Autorité s'était fait un ennemi dangereux, à la haine profondément ancrée. Mais soudain, il a souri et son expression s'est éclairée.

– En attendant, a-t-il repris, j'aide les drones à passer sur Mendela Prime où nous sommes en train de constituer une

1. Militante en faveur de l'abolition de l'esclavage afro-américain. Elle crée un vaste réseau d'évasion permettant à de nombreux esclaves de se cacher et d'échapper ainsi aux autorités.

armée rebelle. Je regrette cette guerre avec les Mazones. J'aurais préféré les avoir comme alliés. Leur xénophobie ne les incite pas à sortir de leur territoire mais ils nous compliquent sacrément le voyage jusqu'au système solaire.

– Si tu es d'accord, j'aimerais me joindre à cette armée, a déclaré la commandante, le regard flamboyant.

– Ce serait avec plaisir. Combien êtes-vous ?

– On peut parler sans risque ?

– Oui, ne vous laissez pas impressionner par la mine renfrognée du lieutenant Moore. En réalité, elle m'adore.

Le lieutenant Moore l'a une nouvelle fois assassiné du regard.

– Nous sommes douze en comptant deux enfants. Treize avec le capitaine de ce vaisseau.

– Ce n'est pas toi ?

– Je suis son second.

– Douze ! a répété Léon. La rumeur parlait d'une centaine de fugitifs.

– Nous étions quatre-vingt-cinq quand le transporteur *Galiléo* nous a déposés sur Barros 5. Le pilote, Stefan Jersecky, estimait qu'il était trop dangereux de s'aventurer plus loin en territoire mazone.

– Il avait pourtant été grassement payé pour vous ramener ici, a grondé Léon.

– Il avait déjà été payé ? s'est exclamée Catherine. Ce salaud nous a demandé tous nos crédits pour accepter de nous faire monter à son bord. Dès que les Mazones ont su que nous nous étions installés sur Barros 5, ils nous ont attaqués et ont largué une bombe à protons sur la planète.

Léon semblait ne pas en croire ses oreilles.

– Dans ce cas, vous avez de la chance d'être encore aussi nombreux !

– C'est grâce au capitaine de ce vaisseau, a précisé Catherine. Sans elle, nous ne serions pas là.

Je me suis sentie rougir. Je n'étais pas habituée à recevoir des compliments.

– Présente-la-moi, a demandé Léon.

Je me suis levée.

– Je suis Olivia Sindall, je fais fonction de capitaine depuis le décès de ma mère Vida Sindall…

– Vida Sindall ? Tu es la fille de Vida et Daniel ! C'est pas vrai ! Mais regarde-toi ! Comme tu as grandi !

J'ai esquissé un sourire. Je ne savais pas très bien comment réagir. Léon me parlait comme s'il était mon oncle !

– Tu ne te souviens pas de moi, hein ? a-t-il continué, un grand sourire aux lèvres.

– Non, monsieur, je suis désolée.

– Quel dommage ! Mais tu avais quoi ? Six ou sept ans la dernière fois que je t'ai vue. Ah ! Je suis ravi de tous vous embarquer à bord de l'*Ashley* ! Il a connu des jours meilleurs, mais il se débrouille encore pas mal !

– Capitaine Brikes, a soupiré le lieutenant Moore exaspérée, vous ne croyez pas que vous pourriez poursuivre cette petite conversation tout à l'heure ? J'aimerais bien récupérer ma station.

– Mais bien sûr, mon ange ! Il suffit de demander. À tout à l'heure, Cathy.

– J'ai hâte de te retrouver, Léon, vraiment hâte.

86. NATHAN

Notre temps à bord de l'*Aidan* était terminé. Dans dix-huit heures, le vaisseau prendrait un nouveau départ avec un moteur remis à neuf et un ordinateur entièrement nettoyé. Une nouvelle nacelle d'atterrissage contrôlable à distance trônait dans la soute. Ensuite, nous embarquerions sur l'*Ashley* en direction de Mendela Prime.

Vee, elle, resterait seule sur l'*Aidan*. Je n'avais aucune idée de la destination qu'elle avait choisie.

Un peu plus tôt dans la soirée, ma mère avait organisé une réunion avec Léon, Vee et moi dans l'arrière-salle du bar du spatioport, loin des oreilles et des yeux trop curieux. En fait, j'avais retrouvé Léon et ma mère trente minutes avant l'heure du rendez-vous.

Ils s'étaient assis tous les deux face à moi. L'étroitesse de la table encourageait plus à commander un verre qu'une assiette. Quand Vee est arrivée, elle a été obligée de s'asseoir à côté de moi. Sa cuisse frôlait la mienne. Je ne me sentais pas très bien, fiévreux. Au point que la sueur perlait à mon front.

Dès que nos boissons ont été servies, ma mère a attaqué.

– Pourquoi ne viens-tu pas avec nous sur Mendela Prime, Vee ? Pense à tout ce que tu pourrais y faire.

– La Résistance a besoin de toi, a renchéri Léon.

Vee a porté sa bouteille de bière à ses lèvres et a bu une gorgée avant de répondre :

– J'ai d'autres projets.

– Tu vas retourner sur Terre ? a demandé ma mère.

Vee a secoué la tête.

– Non. J'ai décidé d'aider le plus de drones possible à fuir les lunes minières du système solaire terrien. J'ai bien l'intention d'être une grosse épine dans le pied de l'Autorité.

– Alors viens travailler avec nous, a insisté ma mère. Nous avons besoin de tes compétences.

– Catherine m'a raconté tout ce qui s'était passé à bord de l'*Aidan*, est intervenu Léon.

Vee a baissé la tête. Léon lui a pris la main.

– En ce qui concerne ton frère, il ne s'agit que d'un concours de circonstances… malheureux.

– C'est le moins qu'on puisse dire, a acquiescé Vee avec une amertume qui m'a étonné.

– Tu n'es pas responsable de la mort des deux personnes qu'il a tuées, a affirmé ma mère.

– Deux personnes ? Hmmm.

Vee a fermé les yeux et a pris une longue inspiration. Puis elle a rouvert les paupières.

– Merci de votre offre. Dans d'autres circonstances, je l'aurais probablement acceptée, mais je pense qu'il est mieux pour nous tous de nous séparer complètement.

Même si ses yeux n'avaient pas quitté ma mère et Léon, je savais que c'est à moi que ces mots s'adressaient.

– Allez vous installer sur Mendela Prime, a-t-elle continué, moi, je retourne dans le système solaire terrien. Et puis, comme ça, si je me fais arrêter, je ne pourrai pas vous compromettre parce que je ne saurai plus rien de vous.

Nous séparer complètement. C'est donc ce qu'elle voulait. Était-ce ce que je voulais, moi ? Vee m'avait dit de réfléchir à ce que j'attendais d'elle mais tout était si confus dans ma tête.

– Si tu agis contre l'Autorité et que tu te fais arrêter, tu seras exécutée, a dit Léon. Tu le sais ?

– C'est également vrai si je travaille avec vous, a rétorqué Vee.

– Nous avons beaucoup de recrues prêtes à combattre l'Autorité, a repris Léon, peu avec tes qualités. Comment puis-je te convaincre ? La Résistance a besoin de leaders.

Vee m'a jeté un bref coup d'œil.

– Je suis désolée, mais je vais m'en tenir à ma décision.

La discussion a encore duré un quart d'heure mais Vee était déterminée. Je ne suis pas intervenu, me contentant de boire ma bière par petites gorgées. Puis Vee est partie et Léon m'a jeté un regard appuyé avant de se tourner vers ma mère.

– Je croyais que tu m'avais dit que ton fils pourrait nous aider à la persuader de rester, mais il n'a pas prononcé un mot.

– Je n'ai pas à dire à Vee ce qu'elle doit faire, ai-je répliqué.

Ma mère a secoué la tête.

– Bon, où en êtes-vous tous les deux ?

– C'est compliqué.

– Oh non ! a lancé ma mère.

– Tu ne comprends pas, ai-je soupiré. Tu ne sais pas ce qui…

– Nathan, ne va pas croire que parce que je ne me mêle pas de tes affaires, je suis ignorante des faits. À vrai dire, j'en sais probablement plus que toi sur Vee et son frère.

– De quoi parles-tu ?

–Tu dois discuter avec ta femme !

Ma mère était exaspérée.

– C'est compliqué, ai-je répété.

Léon a hoché la tête.

– Je ne sais pas toi, Cathy, mais je pense que ton fils a bien besoin d'un bon coup de pied aux fesses.

– Nathan, a repris ma mère, je vais te poser une question qui devrait t'aider à t'éclaircir les idées.

Aucune question au monde n'avait ce pouvoir.

– Vas-y, l'ai-je défiée en reposant ma bière.

Léon a croisé les bras, sans cesser de me fixer. Ma mère s'est penchée vers moi.

– Nathan, aimes-tu toujours Vee ?

87. VEE

– Ordinateur, quelle heure est-il ?

– Selon quelle référence ?

Je n'arrivais pas à m'habituer à cette voix féminine et anonyme. L'équipe qui avait fait les modifications avait seulement obéi à mes instructions, mais je sursautais à chaque fois que je l'entendais. J'avais imaginé que ce serait mieux de ne plus entendre les intonations de mon frère. Je n'en étais plus si sûre.

– Utilise l'horaire et le calendrier sol, ai-je répondu.

– Il est midi passé de cinquante minutes.

J'avais choisi de rester sur l'*Aidan* pendant les réparations. Les colons, eux, avaient été répartis dans des quartiers temporaires sur le port.

À moins de douze heures de mon départ, je me rendais compte qu'ils allaient me manquer. Qu'ils me manquaient déjà. Mike et ses ignobles soupes de cresson, Érica et ses opinions agaçantes, Anjuli et son enthousiasme, Sam et Hedda si dévoués à leur travail et persuadés que leur relation était secrète alors que tout le monde était au courant.

Et Nathan.

– Capitaine, Nathan Linedecker requiert l'autorisation de monter à bord.

– Euh… permission accordée.

J'ai enfilé mes boots et je suis sortie dans le couloir pour l'accueillir devant l'ascenseur. Mais avant d'atteindre le pont supérieur, j'ai changé d'avis. Je ne voulais pas qu'il croie que j'étais contente de le voir. Je ne voulais pas non plus retourner dans mes quartiers pour ne pas lui donner de fausses idées. Je me suis décidée pour le poste de commandement.

Je me suis assise dans mon fauteuil en me penchant d'abord un peu vers la droite puis vers la gauche. Je me demandais quelle position me mettait le plus en valeur.

– Vee ! me suis-je sermonnée avant de me redresser.

La porte a coulissé et Nathan est apparu. Il s'est arrêté quelques secondes en me voyant. Mais seulement quelques secondes. Je me suis levée.

– Salut, ai-je dit.

– Salut.

Silence.

– Euh… tu veux qu'on s'installe au poste navigation ? lui ai-je proposé.

Il a acquiescé. Il s'est assis à la place d'Aidan (il fallait vraiment que j'arrête de penser comme ça) et moi à celle d'Anjuli.

– Qu'est-ce qui t'amène ? ai-je demandé.

– Il est temps qu'on parle.

– D'accord.

Pourquoi maintenant ?me suis-je interrogée.

– Plus de secrets entre nous, Vee, tu me le promets ?

Silence de nouveau.

– Promis.

Je lui devais au moins ça. Il a pris une profonde inspiration avant de se lancer.

– Combien de gens Aidan a-t-il tués ?

Je l'ai dévisagé, choquée. Je ne m'attendais pas à cette question.

– Quoi ?

– Tout à l'heure au bar, ma mère a dit que tu n'étais pas responsable des deux personnes qu'Aidan avait tuées. J'ai vu la tête que tu faisais. Je veux savoir.

J'ai essayé de prendre une expression indéchiffrable. J'ai manifestement échoué. Nathan ne me quittait pas des yeux.

– À quoi ça te servirait de connaître la vérité ? Si c'est juste de la curiosité, alors, s'il te plaît, laisse tomber.

– Ce n'est pas de la curiosité.

– C'est quoi, alors ?

Bon sang ! Je sentais les larmes me monter aux yeux. Mon frère et lui étaient les deux seules personnes à m'avoir jamais fait pleurer.

– S'il te plaît, Nathan. N'insiste pas.

Il m'a pris les mains.

– Plus de secrets. Tu as promis.

88. NATHAN

S'il te plaît, Vee, fais-moi confiance.

Nous n'avions que peu de chances de sauver notre histoire, mais avec des mensonges entre nous, ces chances étaient égales à zéro.

Vee a fermé les yeux. Ses épaules se sont affaissées ; elle n'a pas retiré ses mains des miennes.

– Tu savais que ce vaisseau avait été un des premiers à rencontrer les Mazones ?

Comment l'aurais-je su ? Mais la question était purement rhétorique.

– C'était il y a trois ans, a continué Vee, ma mère et le capitaine Walker du vaisseau terrien le *Wrigman* ont été chargés de négocier avec les Mazones pour tenter d'établir une route marchande à travers leur territoire. Malgré la xénophobie des Mazones, ma mère estimait qu'une telle route serait aussi bénéfique pour eux que pour nous. Les discussions avaient bien avancé et les Mazones semblaient prêts à signer.

– Que s'est-il passé ?

– Les hostilités entre la Terre et les Mazones ont commencé. D'après l'Autorité, les Mazones étaient les agresseurs et ils avaient déclaré la guerre dans le but de gagner des territoires et à cause de leur peur ancestrale des autres populations. Mais ce n'est pas la vérité.

– Quel est le rapport entre les Mazones et ton frère ? ai-je demandé.

– J'aurais aimé que tu rencontres Aidan avant tout ça, a souri Vee.

Son sourire ne m'était pas adressé à moi mais aux souvenirs qui remontaient à la surface.

– Il était extraordinaire. Drôle et gentil. Il aurait fait n'importe quoi pour n'importe qui. Il était aussi très intelligent. C'était un véritable génie. En revanche, son physique ne suivait pas. Il était plutôt chétif, à la différence des autres garçons à bord. Quelques-uns se sont mis à se moquer de lui et à le bousculer. Ils ne s'en seraient jamais pris à moi mais, quand Aidan était seul, ils lui faisaient vivre un enfer. Je les ai menacés, je les ai suppliés, je leur ai donné tous mes crédits pour qu'ils arrêtent. Je n'ai pas compris à ce moment-là que leur montrer à quel point je tenais à mon frère ne lui rendait pas service. Un jour, il a décidé de leur prouver à tous qu'il n'était pas la mauviette qu'ils croyaient.

– Il est allé en territoire mazone ?

Vee a acquiescé.

– Oui, d'une certaine façon. Il a piraté l'ordinateur d'un de leurs vaisseaux pour modifier les protocoles qui pourraient l'empêcher d'aller au bout de son projet. Nous n'avions jamais été en contact visuel direct avec les Mazones. Toutes les discussions se faisaient par radio interposée.

Vee s'est arrêtée un instant avant de reprendre :

– Aidan a enfilé une combinaison de protection et il s'est attaché une caméra sur le bras. Son idée était d'être le premier Terrien à poser le pied sur un vaisseau mazone et d'en ramener des images pour le prouver. Il a réussi et il est revenu avant qu'aucun d'entre nous ait eu le temps de se rendre compte de ce qu'il avait fait.

– Les Mazones l'ont appris ?

– Non, c'est pire que ça.

Vee a baissé les yeux et la voix.

– Raconte-moi, ai-je soufflé.

– Je suis la seule à le savoir et ce n'est pas facile de le dire à voix haute.

Je n'ai pas insisté. C'était à elle de prendre la décision.

– Ordinateur, passe-nous le dernier enregistrement d'Aidan Sindall, a-t-elle demandé à voix haute. Date trois zéro sept. Quand quelqu'un meurt à bord, le capitaine a accès à tous ses enregistrements, même les plus personnels, m'a-t-elle expliqué.

Une larme a roulé sur sa joue. Je savais que je la faisais souffrir en l'obligeant à revivre le passé, mais c'était nécessaire. La voix d'Aidan, quinze ans, a rempli la pièce.

Tout est ma faute. Rien de tout ça ne serait arrivé si je ne l'avais pas fait.

Je suis désolé.

Je voulais juste prouver que j'étais courageux. À papa et maman, pour qu'ils soient fiers de moi. À Matt et aux autres qui n'arrêtent pas de se moquer de moi, mais surtout à Vee. Chaque fois qu'elle pose les yeux sur moi, je lis la déception dans son regard. Je ne suis pas comme elle. Elle ne laisserait jamais personne l'embêter. Elle est forte et intelligente et elle ne recule jamais devant une bagarre.

Je voulais lui montrer que je pouvais être aussi courageux qu'elle.

J'ai enfilé une combinaison de protection et j'ai fixé la caméra sur mon bras. Je ne voulais pas revenir et n'avoir enregistré que des images de mes pieds ou de ma poitrine. Vee avait laissé son casque dans ma chambre, alors je l'ai pris. L'ordinateur de bord affirmait que l'atmosphère à bord du vaisseau mazone était respirable, mais je ne voulais pas prendre de risque.

J'étais prêt.

– Ordinateur, prépare-toi à me transférer.

Même si j'étais seul, je parlais à voix basse, terrifié que Vee choisisse ce moment pour entrer dans ma chambre et me surprenne. Je ne suis pas stupide. Je savais pertinemment que ce que je m'apprêtais à faire était interdit et dangereux. Mon cœur semblait être d'accord et l'exprimait en cognant de toutes ses forces contre mes côtes. Mais je n'avais pas le choix : si je m'étais dégonflé à ce moment-là, je n'aurais plus jamais réussi à me regarder dans un miroir.

En revanche, en cas de succès… Matt et les autres seraient si jaloux ! J'imaginais leur tête ! Et peut-être qu'ils me ficheraient la paix.

J'ai regardé autour de moi. Je me sentais coupable alors que je n'avais encore rien fait.

– Ordinateur, me suis-je décidé, transfère-moi dans une partie inoccupée du vaisseau mazone et ramène-moi au bout de dix secondes. Allez, trois, deux, un… zéro !

J'ai eu l'impression d'être écrasé et jeté à toute vitesse dans l'espace. Une seconde plus tard, j'étais dans une grande pièce remplie de bonbonnes pleines d'un liquide transparent et épais et accrochées à un mètre du sol. Il y avait aussi une sorte de créature flottant dans chaque bonbonne, recroquevillée sur elle-même. Il faisait horriblement chaud. Je suis tombé à genoux et mon estomac s'est soulevé. J'ai vomi dans mon casque. J'avais taché le viseur et je ne voyais plus rien, alors je l'ai enlevé.

Les autres avaient raison à mon sujet. J'étais pathétique. Même pas capable de supporter un transfert sans vomir.

Un éclairage jaune et une odeur de viande pourrie régnait dans la grande pièce. Je n'avais pas beaucoup de temps. Je me suis forcé à me tourner à trois cent soixante degrés pour être sûr de bien tout filmer. L'odeur était insupportable. Elle me prenait à la gorge et quelque chose dans l'air me chatouillait les narines. J'ai éternué.

C'est à ce moment que je l'ai entendu.

Une espèce de cliquetis noyé dans un chuintement. Je me suis caché derrière une des bonbonnes mais trop tard. Quand j'ai levé les yeux, un visage comme je n'en avais jamais vu auparavant m'observait. La créature a étendu un membre vers moi. Terrifié, j'ai crié et je l'ai repoussée. Puis j'ai de nouveau ressenti cette impression d'écrasement et je me suis retrouvé dans ma chambre.

Mais le mal était fait. Un Mazone m'avait vu.

Je méritais ce qui venait de m'arriver mais c'était tellement injuste que d'autres aient à souffrir de mon erreur. Si quoi que ce soit arrivait à Olivia, jamais je ne me le pardonnerais. Mon rôle était de la protéger, pas de la mettre en danger.

Elle est assise à côté de moi en ce moment même, profondément endormie dans sa chaise. Elle est épuisée mais elle ne quittera pas le quartier médical tant que j'y suis encore.

Vee est la meilleure sœur dont je puisse rêver. Je jure qu'une fois guéri, je ne la laisserai plus jamais tomber. Je veillerai sur elle et je ne laisserai jamais personne lui faire du mal.

Je suis fatigué.

Je vais me rendormir maintenant.

Le silence régnait dans le poste de commandement. Vee me contemplait, attendant que je prenne la parole. Mais quelque chose m'échappait.

– Tu es en train de me dire que les hostilités entre les humains et les Mazones ont débuté à cause de ton frère ? Sérieusement ? Parce qu'il s'est transféré pendant quelques secondes sur un de leurs vaisseaux ?

Je n'étais pas convaincu.

– Quand Aidan est revenu à bord, il a ramené un virus. Un virus mazone qui a infecté tout l'équipage, m'a expliqué Vee. Nous étions soixante-dix. Un mois plus tard, il ne restait que moi.

– C'est ce qui a tué tes parents ? me suis-je exclamé, horrifié.

Vee a acquiescé d'un air sombre.

– Mais ce n'est pas tout, a-t-elle ajouté. Aidan, de son côté, a infecté les Mazones avec un pathogène complètement inoffensif pour les humains.

Cette fois, j'avais tous les éléments.

– Bordel de merde.

– Oui, soixante-neuf personnes sont mortes sur ce vaisseau, trois milliards de Mazones sont décédés sur leur planète à cause du germe propagé par mon frère. C'est la raison pour laquelle ils nous détestent à ce point. Depuis, j'ai essayé des centaines de fois de leur expliquer que ça n'avait été qu'une tragique erreur. Ils refusent toujours de me croire. Selon eux, un tel ravage ne pouvait être que le fruit d'un complot humain délibéré.

– C'est donc ce que tu me cachais depuis le début, ai-je soufflé.

– Oui, car ce fardeau était le mien.

– Quand nous nous sommes mariés, il est devenu le mien, lui ai-je fait remarquer d'une voix douce. Tu aurais dû me faire confiance, Vee.

– C'est vrai, a-t-elle opiné. J'aurais dû. Je sais aujourd'hui qu'aimer est un acte de courage. Après avoir vécu dans une peur constante depuis trois ans, je n'en avais plus aucun.

J'ai passé tout ce temps seule à éviter de penser à tout ça. C'était mon seul moyen de survie. Ça n'a pas changé après que je vous ai sauvés de Barros 5. Je suppose que c'est à cause de ça que ça n'a pas marché entre nous. Je n'ai pas été assez forte pour croire en nous.

Je ne m'attendais pas à ce qu'elle me dise ça. Nous avions beaucoup mûri ensemble ces derniers mois. Mais pas assez peut-être ou trop tardivement.

– La guerre avec les Mazones est le résultat d'une erreur, d'une toute petite erreur, a soupiré Vee. Mon frère a payé pour cette erreur. Des centaines, des milliers de drones et de Mazones payent encore depuis. C'est aussi pour ça qu'il était important pour moi de vous sauver et de vous aider à atteindre Mendela Prime. Et c'est la raison pour laquelle je ne peux pas poursuivre avec vous.

– Vee, rien de tout ça n'est ta faute ! me suis-je exclamé. Tu ne peux pas passer le reste de ta vie à essayer de réparer une erreur que tu n'as pas commise.

– Je crois que si pourtant, a-t-elle rétorqué.

Je lui ai levé le menton pour l'obliger à me regarder dans les yeux.

– Ce n'était pas ta faute, ai-je répété.

Vee s'est passé la langue sur les lèvres. Elle a essayé d'esquisser un sourire sans y parvenir.

– Merci de m'avoir écoutée, a-t-elle murmuré. Ça me fait du bien de savoir que quelqu'un d'autre est au courant de tout. Et je suis contente que ce soit toi.

Je sentais son souffle tiède sur mon bras. Elle me regardait avec une totale confiance et nos lèvres étaient si proches. Devais-je l'embrasser ? Une dernière fois.

J'ai retiré ma main et me suis écarté d'elle à contrecœur. Ça n'aurait pas été juste de profiter d'elle alors qu'elle était si vulnérable. La question de ma mère tournait dans ma tête. *Nathan, aimes-tu toujours Vee ?* Je ne connaissais toujours pas la réponse.

89. VEE

Il y a eu une période de ma vie où j'adorais les étoiles. Je pouvais les regarder pendant des heures. Elles me faisaient rêver. Chacune d'entre elles représentait une possibilité.

Plus maintenant. À présent, leur seule vue me rendait malade.

On peut se noyer même sans eau. Dans le vide. Il vous submerge, entre dans votre gorge et vos narines ; vous ne le recrachez que pour en avaler un peu plus.

J'avais été avalée par le vide un grand nombre de fois durant ces trois dernières années mais il y avait toujours eu une lumière à l'horizon : la Terre. Mon but était de rentrer chez moi.

Aujourd'hui, j'étais de nouveau seule. Seule avec mon vaisseau qui portait le nom de mon frère Aidan. Je n'avais plus nulle part où aller. Et même si je prétendais le contraire, je savais que mes chances d'atteindre le système solaire terrien sans Aidan étaient pratiquement nulles.

Pourtant, il était temps de partir. J'avais d'abord songé à quitter le spatioport sans dire au revoir à personne, mais après tout ce que nous avions traversé ensemble, la commandante et l'équipage méritaient mieux de ma part.

Quand je suis arrivée sur le dock EB-09, mon vaisseau était prêt pour le grand départ. À mon grand étonnement, ils étaient venus me saluer. J'avais pensé ne voir qu'Anjuli et la commandante mais ils étaient là, en ligne, attendant que je prenne la parole. Sauf que je n'avais aucune idée de ce que je pouvais leur dire.

– Je... euh... Ça a été un honneur pour moi de vous rencontrer et de travailler à vos côtés. Nous avons eu... euh... un ou deux différends...

Quelqu'un s'est esclaffé.

– Mais je veux que vous sachiez que si c'était à refaire, je ne reproduirais pas la même erreur...

Encore des rires.

– Enfin, ce que je veux dire, c'est que je vous sauverais à nouveau mais il y a des erreurs que je ne commettrais plus. En tout cas, je suis contente de vous avoir connus et je vous souhaite de trouver la paix dans un endroit que vous pourrez considérer comme votre chez-vous.

Je n'avais rien à ajouter alors je leur ai serré la main l'un après l'autre. Quand je suis arrivée à la hauteur de la commandante, elle m'a étreinte. Je ne m'y attendais pas. Elle allait me manquer. J'espérais devenir comme elle un jour. Si je vivais assez longtemps. Elle était pour moi la grâce incarnée.

Nathan était le dernier de la ligne. Quand je me suis retrouvée face à lui, les autres se sont éloignés. En quelques secondes, nous avons été seuls sur le dock. J'essayais de sourire mais je n'y arrivais pas alors j'ai laissé tomber.

Notre histoire aurait pu avoir une fin différente si je n'avais pas été submergée par le doute et prise dans la nasse du mensonge d'Aidan. J'avais gâché tout ce que nous aurions pu partager.

Je savais que Nathan ne me pardonnerait jamais et loin de moi l'idée de lui redemander de le faire. J'étais inexcusable. Je ne méritais même pas qu'il prenne du temps seul avec moi. À sa place, je n'aurais peut-être pas été aussi généreuse.

– Quand décollez-vous pour Mendela ? lui ai-je demandé.

Il a haussé les épaules.

– Dans quelques heures. Ma mère a hâte que nous levions le camp.

– Tu feras quoi là-bas ?

– Je ne sais pas. La destination n'était pas importante pour moi. Je voulais seulement faire le voyage avec quelqu'un qui en valait la peine.

Ce quelqu'un aurait pu être moi.

– Et toi ? Ça ira ? s'est-il enquis.

– Oui, bien sûr. Partout où j'irai, je ferai vivre un enfer à l'Autorité en perturbant toutes leurs routes commerciales. Ça devrait être dans mes cordes.

– Je n'en doute pas, a-t-il commenté sèchement.

Silence.

– J'ai dissous notre mariage, ai-je repris. Il ne te reste qu'à signer les papiers. Tu pourras le faire depuis ta connexion personnelle sur n'importe quel ordinateur de bord.

Nathan n'a rien dit.

– Ta mère pensait que c'était mieux comme ça, ai-je continué. De cette façon, tu serais libre de faire ce que tu veux, sans être encombré. Ce sont ses mots, pas les miens.

– Et qu'est-ce que tu en penses ?

– Je pense que… Non, je sais que tu rencontreras une personne qui sera importante à tes yeux, un jour. Si tu veux l'épouser, tu n'auras pas à me chercher partout dans l'univers avant. Je te fais gagner du temps.

– Je suis censé te remercier ?

– Non, bien sûr que non.

Pourquoi semblait-il tellement en colère ? Je lui donnais ce qu'il voulait. Et pourquoi était-ce si difficile ? Je ne trouvais pas les mots justes. Si j'avais pu m'arracher le cœur et le placer encore battant entre ses mains, je l'aurais fait. Peut-être qu'alors, il comprendrait combien j'étais désolée de tout ce qui s'était passé.

– J'aurais aimé que ça marche entre nous, Nathan, ai-je réussi à articuler avec difficulté.

– Moi aussi. Tu te rappelles nos promesses, le jour de notre mariage ? m'a-t-il demandé.

– Oui. Mais nous vivons dans un monde de promesses non tenues. Tu m'avais promis de m'aimer pour toujours et il était implicite que je n'essaierais pas de te tuer.

J'ai souri. Nathan a ouvert la bouche, choqué, puis il a ri.

– C'est ton sens de l'humour qui me tuera.

– Je n'avais pas besoin de laisser Aidan t'étrangler, alors. Et tu ne me le dis que maintenant !

Nous avons ri tous les deux mais ça n'a pas duré longtemps. Le besoin de me serrer contre lui, de sentir ses bras autour de moi était trop fort.

– Nathan, est-ce que je peux te demander une dernière faveur ?

– Tout ce que tu voudras, a-t-il répondu d'une voix douce.

Je me suis approchée de lui.

– Embrasse-moi, ai-je murmuré.

Une seconde plus tard, sa bouche était sur la mienne. J'ai fermé les yeux pour mieux me perdre dans cet instant.

Et puis, Nathan s'est écarté de moi. Je l'ai regardé, contemplé, pour ne jamais l'oublier. Il fallait que je le dise. Juste une fois.

– Nathan, je t'aime.

– Je sais. Peut-être qu'un jour, je t'enverrai un message pour te dire ce que je ressens à ce propos.

Ou peut-être pas, mais ça n'avait pas d'importance. Tout ce que je voulais, c'était qu'il sache la vérité.

– Prends soin de toi, d'accord ? m'a-t-il dit.

– Seulement si tu fais pareil.

Voilà, c'était trop. Malgré mes fanfaronnades, j'étais effondrée de savoir que nous ne serions plus jamais ensemble.

– Je te souhaite une belle vie, Nathan.

– Au revoir, Vee.

J'ai tourné les talons et j'ai remonté la rampe d'accès qui menait jusqu'à mon vaisseau.

Dans la soute, un des ouvriers mettait la touche finale à une réparation quelconque. Je lui ai adressé un signe de tête.

– Capitaine Sindall, votre vaisseau sera prêt à partir dans trente-cinq minutes.

– Merci. Merci beaucoup.

Il a acquiescé et j'ai continué vers l'ascenseur. J'avais hâte de me réfugier dans mes quartiers.

Enfin sur mon lit, je me suis assise et je me suis pris la tête dans les mains. Plusieurs minutes se sont écoulées avant que je trouve la force de faire un mouvement. Mon vaisseau, l'*Aidan*, était comme neuf et je le haïssais du plus profond de mon être. Il serait ma prison pour le reste de ma vie.

Mais au moins, j'avais un but. Si par miracle, j'atteignais le système solaire terrien, il ne faisait pas de doute que l'Autorité apprendrait à connaître mon nom.

J'avais perdu l'amour de ma vie, mais je survivrai.

Oui, je survivrai.

– Capitaine Sindall, nous sommes prêts à décoller, a annoncé l'ordinateur.

Quarante minutes étaient passées et j'étais toujours dans ma chambre. Décidément, je ne me faisais pas à cette voix. Dès que j'en aurai l'occasion, je remettrai celle de mon frère. Ou pas.

Peut-être était-il mieux d'accepter une bonne fois pour toutes ce que j'avais perdu. C'était la seule façon d'avancer. Je n'en savais rien.

Je suis allée au poste de commandement. Il était vide bien sûr. Après l'arrivée des colons, combien de fois avais-je souhaité le revoir ainsi. Mais un vaisseau sans équipage n'était qu'un amas de métal et de circuit sans âme.

– Ordinateur, calcule un trajet jusqu'au système solaire terrien et partons d'ici.

– Oui, capitaine.

Le vaisseau s'est lentement éloigné du spatioport d'Edwards et de tous ceux qui comptaient pour moi.

La porte a soudain coulissé.

– Capitaine ? Permission d'entrer ?

Je me suis levée. Qu'est-ce que… Que faisait Sam à bord ? Je pensais être seule ! Quand était-il monté ? Et pourquoi ?

– Permission accordée.

– J'aimerais vous offrir mes services comme second, a déclaré Sam. J'ai pris la liberté de télécharger mes références sur l'ordinateur de bord. Si vous prenez la peine de vérifier, vous verrez que…

J'ai secoué la tête. Sam a pris un air inquiet.

– Non, je veux dire oui, me suis-je expliquée. Je serais heureuse de vous avoir comme second. En fait, j'en serais honorée. Mais je ne comprends pas, je croyais que vous ne serviriez jamais un capitaine que vous ne respectez pas et en qui vous n'avez pas confiance.

– C'est le cas, capitaine, a souri Sam.

Ma gorge s'est serrée. J'ai dû tousser pour reprendre la parole.

– Dans ce cas, bienvenue à bord.

– Votre projet de mener une lutte frontale contre l'Autorité, c'est ce qui m'a plu.

– Vous savez qu'ils mettront notre tête à prix et que tous les chasseurs de primes de la galaxie seront après nous ?

– Ça prouvera que nous faisons du bon boulot, a acquiescé Sam.

C'était une façon de voir les choses.

– Pourquoi ne m'avez-vous pas tout simplement demandé d'embarquer avec moi tout à l'heure sur le dock ?

J'étais curieuse.

–Vous auriez pu décider de vous battre seule contre l'Autorité mais je savais que c'était une cause perdue. Et je ne voulais pas vous laisser vous amuser sans moi. J'ai préféré vous mettre devant le fait accompli.

– Je comprends. Ça me va, tant que vous savez dans quoi vous vous engagez.

– Bien sûr. Puis-je enregistrer le reste de l'équipage et assigner les différentes tâches à chacun ?

– Le reste de l'équipage ?

Sam a ouvert la porte. Ils étaient tous là.

– Anjuli, tu prends le poste de pilotage.

– Oui, officier, a souri Anjuli en entrant.

Elle m'a adressé un clin d'œil avant de s'installer à la place d'Aidan.

– Érica, tu t'occuperas de l'armement.

– Oui, Sam. Euh… Oui, officier, s'est-elle corrigée en croisant son regard noir.

Elle m'a saluée d'un signe de tête et a pris son poste. Et Sam a continué : Hedda a été assignée à la défense tactique, Mike au quartier médical (je ne savais pas qu'il avait un diplôme de médecin, mais c'était le cas) et Harrison à la salle des machines. Il y avait aussi de nouvelles recrues : Becca, Andy, Zach et Valianta.

Valianta travaillerait avec Harrison et Becca avec Mike quand elle ne serait pas dans le labo d'astrophysique. Zach, qui ne devait pas avoir plus de quinze ou seize ans, a été assigné au mess mais il devait se rendre disponible au cas où on aurait besoin de lui ailleurs.

Je me suis présentée à chacun et je leur ai serré la main. J'allais devoir apprendre à connaître leurs points faibles aussi bien que leurs points forts si nous voulions faire un bon travail d'équipe. Nous prendrions le temps.

Valianta était la dernière. J'ai jeté un coup d'œil dans le couloir.

– Tout le monde est là, Anjuli ? ai-je demandé sur un ton que j'espérais suffisamment professionnel et détaché.

– Oui, capitaine.

Anjuli m'a jeté un coup d'œil. Bien sûr, elle n'était pas dupe. Elle a secoué la tête presque imperceptiblement. L'espoir qui avait éclos dans ma poitrine s'est fané.

Nathan n'était pas là. Je me suis assise et j'ai brièvement fermé les yeux. L'espoir était dangereux, potentiellement si douloureux.

Mais je n'avais pas besoin de mon cœur brisé pour diriger ce vaisseau. Mon cerveau suffirait.

Anjuli m'a souri avec sympathie avant de se tourner de nouveau vers son écran de contrôle.

– Direction le système solaire terrien, l'ai-je instruite.

– Trajectoire calculée, capitaine.

Nous étions partis.

Un message a clignoté sur mon écran. J'ai lu le nom de l'expéditeur. Nathan.

J'ai rapidement jeté un regard autour de moi. Tout le monde était occupé. J'ai ouvert le message.

Je l'ai lu. Trois fois.

Vee, je t'aime aussi.

Nathan

Une larme a coulé sur ma joue mais mes lèvres formaient un sourire. Peut-être qu'un jour, par miracle, Nathan et moi nous retrouverions.

Sinon…

Au revoir Nathan, à dans une autre vie.

Achevé d'imprimé en Espagne par Graphica Estella.
Dépôt légal : 4e trimestre 2017